libretto

L'ÎLE DES PERROQUETS

ROBERT MARGERIT

L'ÎLE DES PERROQUETS

roman

libretto

I.S.B.N. : 978-2-7529-0771-4

Né le 25 janvier 1910 à Brive-la-Gaillarde, Robert Margerit a été journaliste à Limoges de 1931 à 1941. Il assumera de 1948 à 1952 les fonctions de rédacteur en chef du *Populaire du Centre*, auquel il restera par la suite attaché en tant que chroniqueur. *L'Île des Perroquets*, paru en 1942, de facture impeccable, lui permet d'envisager une carrière d'écrivain qu'il poursuivra avec bonheur en publiant *Mont-Dragon* en 1944, *Le Vin des vendangeurs* en 1946 et *Le Dieu nu* qui obtint le prix Renaudot en 1951. Cette production très riche sera complétée en 1958 par *La Terre aux Loups* puis, en 1963, par une fresque historique ambitieuse, *La Révolution* (quatre volumes), qui reçoit le Grand Prix du roman de l'Académie française. Robert Margerit, enraciné au Limousin dans ses romans comme dans la vie, s'est éteint à Limoges le 27 juin 1988.

LIVRE PREMIER

Les gentilshommes de fortune

I

Le Pas-de-l'Âne

– Ho ! Antoine ! Je vois le jour.

La fine pointe de l'aube perçait à peine lorsque, chaque matin, maître Laribois me tirait ainsi du sommeil. Les paupières collées, encore mal détaché de mes songes, je m'arrachais à ma paillasse. Mes pieds hésitaient en cherchant les barreaux de l'échelle qui menait du fenil à l'écurie. L'odeur des bêtes planait et, degré par degré, je m'enfonçais dans cette senteur chaude comme mon sommeil même qu'elle semblait prolonger. À travers les larmes dont mes bâillements me remplissaient les yeux, la lanterne balancée au poing du maître peuplait du scintillement de mille étoiles l'air épais où luisaient vaguement des croupes puissantes. Les chevaux hennissaient, sentant la provende. Des valets ronflaient dans la paille, tandis que déjà claquaient les socques des servantes sur le carreau de la grand-salle où les feux s'allumaient aux braises conservées sous la cendre.

Dehors, l'acidité du petit jour ruisselait sur mon visage, achevant de m'éveiller. J'allais me laver à la fontaine glaciale, avec les postillons qui passaient la nuit dans notre auberge ; leurs cheveux se hérissaient d'épeautre arraché à la litière.

« Comme on fait son lit, on se couche », disait Pierre Cornillon, le palefrenier.

Brave vieux Pierre ! Il avait des proverbes pour toutes les conjonctures, et il y croyait.

Mon lit, c'est le hasard – on dit aussi le destin – qui l'a fait comme il lui a plu. Même lorsque j'ai cru tenir mon existence entre mes mains et la forger à mon gré, c'était encore l'inéluctable qui m'inclinait à donner à ma vie telle ou telle pente. Il mit ouvertement Marion sur mon chemin. Lorsque j'entrepris de me faire aimer d'elle, c'est encore lui qui, sous la forme de l'amour, me poussait au bal de la mère Cathy où je retrouvais Marion chaque dimanche.

Ce jour-là, lorsque la diligence de Toulouse, après avoir relayé chez nous sur les quatre heures de relevée, disparaissait au tournant dans un tintamarre de vitres, de grelots, de claquements de fouet, le maître nous comptait à chacun trois blancs. Avec ce viatique : notre gain de la semaine, nous allions à nos plaisirs. Le lieu de ces plaisirs, c'était la grange de la mère Cathy. La vieille, devenue veuve, avait vendu les bêtes, fait vider les barges, percer des fenêtres, niveler le sol de l'étable. On venait de deux lieues à la ronde baller dans cette rustique salle au son d'un crincrin, d'une vielle et d'une chabrette.

Les trois valets et moi nous partions avec les servantes en nous tenant par le bras. Notre ligne onduleuse occupait toute la largeur de la route. On chantait : on coupait par les raccourcis ; on dévalait les prés en courant. Les robes se gonflaient, les ailes des barbichets volaient au vent. En traversant les bois des Pendus, où la sente à peine marquée serpentait dans l'obscurité des taillis, les cris et les rires éveillaient de mystérieux échos.

Je devançais les autres. Il fallait que je fusse seul quand, entre les derniers arbres, au loin, apparaîtrait Marion qui m'attendait à l'orée du bois, toute menue dans un rai de lumière. Elle levait la main et, retroussant un peu sa longue robe, courait à moi en refoulant les vagues des fougères. Je courais aussi, en criant son nom contenu toute une semaine au secret de mon cœur. Elle s'abattait sur ma poitrine, palpitante de sa course.

Le bal n'était qu'un prétexte. Pendant une heure, nous nous mêlions aux danseurs qui tournaient, se quittaient, se saluaient, se reprenaient, au rythme criard de la chabrette, dans un envol de coiffes, de rubans, de robes, de basques, un martèlement de sabots scandé par les cris des garçons. Puis, quand la griserie de la danse et les fumées du clairet commençaient de troubler les cervelles, nous nous glissions hors de la grange avec mille précautions, car les langues vont vite, et la mère Cathy n'eût point voulu d'un mari tel que moi pour sa nièce.

En courant, nous regagnions le bois. La nuit tombait. Parfois, le vent aigre faisait frissonner Marion ; je la réchauffais en soufflant dans ses mains. Ou bien, au contraire, la sérénité du soir emplissait la voûte verte. Nous marchions en silence, mon bras autour de sa taille, pleins du bonheur simple d'être ensemble et seuls. Cependant l'ardeur de notre jeunesse et de nos désirs ne tardait pas à nous jeter, bouche à bouche, sur des lits d'herbe, dans des étreintes hésitantes où je n'osais pas trop prendre, et Marion pas trop donner.

Mais comment ne pas vouloir davantage, alors que je sentais frémir dans mes bras son corps tout vif !

– Marion, ma mie, me laisseras-tu pas baiser les douces colombes dont je sens le bec à travers ton corsage ?

Elle se refusait, mollement, les yeux pleins de larmes.

– Oh ! je t'aime tant, Marion.

Peu à peu, elle faiblissait, pauvre proie pantelante. Je m'en voulais de la harceler, mais j'étais homme.

Un soir, sous une caresse passionnée, elle se raidit dans mes bras. Un instant plus tard, elle me soufflait :

– Laisse-moi partir. Il faut que je rentre ; ma tante se tourmenterait les sangs de ne pas me trouver chez nous. Va m'attendre au Pas-de-l'Âne. Je viendrai à la première heure de la lune, une fois la tante couchée.

Le Pas-de-l'Âne était un étang dans une clairière écartée. L'été, les filles allaient s'y baigner à l'abri du rideau des joncs qui rejoignaient les branches basses des platanes.

Parvenu au bord de l'eau, je me laissai tomber sur la mousse. Le sang battait à mes tempes ; une fièvre oppressante, mais exquise, brûlait au creux de mes mains. Par une lucarne de feuillage, j'apercevais au-dessus de ma tête l'étoile du berger. Un chat-huant vint pousser sa plainte près de moi.

Bientôt, une ombre plus dense dessinant la forme de mon corps sur le sol, m'apprit que la lune se levait. J'allai jusqu'au bord de l'étang, m'avançant avec précaution sur la berge fragile qui s'effritait sous les pas. L'eau était comme une nappe de plomb ; une grande clarté blanche l'éclaboussait au milieu, s'estompait sous les profondeurs des feuillages ; elle givrait les têtes des joncs. Une grenouille creva la taie blafarde, laissant tomber sur elle les trois gouttes de son chant qui ricochèrent, reprises par une autre rainette, puis ce fut tout un concert.

Un appel, une course légère, l'interrompirent. Marion avait gardé sa robe de bal. La rosée en alourdissait le bas. Je lançai ma veste sur l'herbe ; j'y fis asseoir ma bien-aimée et tombai à ses pieds.

Les étoiles pâlissaient dans le ciel moins sombre lorsque je la quittai. Il fallait que je fusse à l'auberge quand le maître m'appellerait. Marion était à moi, mais la routine du monde n'avait point pour cela changé. Ma mie ne pouvait détacher ses bras de mon cou, ni moi abandonner ses lèvres.

– Ne t'en va pas, demeure encore… encore un moment.

Je m'arrachai d'elle enfin. Elle retomba dans le flot de ses cheveux.

– Ne vas-tu point rentrer ?

– Je reste un peu, dit-elle. Ici je penserai mieux à toi. Viens me retrouver ce soir.

Je le lui promis. Nous nous embrassâmes une dernière fois – la dernière fois ! Un baiser salé de larmes.

– Ne pleure pas, mon cœur. Je reviendrai ce soir.

Elle me fit un triste sourire. Je m'en fus, la tête toujours tournée vers elle. L'ombre de la nuit finissante la déroba très vite à mes yeux. Une dernière fois je la vis, pâle jonchée de blancheurs. Je lui envoyai toute ma ferveur dans un baiser silencieux ; une dernière fois, la dernière fois.

– Ah ! te voilà, galopin, fit maître Laribois lorsque j'entrai furtivement dans l'écurie.

J'avais eu beau courir ; l'aube découpait déjà dans la porte un rectangle blafard. Je pensais à Marion. Il devait faire froid, maintenant là-bas, avec la brume qui montait de l'étang.

– D'où viens-tu, à c't'heure ? gronda le maître en levant sa lanterne. Et dans quel arroi ! Sans veste, en sueur, et... Dieu me damne !... c'est du sang que tu as sur tes chausses.

Du sang ! Une mince tache sur la toile. Une goutte avait roulé, lente, en contournant les plis. Cela faisait un lacis sombre qu'un frottement avait étalé par endroits : du sang de Marion.

– C'est une ronce qui m'a déchiré la peau, dis-je.

Mais je fermais les yeux, d'émotion, de tendresse.

– Tu tombes de sommeil, pauvre gars. Ça veut courir le guilledou et ça n'a pas plus de force que cochet. Tant pis pour toi ; tu apprendras que le plaisir c'est bon tant que ça ne nuit pas à l'ouvrage. Va prendre ta fourche et baille le fourrage aux bêtes. Tu leur donneras à boire aussi.

Tandis qu'il s'éloignait, que dans l'eau des chevaux je lavais le sang de mon haut-de-chaussure, j'entendis le maître grommeler :

– Tout comme son défunt père, tout comme lui !

Il m'aimait bien, maître Laribois. Il n'avait pas d'enfant, j'étais comme le sien. C'était le fils à Thibault, du Breuilh, qu'on appelait le Rouquin : le frère aîné de ma mère. Elle m'avait mis chez lui comme simple valet car nous étions pauvres, mais il avait voulu que j'apprenne à lire et à écrire ; chaque jour il m'envoyait chez le curé, portant tantôt une paire de poulets, tantôt un panier d'œufs ou une bouteille de vin ; en retour de quoi l'abbé Cibot m'enseignait la lettre moulée, les chiffres, même un peu de latin.

Tout comme mon père ! Lui aussi, il était donc allé avec une fille dans les bois emplis du grand silence nocturne. Lui aussi, il avait connu cette vague qui jette l'un sur l'autre les corps, les roule et les mêle dans une ivresse passionnée. Et moi j'étais né d'une étreinte comme nos étreintes de cette nuit ! Marion... Le manche de la fourche m'échappa. Je tombai à genoux dans la litière. Marion, Marion bien-aimée !

Je balbutiais son nom ; je croyais encore la serrer contre moi, et elle était morte. Là-bas, dans l'étang aux eaux immobiles et mystérieuses, elle mêlait ses cheveux aux tiges des nénuphars.

Le soleil n'avait point pâli. Les fruits mûrissaient aux branches. Le vent continuait d'agiter les herbes, l'eau de refléter le mensonge du ciel, et Marion était morte. Tout ce qui était mon amour, le sens de ma vie : son rire, cet éclat nacré de son œil, cette façon qu'elle avait de toucher sa joue en écartant les doigts, le mouvement de son cou lorsqu'elle se tournait vers moi, la forme de mon nom sur ses lèvres, jusqu'à son silence, son immobilité, riches de vie suspendue, tout cela : poussière dispersée au vent ; nulle trace, nul vestige n'en resterait ; rien.

J'appris mon malheur par un colporteur qui avait, dans la matinée, passé près de l'étang. Le Jeantou était un brave homme simplet ; des nouvelles si noires ne convenaient point à sa grosse face fendue d'un sourire, à son regard de bon chien. Assis dans la litière, entouré d'un cercle de palefreniers et de servantes, il piquait à la pointe de son couteau des carrés de fromage qu'il aspirait avec un « flop », puis mâchait lentement en parlant.

– C'est les fils à Japet qui l'ont trouvée en allant faucher leur pré au Pas-de-l'Âne. Sous les arbres, du côté des joncs, ils ont aperçu une chose blanche dans l'eau ; ils ont croché dedans avec leurs fourches. C'était la Marion, comme ils ont vu lorsqu'ils l'ont eu tirée sur la berge. Elle était toute défaite et décoiffée. Le grand Japet a couru prévenir. Quand la mère Cathy est arrivée, ç'a été des cris et des pleurs. Puis le prévôt est venu avec ses gens ; ils ont découvert une place, près de l'étang, où ils ont dit qu'il y avait des traces de lutte. L'herbe était tout écrasée. Ils y ont ramassé une veste d'homme.

Le Jeantou s'arrêta, mastiqua placidement et but un coup.

– Il y avait du sang sur la veste. Ils ont dit qu'on l'avait forcée, la pauvre garce, avant de la jeter à l'eau.

Avec la veste, on le trouvera bien le gars qui a fait le coup. Moi, j'aime pas des affaires comme ça. Si c'est pas pitié ! Les filles, faut que ça veuille. Si ça veut pas, y a qu'à les laisser. Manquent point celles qui demandent pas mieux, hé ! la Roussotte ! fit-il en claquant les rondeurs d'une grosse servante qui le repoussa du pied.

On rit un peu. Tout de même, une ombre passait sur les visages. Et moi j'écoutais toutes ces paroles, je voyais ces gestes. Un tourbillon se creusait en moi, qui aspirait ma force ; je ne sentais plus la terre sous mes pieds.

– Ô Antoine ! dit un des valets, que fa, milodious ?

– Pauvre mion, fit la Roussotte, c'était sa bonne amie, la Marion.

– Vrai ! Vous dansiez ensemble hier soir…

– Laisse, le pauvre ! Viens avec moi mon miston.

Elle m'emmena dans le grenier où se trouvait ma paillasse ; je pus enfin pleurer contre sa poitrine maternelle.

– Vous étiez novios tous deux. Tu l'as menée à l'étang, pauvre ! C'est ta veste qui est là-bas ?

Je fis oui de la tête.

– C'était la première fois ?

Je fis oui, encore.

– Elle sera tombée en voulant se laver. Le froid l'aura saisie tout de suite. Pleure, va, mon petit.

Elle aussi pleurait ; je sentais des gouttes chaudes dans mes cheveux.

Un peu plus tard elle me dit :

– Il te faut partir, Antoine.

Peut-être, en effet, aurais-je dû partir, mais c'était m'accuser. Personne ne me croirait quand je raconterais ce qui s'était passé. La vérité des faits ne se combine guère de telle sorte qu'elle soit aisément croyable. Elle ne s'embarrasse ni de logique ni de raison : ces grandes œillères de l'esprit humain. Ma douleur même, outre tant d'accablants témoignages, serait contre moi. Mais partir, c'était trahir le souvenir de notre amour. Je ne pouvais, en m'effaçant comme un coupable qui fuit son forfait, laisser croire… Mon Dieu ! des gens allaient par les chemins, portant dans leur cervelle cette idée atroce… que j'avais tué Marion.

Je sentais tout cela obscurément et je dis :

– Non, Catherine, je ne veux pas m'en aller.

– Ils te mettront en prison.

– Tant pis.

Oh ! mille fois naïf ! J'avais la candeur de croire au fond de moi-même à la force de la vérité. Cette vérité, j'estimais la devoir à ceux qui m'aimaient. C'est pourquoi j'allai trouver maître Laribois et la lui confiai.

Il m'écouta en silence. Nous étions seuls dans la cuisine, sous la hotte de la cheminée. Machinalement, notre maître continuait de tourner une sauce. Je parlais, la tête dans mes mains.

– Mon pauvre Antoine ! Dans quel arroi tu t'es mis. Si tu m'avais prévenu…

Il n'eut pas le temps d'achever. Un grand bruit se faisait dans la cour. La porte fut poussée ; le prévôt entra, suivi de deux soldats de la maréchaussée. Le prévôt tenait ma veste à la main.

– Trop tard ! fit maître Laribois.

Dans son émoi, il laissa tomber le faitout de terre, qui se brisa sur les dalles.

– Monsieur le maître de poste, on nous a dit que cette veste appartenait à l'un de vos valets ; la reconnaissez-vous ?

– Oui, avouai-je, en sortant de l'âtre, avec mes yeux rouges et ma figure bouffie de larmes. Elle est à moi.

– Ah bah ! fit le prévôt. Tu sais d'où elle vient ?

– Oui, dis-je encore.

– Eh bien, mon ami, il faut nous suivre auprès du juge.

– Attendez ! s'écria le maître, le garçon va vous expliquer. Il m'a tout dit… il n'a rien fait de mal.

– Je n'ai pas qualité pour entendre quoi que ce soit, moi, mais seulement pour me saisir du propriétaire de cette veste. Adieu, maître Laribois.

Ils me lièrent les mains au bout d'une corde et il me fallut marcher derrière les chevaux dans cet appareil infamant. Les gens criaient sur mon passage.

De tout ce qui suivit, je ne me rappelle que cette longue route, au bout de ma corde ; cette route si courte lorsque j'allais vers mon amour. Quant à la confrontation inhumaine – ils m'ordonnèrent de tenir la main de Marion et m'accusèrent de crime parce que je tremblai et manquai de m'évanouir –, quant à l'horreur des interrogatoires, il ne m'en reste que des souvenirs sans lien. Je revois le visage convulsé de la mère Cathy, quand je lui criai que si son avarice et sa vanité ne nous avaient pas obligés à nous cacher, ma pauvre Marion serait encore là.

Elle écumait.

– Ce maudit ! Vous l'entendez, monsieur le juge. Comme si ma nièce avait pu fréquenter un failli chien d'écurie tel que lui. Elle aurait eu cinq mille écus pour monter son ménage !

Des écus !

Et le juge :

– Quelqu'un peut-il confirmer vos relations avec la victime ?

Qui l'eût pu ?... Quand nous avions dû mettre tous nos soins à nous cacher !

Il se trouva pourtant quelqu'un pour venir faire cette déclaration et essayer de me sauver au prix d'un mensonge. Ce fut Catherine, la Roussotte. Elle dit qu'elle nous avait vus plusieurs fois, le soir, dans les bois, enlacés. Elle mentit courageusement, pour rien ; elle pleurait en me regardant : on l'accusa d'être ma maîtresse.

Je me rappelle l'air offensé qu'eut le juge, quand, une dernière fois, je lui affirmai mon innocence, et un chien errant qui suivit pendant tout un jour la charrette où l'on m'avait lié pour m'emmener au Présidial. Un chien pelé. Il avait eu la queue coupée à deux doigts des fesses. Un des soldats le tua, le soir, parce qu'il lui avait volé son pain.

Puis je me souviens de l'affreux doute que je lus dans les yeux de maître Laribois, lorsqu'il me regarda avant de témoigner devant la Cour. Lui aussi, il ne pouvait s'empêcher de chercher la vérité du côté de la logique.

On l'interrogea sur le récit que je lui avais fait avant l'arrivée du prévôt. Il répondit qu'il m'avait cru.

– Et maintenant ?

Il leva les yeux vers le Christ qui étendait au-dessus du juge ses bras percés de clous. Je vis les mains de mon maître se serrer. Il baissa la tête.

– Je ne peux croire qu'il mente.

Enfin, puisqu'il faut épuiser tous les vestiges de ce passé, je me rappelle la salle où, après m'avoir attaché par des courroies dans un fauteuil massif, scellé aux dalles, un homme et son aide qui ressemblaient à deux forgerons, m'enfermèrent les jambes entre des ais de bois.

Une salle pareille à n'importe quel atelier. Ce qu'il y avait, c'est que tout un pan des murs suintait, répandant une odeur de moisissure. Quant au reste, elle était propre, honnêtement en désordre comme un lieu où l'on travaille ; le bourreau manipulait ses outils avec les soins d'un artisan entendu à son ouvrage ; le magistrat qui présidait ne trahissait aucune haine envers moi. Il devait souffrir de l'estomac, car il bâillait très souvent, mais il ne mettait aucune méchanceté dans ses propos, tout au plus une nuance d'indifférence passait-elle dans sa voix. Il faisait son métier ; ce métier ne lui réservait plus de surprise.

Il s'agissait d'être sûr que j'avais commis le crime. Les hommes ont besoin de comprendre, d'être sûrs. Pour satisfaire cet instinct, toutes les atrocités leur sont légères.

L'aide posa un coin entre ma chair nue et les ais, au-dessus du genou.

– À l'ordinaire, dit le juge.

Le bourreau leva sa masse. On me demanda si j'avais quelque chose à déclarer. Je haussai les épaules. Ils ne voulaient entendre qu'un aveu. Le juge fit un signe, et je me raidis pour accueillir la douleur. La masse s'abattit : un cri m'échappa. Je n'avais pas prévu cet arrachement de la peau emportée par la morsure du bois, ni le fourmillement du sang arrêté dans les veines qui gonflaient, gonflaient.

Le second coup, vite, vite ! l'attente était pire que le choc. Mais le bourreau m'examinait, comme un médecin étudie patiemment l'effet d'un remède. Une goutte de sueur coulait de ma tempe, contournait l'oreille. Je crois encore sentir son lent chatouillement.

– Avez-vous quelque chose à dire ?

Je fermai les yeux et, de nouveau, la masse s'abattit. Le sang jaillit par-dessus les planches. Je donnai une secousse furieuse pour m'arracher de là, sauter sur ces hommes, les étrangler ou leur ouvrir la gorge à coups de dents. Un grelottement fait des frissons de chaque parcelle de ma chair secouait mes os. Je hurlais comme un chien fou. Au troisième coin, je vomis. Au cinquième, j'avouai.

Cela ne suffisait pas à ces gens qui voulaient savoir. Alors, vite, vite, j'inventai les circonstances de mon crime. On me fit signer un papier, puis on me détacha. Je pus enfin m'évanouir.

La Roussotte vint me voir dans mon cachot. Elle m'embrassa sur la bouche et je sentis que sa langue poussait entre mes lèvres quelque chose de dur. Ses yeux, en même temps, me faisaient comprendre que je devais me taire. Quand elle fut partie avec le geôlier, je sortis de ma bouche un mince morceau d'acier dentelé. Il me permit de scier les barreaux de la fenêtre. Je m'évadai la nuit qui précéda le jour que l'on devait me pendre.

Traînant la jambe, je parvins à gagner les bois. Traqué par la maréchaussée, marchant la nuit, dormant le jour dans des retraites précaires, me nourrissant de carottes crues, de fruits, d'œufs, je tirai lentement vers l'ouest, en évitant villes et bourgs.

Un homme me tira un coup de mousquet, une nuit que je volais des œufs. Une autre fois, je fus poursuivi par un chien qui mordit ma jambe valide. J'avais des coliques terribles. Souvent je me couchais au profond d'un taillis pour mourir. Pourtant, je finissais toujours par repartir, mais j'étais devenu excessivement faible ; il n'y avait plus de vivace en moi que la haine. Je haïssais la cruauté et l'injustice d'un monde qui m'avait réduit à cette condition misérable. Je me haïssais moi-même d'avoir, devant la douleur, trahi mon amour. À quoi bon ne m'être pas enfui tout d'abord, si je devais faire pis, en avouant ce crime que je n'avais pas commis!... Et je pleurais en pensant à Marion.

Il y eut des jours de pluie, de soleil, des orages, des périodes de chaleur écrasante où les sous-bois bourdonnaient. Puis les feuilles roussirent. De mes cachettes, j'apercevais dans les plaines les laboureurs aiguillonnant leurs bœufs. Mon corps commençait de s'habituer à l'étrange régime auquel j'étais soumis; peu à peu mes forces revenaient. J'allongeai les étapes. Les paysages changèrent. Les villages devenaient plus rares; les pins, les chênes-lièges remplaçaient les châtaigniers, les noyers et les bouleaux.

À la fin de l'automne, un soir, au coucher du soleil, en montant dans un arbre, je vis à l'horizon un mince miroitement : la mer.

Les jours suivants, je m'approchai de la côte et me mis à la suivre dans la direction du sud, sans savoir où je me trouvais ni où j'allais. J'espérais vaguement rencontrer quelque part la frontière de l'Espagne. À l'auberge, j'avais entendu parler de ce pays, et je pensais pouvoir y vivre en sûreté. Comment? Je ne me le demandais même pas. L'immédiat comptait seul pour moi.

Une nuit, comme la lune brillait d'un éclat magnifique, j'étais descendu jusqu'au bord de la mer chercher de ces petits coquillages que l'on trouve sur les rochers découverts. Pour les enlever à leur support, il faut les faire sauter très vite, d'un coup de pouce, au moment que les bords de leur coquille n'adhèrent pas à la pierre. Si on les manque, ils appliquent leur carapace au rocher si exactement qu'il est impossible de les détacher sans un outil en fer, et je n'avais d'autre outil que mes doigts.

Je m'absorbais dans cette opération. Soudain, un fracas éclata contre mon oreille.

– Hé l'homme ! criait-on.

Je fis un grand sursaut. Ma tempe heurta le canon d'un pistolet. La lueur d'une lanterne démasquée m'aveugla.

– Que foutimasses-tu là, fanandel ? reprit l'homme au pistolet.

– Est-ce que vous êtes des archers ?

Une tempête de rires et de grognements s'éleva.

– Pas précisément, mon mion. Tu n'as pas l'air de les aimer, les archers de la maréchaussée, hein ! Qu'est-ce que tu as fait ?

– Que vous chaut ? Si vous n'êtes pas des archers, passez votre chemin. Laissez-moi chercher à manger.

– Ouais ! Vois-tu, l'ami, notre chemin s'arrête ici. Nous avons à faire dans cette crique, et nous n'aimons pas les curieux.

– Ho ! patron ! dit quelqu'un, voilà le signal.

Loin sur la mer, une lumière montait et descendait.

– Chacun à son poste, commanda l'homme, l'œil au guet, hein, les veilleurs !

– Qu'est-ce qu'on fait de ce c… qui est venu se jeter dans nos jambes, on l'expédie ?

– Tu aurais le cœur de faire du mal à un coquebin qui a peur des archers !… Attache-le. Qu'il ne s'en aille pas maintenant. Quand nous aurons fini, on lui donnera la volée.

Du temps passa. Rien ne troublait le bourdonnement des vagues. Assis, les chevilles entravées, je regardais le large.

– Les voilà, dit quelqu'un.

On percevait un clapotement. En cherchant dans sa direction, je vis deux bateaux – je sus plus tard que des embarcations de ce genre s'appellent, la première : une pinasse ; la seconde : une chaloupe – bondissant sur les flots. Les hommes se mirent à débarquer des ballots qu'ils chargeaient sur leurs épaules et avec lesquels ils disparaissaient dans la nuit.

Quand il n'en resta plus, le patron, détachant de sa ceinture deux sacs, les tendit à l'un des marins, lequel portait un étrange costume : un haut-de-chausse flottant, une chemise bouffante sous une veste très courte, une espèce de bonnet rouge.

Une idée se faisait lentement jour dans ma tête et me poussait vers ces deux hommes. Je sautillai jusqu'à eux.

– Patron, je voudrais partir sur ce bateau.

Il me regarda en hochant la tête :

– Pas une mauvaise idée, mon mignon. De la sorte, tu ne nous dénonceras pas. Ton avis, Bill ?

– Qu'est-ce que c'est ?

– Un fanandel qui cherche à manger et qui a peur des archers.

– D'où viens-tu ?

– De là-bas, dis-je en indiquant le nord. J'ajoutai : – Ils voulaient me pendre.

– Embarque. Si le vieux t'accepte, ça ira. Sinon, il t'enverra manger les poissons. De toute façon, tu seras tiré d'affaire.

Il me poussa dans l'un des bateaux puis sauta derrière moi.

– Adieu, Piarille.

– À la prochaine, Bill.

– Ça ne sera pas de longtemps. Nous descendons dans le sud. Ici, ça sent mauvais pour nous, maintenant… Poussez, vous autres, hop !

Le bateau se mit à monter et à descendre, je me balançai avec lui.

Nous allions en silence à travers le moutonnement et le ronflement des flots vers la lumière qui dansait : point minuscule dans la nuit. À mesure qu'elle se précisait, on distinguait dans l'ombre une grande masse indécise, noire, surmontée de la dentelle des mâts et des cordages. Le fanal, au ras de l'eau, éclairait une échelle oscillante à laquelle je grimpai avec mes compagnons. Une fois en haut celui que l'on appelait Bill, me prenant par le bras, me poussa vers l'arrière du navire. Je butai contre des rouleaux de cordages. Il ouvrit enfin une porte. Je butai encore contre le seuil surélevé qui empêche l'eau du pont d'entrer dans les cabines, et je me trouvai dans une vaste chambre aux murs et au plafond de bois. Une lampe se balançait à la maîtresse poutre. Sa lueur faisait ressortir en forts reliefs la charpente du navire apparente ici. La lumière se concentrait sur le justaucorps écarlate qui vêtait un gros homme installé devant une table.

– What's it? grogna-t-il en nous voyant.

Bill lui répondit dans la même langue.

L'homme assis portait, outre son justaucorps éclatant, une culotte blanche tendue sur les cuisses. Un foulard de soie noire serrant la tête ne laissait sortir aucun cheveu. La face large, rouge, était percée de petits yeux gris pâle, d'une bouche dont la lèvre supérieure rentrait jusqu'à disparaître dans l'ombre du nez fibrillé de violet, tandis que l'inférieure, lippue et gonflée, avançait au-dessus du menton coupé comme un bloc. La main puissante, enjuponnée de dentelles, serrait un verre dont l'homme se versa d'un geste brusque le contenu dans le gosier. Une bouteille clissée voisinait sur la table de bois sombre avec une paire de pistolets, un tricorne au ruban traversé d'une pipe à pétun et un instrument en cuivre que je sus plus tard être un quart de cercle. Une épée jetée en travers de la table tenait déplié un rouleau de cartes.

Il émanait de cet être solidement charpenté, assis là les cuisses ouvertes, un bras pendant par-dessus le dossier du fauteuil, l'œil sans lueurs, une singulière impression de force maléfique et souveraine. Un malaise me prit lorsque son regard glacé se posa sur moi. Il me fit peur; non qu'il eût rien à vrai dire de particulièrement menaçant. Il paraissait infiniment plus débonnaire, avec ses grosses joues, sa lippe, que le magistrat dont j'avais subi l'interrogatoire dans ma prison. Mais il me semblait sentir en lui à travers sa chair et sa graisse une âme desséchée, une capacité d'être inhumain avec délectation.

Il dit encore un mot à Bill en me soupesant du regard. Son œil fixé sur moi s'anima. Les paupières se soulevèrent, rendant à la pupille un éclat plus plaisant. Je m'aperçus alors qu'elle était bleue, d'un bleu vert et léger, comme la mer à l'aube, et je n'eus plus devant moi qu'un gros homme bienveillant qui me regardait avec indulgence.

Il remplit son gobelet et me le tendit.

– Bois, mon gars, fit-il en français. Alors tu veux venir avec nous ?

– Oui, monsieur.

– Appelle-moi capitaine. Tu n'as jamais entendu parler du vieux Flint ?

– Non, capitaine. Je viens de loin dans les terres, d'un endroit où l'on sait à peine qu'il existe des navires.

– God damn ! Tu parles bien. Mais il y a donc des gens qui n'ont jamais entendu le nom de Flint !

– Bah ! dit Bill, ils ne sont que trop à le connaître pour leur malheur et le chagrin de leurs nuits blanches.

Ils se mirent à rire tous deux. Je reposai le gobelet sur la table.

– Tu lampes bien il me semble, gars ! Qu'est-ce que tu dis de ce rhum ?

– C'est aussi bon que notre eau-de-vie de prunes.

Ils s'esclaffèrent encore.

– Voyez-vous ce coquebin ! fit Bill.

Une chaleur, un léger étourdissement m'envahissaient. Après tout, ces hommes étaient les premiers, depuis tant de jours, qui se fussent montrés bons pour moi. Je pouvais enfin me laisser aller un peu. Je sentis mes lèvres dessiner une forme depuis longtemps désapprise : celle d'un sourire.

– Well, dit Flint, si tu sais faire quelque chose, tu resteras avec nous. Tu es vieux de combien d'années ?

– J'ai eu vingt-deux ans à la Saint-Jean d'été ; je sais lire, écrire, compter…

– Bien, bien. Tu seras écrivain du bord, en attendant de savoir courir sur le marchepied de vergue et faire une épissure comme un damné fils de vieux gabier. Il faut que tout le monde vive. Tu feras les comptes quand tu seras de loisir, et le coup de feu avec les autres quand on tombera sur les gens du roi, de fortune. Voilà ton destin, maintenant. Te plaît-il ?

Il n'attendit pas ma réponse. Ses yeux s'étaient éteints. Il nous balaya d'un geste, se tourna de côté sur son fauteuil et se versa une rasade de rhum.

II

Vers le sud

Le *Walrus* était un beau brick-franc dont la quille avait dû s'élever sur quelque cale bretonne, entre Paimpol et Saint-Nazaire, avant de labourer sous un nouveau nom les mers qui portaient maintenant son aventureux destin. Accoudé au bastingage, sous le ciel écrasant, j'ai souvent écouté ses virures, gémissant au choc des lames, me conter quelque histoire grise de chez nous, toute résonnante de cloches, traversée par le vol des coiffes. Alors Brice Coquelle, le bossman[1], me touchait l'épaule.

– Tu rêves, disait-il.

Mais nous rêvions tous. La mer en lavant nos soucis, et notre vie qui nous faisait des âmes féroces et naïves, laissait place en nous à des songes indéfiniment ranimés.

On m'eût bien surpris, deux ans plus tôt, lorsque Bill Burke, le maître d'équipage, m'avait au sortir de la chambre de Flint fait signer la charte-partie qui était la loi du navire, si l'on m'avait décrit l'existence qui m'attendait. Mais, hors

1. On appelait bossman un personnage intermédiaire entre le capitaine et l'équipage. Il faisait fonction de second capitaine sans en avoir le titre.

les sobres paroles du capitaine fixant mon rôle à venir, nul ne s'était soucié de me dire par avance de quoi se fait la routine de la mer. Bill m'enseigna à bâtons rompus la technique du métier. Brice Coquelle m'en apprit les principes : je sus relever la hauteur d'une étoile avec le quart de cercle, porter sur la carte le point de la route. Le reste, je l'acquis moi-même en regardant faire les autres et en faisant comme eux. J'imitai leurs gestes pour agripper les haubans qui forment des échelles de corde. Ils y montaient en courant, comme sur un escalier. J'imitai la crispation de leurs orteils pour serrer le marchepied de vergue, c'est-à-dire un mince câble attaché aux barres de bois transversales où se fixent les voiles, qui pend en festons devant celles-ci. Le jour où je les vis empoigner des haches d'abordage pour sauter sur le pont d'un bateau que nous chassions depuis le matin, je les imitai encore. Je me battis comme eux parce qu'ils se battaient. J'y pris plaisir. En assenant l'acier luisant, je pensais à la mère Cathy, aux gens qui avaient besoin de me savoir coupable, et aussi au bourreau faisant avec conscience son métier. Après le combat, je dressai la liste du butin, je calculai les parts selon les principes de la charte-partie. Tels étaient dans leur ensemble les devoirs de l'écrivain du bord chez les gentilshommes de fortune.

Cela, j'eusse pu l'imaginer. Ce qui déjouait toute prévision, c'était la monotone vacuité des jours écoulés dans une routine dont les détails s'effaçaient dans leur perpétuel recommencement : cette éternelle errance sur une mer presque immuablement sereine, avec parfois des grains, vite venus bientôt partis, où le vent et les vagues semblaient avoir soudain décidé de supprimer notre coque importune, ou, plus souvent dans ces chaudes mers équatoriales, des calmes qui abandonnaient le navire à lui-même, immobile sur son reflet comme une maison au milieu d'un lac. Notre vie était une flamme menue sous la cendre ; elle se consumait sans éclat dans la répétition des mêmes gestes ; elle se traînait lentement entre le saphir du ciel et l'émeraude des eaux.

– C'est ça l'aventure ! dis-je un jour à Brice Coquelle en train d'appointer nonchalamment un épissoir.

– Tu vois. Que peut-on souhaiter de plus ?

Je me retournai, m'adossant à la muraille, et considérai les mains adroites du boss ; elles se jouaient de leur travail et le faisaient durer avec une sensualité heureuse, paresseuse. Brice Coquelle avait, dès l'abord, exercé sur moi une irrésistible séduction. Sincère jusqu'à la brutalité, à la moindre opposition il frappait de son poing dur en vous plantant dans la tête la flèche de son regard ; mais ses yeux noirs, toujours en éveil, retrouvaient vite leur feu sympathique où chatoyait une gaieté à la fois enfantine et ironique. Il y avait en lui quelque chose de supérieur, non point une autorité oppressante, ambiguë, comme celle de Flint, mais une élégance, une sécurité qui captait la confiance et l'acceptait.

Son visage était bien fait, avec un nez un peu grand, plein de hardiesse, la lèvre et le menton sensuels sans lourdeur, le front haut. Il le dégageait en retenant dans un catogan de satin la masse de ses cheveux. Il savait comme moi lire, écrire, c'est cela qui nous avait rapprochés ; il était fort instruit. D'où lui venaient cette science et cette noblesse innée ?… La vie de chacun de nous n'avait existé qu'à compter du jour où il avait signé la charte des gentilshommes de fortune. Cette vie nous libérait de tout, et sa monotonie de nous-mêmes. Que pouvait-on souhaiter de plus ?…

Pourtant parfois, le soir, Jak Groove chantait en s'accompagnant d'un instrument bizarre formé d'un tambourin à manche de guitare, connu autour de la mer des Antilles sous le nom de *bayou.* C'était sur le gaillard d'avant, qui forme le domaine de l'équipage, tandis que le gaillard d'arrière – on dit aussi le château – sert de logement et de terrasse aux officiers.

Parmi les garçons bercés dans le filet de beaupré ou étendus sur la couverte, un murmure s'élevait, festonnant le chant nostalgique. Bill Burke, Michel Pantaragat, Dan Law, à moins que ce ne fût Frémin Cotard, Will Whale, Tom Hawkins, Michault Cul d'Oue, contait un rêve enfantin ou grossier, à la portée de nos esprits endormis par la monotonie quotidienne.

Depuis que j'étais monté à bord, nous n'avions cessé d'aller dans le sud, touchant terre à de longs intervalles. Notre dernière escale avait été Savannah. Depuis cinq mois, nous bourlinguions à travers la mer des Antilles, subissant des fortunes diverses, mais en somme assez favorables à notre industrie. Les plaisirs de la terre hantaient fort la majorité d'entre nous. Le souvenir des filles de Savannah : la petite Macé, Guillemette, Margot, Jehanne-la-Raillarde, Babet, toute cette quenaille de garces vives aux lèvres de qui nous avions pour la dernière fois goûté la saveur de la terre, s'estompait en se magnifiant dans une confusion de ribotes et de gogailles, de jupes rebrassées, de chair chaudes, de paresseuses voluptés parmi le foisonnement de l'herbe.

Depuis, certains étaient morts ; peut-être notre tour viendrait-il demain. Nous avions la nostalgie d'étreindre une fois encore ce fantôme de l'amour, de connaître ce paradis, grossier sans doute, mais propre à satisfaire les appétits accumulés sur l'aride mer. À quoi nous servait d'avoir nos poches pleines d'un argent durement gagné, si nous ne trouvions point l'occasion d'en faire usage !

Flint sentit cette fièvre. Elle se marquait par une mollesse générale. Nos gens étaient lents à manœuvrer ; ils traînaient tard sur le pont à écouter des chants plaintifs. Le capitaine ne manquait pas de finesse ; il réunit le conseil et je consignai sur mon registre la décision unanimement prise de monter d'un quart dans l'ouest vers Galapas.

Trois jours plus tard nous entrions dans la baie, arborant

les couleurs espagnoles. Flint avait dans sa chambre des patentes de toutes les nationalités.

Nous laissâmes tomber l'ancre en un coin du vieux port, les sabords masqués par une bande de toile peinte, le navire bien dégagé par-devant pour pouvoir appareiller en un instant au cas d'une surprise.

En mettant pied à terre au quai :

– Où allons-nous ? demanda Brice. C'est la première fois que j'aborde en ce pasclin.

– Je connais un cabaret, fit Flint, un *bodegon* comme ils disent, ces insulaires.

Nous le suivîmes, Brice et moi, laissant ceux qui étaient descendus avec nous s'égailler à leur gré.

Autour du port s'étendait la ville basse dont les tristes quartiers étaient plongés dans l'ombre. Mais, à mesure que nous montions, le soleil giclait sur des façades aveugles où parfois l'ouverture d'un porche décelait un jardin secret, rutilant de fleurs sous le balancement des palmes. Des ombres d'un bleu intense rampaient au pied des murs. Leur étroite raie de cobalt coupait en deux les passants : des artisans du port, des métis, des planteurs, des caballeros courant l'aventure, des matelots. Les têtes semblaient, détachées du corps, glisser sur un flot sombre.

Nous montions toujours. Par une rue abrupte – là-bas on dit une *calle* – nous débouchâmes sur une place au centre de laquelle s'élevait une estrade avec le garrot. C'est un collier de cuir qu'une vis à poignée permet de serrer rapidement autour du cou des condamnés à mort, manière élégante, mais moins spectaculaire que la pendaison, d'exécuter les arrêts de justice. Cette estrade me fit froid au cœur. Je me détournai, portant mon regard sur la ville. Nous la dominions presque tout entière. Elle s'étendait en terrasse au creux de l'immense baie, couchée comme un croissant au bord de l'eau verte où elle se reflétait. Une sérénité se dégageait de cet harmonieux amas de toits tranquilles, de jardins et de verdures, de cintres et d'ogives dentelés à la mauresque.

En revenant, mon regard se heurta au poteau dressé sur son estrade. Toujours le mensonge de la douceur, de la bienveillance, de la vie... Brice, qui me considérait, se prit à rire sans rien dire : un rire sans gaieté.

Quant à Flint, la beauté du site lui était aussi indifférente que l'horreur du garrot. De son allure imposante et brutale, il allait vers un angle de la place. Nous suivîmes son dos rouge sous un porche et débouchâmes à ses côtés dans un patio irrégulièrement dallé mais frais d'un récent arrosage. Sous la galerie prolongée par un auvent de tuiles bleues vernissées, des marins, des métis buvaient en fumant des tortillas de maïs. Les murs blancs de chaux renvoyaient la lumière vers un bassin où coulait spasmodiquement une fontaine. Un flot de plantes grimpantes détachées du mur pendait et poussait vers l'eau des fleurs bleues, roses, en étoiles.

Le poids de Flint fit gémir un escalier qui perçait l'auvent et donnait accès à la galerie. Nous escaladâmes derrière lui les vieilles marches. Il heurtait rudement à une porte ; elle s'ouvrit. Par-dessus l'épaule du capitaine, je vis une chambre aux murs crépis, de mauvais escabeaux, une commode incrustée de nacre et de perles baroques ; au-dessus, un crucifix en coquillages ; à côté, un magnifique fauteuil en tapisserie, finement sculpté aux pieds et aux bras ; enfin, au milieu du dallage, une masse noire. C'était une vieille femme avachie. Son visage disparaissait à moitié sous ce qui avait été sans doute une mantille. Elle fumait un cigare et pleurait placidement, les yeux fermés, une main serrée autour d'une dame-jeanne de rhum, l'autre égrenant un chapelet.

Flint la poussa du pied en criant de sa voix de pont :

– Hullo, señora Encarnacion ! Hullo ! Hum señora, damnée femelle ! Hou, vieille chose !

Ces manières arrachèrent la vieille à sa torpeur, mais elle n'en sortit que pour pousser des gémissements et des plaintes où se perdit la voix du capitaine. J'y discernais vaguement le prénom de Mañuela mêlé au nom du Seigneur, de la Madone, d'une kyrielle de saints dont, je dois le dire, la plupart m'étaient inconnus. Des épithètes telles que fils de chien, de porc et autres quadrupèdes plus ou moins domestiques, s'y distinguaient aussi.

Flint, enlevant des mains de cette gibasse le chapelet et la dame-jeanne qu'elle brandissait, la força de lever la tête. Aussitôt, avec une désinvolture inattendue, elle sauta sur ses pieds. Laissant échapper son cigare, elle se jeta sur Flint qui dut lever le fourreau de son épée pour éviter l'embrassement. La vieille se répandait en exclamations volubiles.

Ce brave capitaine était de retour… Le cher Seigneur revenait voir sa bonne amie Encarnacion.

– Je vais faire brûler un cierge à…

– C'est bon, c'est bon, señora, interrompit Flint. Arrêtez votre damné moulin à paroles. Si vous tenez à allumer quelque chose en notre honneur, que ce soit le feu sous le rôt.

À ces mots, les larmes de l'hôtesse redoublèrent. Elle les essuyait avec sa mantille et, comme celle-ci était d'un mauvais teint, elle laissait à chaque fois sur le visage mafflu des zébrures qui se mêlaient au fard dont ses joues étaient barbouillées.

– Allons garçons, dit Flint, n'importunons pas davantage cette respectable señora dévorée par son chagrin. Allons porter ailleurs nos piastres.

Un instant plus tard, Mme Encarnacion, calmée comme par miracle, nous servait un quartier de porc aux piments qui fut suivi d'autres victuailles, le tout arrosé de vin de Madère et des Canaries.

En mangeant, nous apprîmes la cause de tant de larmes

et de lamentations : le matin même, la fille de notre hôtesse avait été enlevée par un certain Oliviero, moine franciscain.

– Le diable m'emporte si j'y comprends quelque chose ! m'écriai-je à l'énoncé de cette histoire. Où a-t-on vu des franciscains enlever des jeunes filles !...

Flint et Brice se mirent à rire.

– Mon gars, dit le boss, tu te crois toujours dans ton pays.

– Voyez ce béjaune ! fit Flint. Où as-tu pris que les *fraïles* des Antilles étaient des moines moinillants comme leurs confrères d'Europe ? Ceux d'ici savent mieux jouer du couteau que des patenôtres.

– Écoute, reprit Brice, et retiens la leçon pour ta gouverne. Dans toutes les possessions espagnoles et portugaises du sud, sont venus, à la suite des conquérants, des prêtres prêcheurs apportant aux naturels la parole du Christ. Ils ont fondé des couvents pour avoir des auxiliaires dans leur mission pieuse, mais ils ont eu tort d'accepter tout venant pourvu qu'il eût humble mine et langue mielleuse. Or, si tu canais la pégraine[1] depuis bon temps, si tu tirais tes grègues sans logis en jouant à cache-cache avec la maréchaussée, serais-tu pas content de trouver en un couvent de quoi vivre, un toit, et sous le froc un asile inviolable ?

– Oui bien, dis-je en pensant à mon agonie vagabonde après mon évasion.

– Bon. Tous les *callejeros*, c'est-à-dire cette pègre qui traîne sur les ports, tous ceux qui n'ont pas assez de carrure pour déclarer comme nous la guerre aux hommes en société, ont pensé comme toi. De sorte qu'aujourd'hui, sous le froc et l'invocation des ordres religieux, et sous le titre secret de confrères de la foi, sont enrégimentés tous les plats bandits des Antilles. Ils règnent sur Galapas et toute ville de ces pays, comme la teigne dans une chevelure mal entretenue.

1. Caner la pégraine : mourir de faim.

L'Inquisition, qui a besoin d'hommes de main, étend entre eux et la police des vice-rois sa protection. C'est la plus sale vermine de la terre. Ils lancent le couteau en faisant le signe de la croix, ils envoient aux autodafés ceux qui les gênent, tout en murmurant des prières. Tu les verras psalmodier en portant les statues des saints dans les processions, et le soir rôder dans les tavernes, piper les dés, trousser les filles, envoyer leur *navaja* dans le dos d'un importun. De fortune, on en garrotte quelques-uns. Ce n'est rien. Ce qu'il faudrait, c'est licencier les couvents, du portier à l'abbé ; mais l'Inquisition n'aurait plus d'exécuteurs. Du reste, peu nous chaut. Retiens seulement ceci : franciscain, capucin, ou que sais-je, un fraïle, c'est une plate vipère dans la plus venimeuse engeance qui se puisse rencontrer. Le feu Saint-Antoine arde moins que cette séquelle. Je te le dis, Antoine, souviens-toi d'avoir la garde prompte si tu tombes sur un tonsuré.

– Hum, bois un pot, boss. Tu as la langue bien pendue et tu as dit la sainte vérité, conclut Flint.

Il se tourna lourdement vers la dame Encarnacion qui dévidait son chapelet, assise à même les dalles.

– Je me souviens d'avoir vu de charmantes donzelles dans cette maison, señora… Mes amis et moi nous compatissons à vos malheurs, mais…

La vieille l'interrompit d'un sourire veule qui se termina en grimace. Elle battait des bras d'un air désolé.

Hélas ! hélas ! elle avait congédié ses pensionnaires.

– Je n'en avais plus besoin pour attirer le chaland depuis que ma Mañuela est devenue une belle fille.

– Mañuela ! s'exclama Flint. Cette gamine !

– Tout beau, seigneur capitaine ! Depuis cinq ans vous n'êtes revenu céans. Elle s'est formée la mignonne. Elle va sur ses dix-neuf ans maintenant. C'est la plus belle fille de l'île : des yeux de diamant noir, une bouche comme une grenade, et quelle taille ! et son corsage ! et des jambes !

Madre de Dios ! il faut la voir quand elle danse ; elle ferait brûler un mort. Et sage avec ça : pas un homme n'y avait touché ! Ô Dios ! quel malheur. *Ma Mañuelita, ma paloma, mi corazon…*

Elle se reprit à pleurnicher en dévidant ses jérémiades. Flint se taisait, l'œil terne, suivant en soi-même de secrètes images. Sa lèvre remuait lentement. Il avait un air paterne, déçu et gourmand.

–Well, fit-il enfin, on s'en va, garçons.

– Mais cette jeune fille ! dis-je.

Flint leva sa main, large comme une épaule de mouton, et la laissa retomber en se claquant la cuisse.

– Une ponisse. Si le fraïle ne l'avait pas enlevée, elle aurait été vendue à quelque riche caballero. Qu'y pouvons-nous ? Allons. Les donzelles ne manquent pas en ce fortuné pays. Laissez mes jambes, madame.

Ces derniers mots s'adressaient à la señora Encarnacion. Indifférente au cynisme du capitaine, elle étreignait ses genoux en le suppliant de ne point l'abandonner dans son malheur. Il la repoussa en se levant. Alors, à bout d'arguments, elle roula vers la commode, l'ouvrit et en revint avec une tablette d'ivoire. Elle nous la tendit sans un mot, d'un geste qui me parut vraiment pathétique. Nous nous penchâmes, Flint avec condescendance, Brice et moi avec curiosité.

Encadré de colonnettes marbrines à entrelacs de perles, brillait entre les doigts de la vieille un petit tableau finement peint. Sur un fond vert azuré, l'artiste avait amoureusement représenté à mi-corps, la plus radieuse créature que mes yeux eussent contemplée. Son teint transparent et doré entourait d'un velouté de brugnon une bouche trop belle pour ne point exhaler la plus enivrante haleine, des yeux noirs très grands, profonds, pleins de lumière. Leur candeur, ce bleu qui colore d'innocence le globe des yeux enfantins, contrastaient avec les formes très féminines du visage et de la gorge dont l'éclat se révélait à travers le floconnement des boucles répandues jusque sur la poitrine. Une main d'enfant, aux os délicats, pressait les grappes de cette chevelure sur le décolleté, en un geste pudique et charmant, qui cachait mal cependant un vallonnement souligné par la cambrure du corsage.

Nous restions penchés sur le tableau ; on n'entendait plus que les reniflements de la mère. Je béais d'admiration. Les petits yeux de Flint s'étaient encore rapetissés : ils brillaient et vrillaient. Brice respira avec effort.

Nous sortîmes du bodegon plongés dans nos pensées, face à face avec le meilleur et le pire de nous-mêmes. Nous marchâmes un temps en silence. Tout ébloui que j'étais, je n'en sentais pas moins Brice et Flint se retrancher chacun dans la solitude ardente de son rêve ou de son désir. Flint attendait, environné de mystère. À la fin, Brice, moins maître de lui, parla le premier.

– Eh bien, que faisons-nous ?

– Hum, qu'en penses-tu, boss ?

– Si nous allions voir un peu les confrères de la foi.

– Ah ! tu rêves encore à cette gamine !

Brice le regarda d'un air irrité.

– Parbleu. Toi aussi, capitaine.

Flint se mit à ricaner.

– Bon, dit-il, alors tu veux donner l'assaut au couvent ?

– Non, mais j'irai trouver le chef de ces faux moines, abbé, prieur ou capitaine, et je lui dirai de s'arranger pour nous remettre la señorita avant une heure, faute de quoi nous bombarderons le couvent jusqu'à ce qu'il n'en reste pierre sur pierre. Qui nous empêcherait ? Il n'y a pas un navire de guerre dans la baie.

– Ce serait rendre un fier service aux insulaires, mais ils

ne t'en sauraient aucun gré. Si le vice-roi, dans le secret de son cœur, te tenait pour son bienfaiteur, il ne s'en croirait pas moins obligé vis-à-vis du grand inquisiteur de nous faire poursuivre sur toutes ces mers. Tout ça pour une ponisse qui nous rira au nez. Sottise, mon garçon. Abandonne ce projet, écoute le mien.

Le plan du capitaine était excellent ; du moins il nous parut tel. En conséquence, nous regagnâmes le *Walrus* sur-le-champ. Il était environ quatre heures de relevée ; la bordée commandée par Bill Burke attendait notre retour pour descendre à terre. Flint la retint.

– Suivez-moi dans la chambre, fanandels, cria-t-il en posant le pied à la coupée. On va s'amuser.

Nous étions environ une quinzaine à bord. Chacun reçut son rôle. Un de nos gens, qui parlait couramment l'espagnol, s'en fut au couvent des franciscains. Will Whale, le maître charpentier, se mit à fabriquer une longue caisse. Brice Coquelle entreprit de se composer le costume d'un capitaine de vaisseau marchand de ces contrées. Il revêtit un justaucorps de velours noir galonné d'or, se noua un tour de col en mousseline, se passa au cou une chaîne d'or à gros grains, et termina sa toilette en se poudrant légèrement la face avec de la farine. Alors on amena en berne le pavillon espagnol, puis au pied du maître-arbre[1] nous dressâmes rapidement sur un catafalque la caisse fabriquée par Will Whale. Pour en dissimuler la façon grossière, on la recouvrit d'étoffes d'Inde provenant de notre dernier butin. Brice Coquelle s'étendit dedans, cachant sous les basques de son habit deux paires de pistolets, sa guinderelle dégainée, plus un couteau à large

1. Ou arbre de maître : le mât central du navire, appelé grand mât. Dans le langage familier, où l'on retrouve l'influence de l'argot des galères, les Frères de la côte donnaient aux mâts le nom d'*arbres*, aux vergues celui de *brancards*, et aux voiles triangulaires celui d'*antennes*.

lame. Le sifflet d'or, insigne du commandement, reposait sur sa poitrine.

– Tu fais un fier trépassé, boss ! le moquais-je.

De fait, on eût dit un vrai mort. Les hommes, tête nue, leur bicoquet de feutre rouge à la main, encadrèrent la bière.

Les moines amenés par notre envoyé nous trouvèrent ainsi. Le second maître les reçut à la coupée, fort civilement. Il avait revêtu le gilet sans manches, la toque et les chausses bouffantes à quoi se reconnaît un subrécargue[1] de navire castillan. Il s'inclina devant les frères, leur dit qu'ils nous voyaient dans la douleur et l'affliction, notre bien-aimé capitaine étant mort peu après l'entrée au port, d'une maladie qui l'avait pris en mer. Avant de s'éteindre, il avait formellement exprimé sa volonté d'être inhumé en terre sainte, ordonnant d'importantes donations afin qu'on célébrât des messes pour le repos de son âme.

Les moines déplorèrent poliment la fin de ce pieux marin. On leur fit voir sa dépouille qu'ils aspergèrent d'eau bénite. Puis on cloua le couvercle du cercueil à grands coups de marteau ; mais Will Whale avait eu soin de limer les pointes pour qu'elles cédassent aisément. Il fut entendu que le capitaine serait transporté avant la nuit au couvent où aurait lieu la veillée funèbre dans la chapelle de la Vierge, patronne du navire – le *Walrus* portait en effet pour la circonstance le nom de *Maria-Madre-de-Dios.* L'inhumation se ferait le lendemain après un service solennel. L'un des fraïles retourna au couvent pour donner ordre aux funérailles, tandis que les autres se mettaient en prières au pied du catafalque.

Bientôt nous vîmes arriver un long cortège de frocs bruns, avec cierges, croix et bannières. Une multitude de badauds suivait. Le cercueil, descendu à quai avec mille précautions,

1. Représentant des armateurs à bord d'un navire.

fut chargé sur les épaules de six des nôtres. Deux files de moines encadrèrent le tout et se mirent à psalmodier sur un ton si lugubre que, malgré moi, j'en étais saisi. Nos gentilshommes marchaient à la suite, tête nue : Flint allait au milieu d'eux vêtu en matelot.

En route nous rencontrâmes Michault Cul d'Oue qui gallait par les rues en chantant, traînant à sa suite toute la bordée descendue le matin avec nous à terre. Ils demeurèrent ébahis en nous reconnaissant en cet arroi. Flint me fit un signe, je les rejoignis et les mis au courant. Ils devaient regagner le bord, lever l'ancre à la nuit, tirer des bordées à l'entrée de la baie non loin du couvent, et envoyer les chaloupes nous attendre au rivage. Le mot d'ordre était : pas de violence, pas de bruit.

Je rattrapai le cortège au moment qu'il allait entrer dans le couvent au milieu d'une haie de curieux. Nous nous arrêtâmes devant un mur fermé par une énorme porte bardée de fer, laquelle s'ouvrit d'elle-même aux coups d'un frère soulevant à deux mains le heurtoir monumental. Aussitôt, les cloches se mirent à sonner.

Une nouvelle procession attendait le défunt sur le parvis de l'église élevée dans un quadrilatère de bâtiments au milieu de beaux jardins. Le cercueil franchit le porche parmi les chants liturgiques, dans la fumée des encensoirs. Les draperies d'Inde dont nous avions enveloppé la caisse traînaient jusqu'à terre par-dessus les porteurs. On déposa le tout en grande pompe dans la chapelle choisie, sur un catafalque entouré de cires. Flint, le grand Georges Nightingale, le second maître dans son costume de subrécargue, et moi, nous restâmes à ses côtés pour la veillée funèbre, les mains pieusement croisées sur les pistolets et les couteaux cachés dans nos ceintures.

La nuit tomba. Les moines s'étaient retirés, laissant quatre des leurs dévider leurs patenôtres, à genoux sur les dalles. Ils avaient des mines plutôt patibulaires que dévotes, de vastes carrures. Leurs mains s'enfonçaient obstinément dans des manches capables d'abriter tout un arsenal. L'ombre noyait le vaisseau de l'église. Seul le catafalque était éclairé par la flamme clignotante des cierges. Au-dessus de lui s'élevait une grande Vierge de cire aux yeux d'émail, aux joues pâles, aux lèvres vermillonnées, qui semblait vivante dans un vêtement de soie et de dentelles dessinant la forme de son corps. De vrais cheveux de femme luisaient sous sa mantille. Sa douceur, son sourire planaient sur nous dans la ténèbre. Le rougeoiement de la lampe d'autel suspendue sur sa tête se reproduisait de loin en loin tout autour de la nef. Celle-ci formait une immense arche de nuit hantée de bruits furtifs, entourée de têtes ensanglantées par les reflets des veilleuses qui scintillaient faiblement au-dessus d'autres statues dans d'autres chapelles.

Une oppressante impression de grandeur, de solitude, de mystère s'appesantissait sur moi. Je me sentais nerveux, livré à des terreurs et des vénérations enfantines. Cette douce figure au-dessus de moi, ne connaissait-elle pas notre secret de sang ? Qu'est-ce qui remuait dans la nef ? Une stalle craquait avec le bruit sec d'un pistolet que l'on arme. Je pensais à nos gentilshommes : en ce moment, ils devaient attendre au pied des murs qu'on leur ouvrît la poterne par laquelle ils pénétreraient dans le couvent.

Vers la onzième heure, les moines se levèrent, firent de grands signes de croix et s'enfoncèrent dans l'ombre. Flint avait escompté cela. À peine eut-il entendu battre une porte dans le lointain, qu'il toqua contre le cercueil. Un craquement lui répondit. Les ais du couvercle se soulevèrent ; Brice Coquelle se dressa tout debout, s'étira, sauta à terre. Tandis que nous rajustions rapidement les planches, il se glissait dans la nuit de l'église. Lorsque de nouveaux veilleurs entrèrent, tout était en ordre ; rien ne pouvait laisser supposer qu'un mort rôdât dans le couvent.

Brice, nous le sûmes plus tard, eut de la peine à reconnaître les lieux et à atteindre l'enceinte. Il erra quelque temps dans le cloître avant de trouver enfin une porte basse par laquelle il fit entrer nos hommes. Il eut soin tout d'abord de placer une sentinelle aux cordes des cloches, puis fit garder les issues.

Tout cela s'exécuta sans bruit. Jusqu'au moment où un piétinement et des clameurs étouffées éclatèrent derrière nous, nous ne savions pas si Brice avait réussi. Nous ne fûmes pas longs alors à courir sus à nos compagnons de veille. Mais tout était déjà fait : proprement bâillonnés, ficelés, la tête entortillée de leur capuchon, les moines qui s'étaient laissé surprendre au pied du cercueil vide, se trouvaient au pouvoir de Brice. Aussitôt, les événements si lents jusqu'à cet instant se précipitèrent, dans une fièvre générale d'agir et d'agir vite.

– Viens, me dit Brice, en chargeant l'un des prisonniers sur son épaule.

Il courut pieds nus – nous nous étions tous déchaussés pour éviter le bruit – jusqu'au cloître. Là, il coupa les liens du moine, lui mit le poignard à la gorge, lui intimant l'ordre de nous conduire à la cellule du frère Oliviero. L'homme obéit.

– Appelle doucement, dit Brice.

L'autre obéit encore.

– Dis-lui de venir vite.

Un loquet fut tiré. La main de Brice qui m'avait confié le premier prisonnier, s'abattit sur une gorge d'où s'exhala un vague gargouillis. À bras tendu, Brice sortit de l'ombre un grand diable mal réveillé. C'était le ravisseur de demoiselles.

– Où as-tu caché la fille de la señora Encarnacion ? Tu as jusqu'à dix pour répondre, fit Brice en lui piquant le ventre. Ou sans ça, les poucettes. Un… deux… trois… quatre… cinq…

– Seigneur, je…

– Conduis-nous. Antoine, laisse ce moine à Jim qui veille à l'angle là-bas, et viens. Allons toi, marche ou j'enfonce.

Abruti par tant d'imprévu, Oliviero obéit machinalement. Il nous entraîna sous la galerie du cloître vers une porte toute semblable aux autres et tendit la main vers la serrure.

– Stop ! coupa Brice. Les bras en l'air. Tiens-le-moi à l'œil, Antoine. Je vais voir.

Il tourna doucement le loquet, risqua la tête, puis disparut dans l'ouverture. J'avais réuni les poignets de l'homme dans une main, l'autre faisant sentir le tranchant de mon couteau sur la gorge. Il était très sage.

Brice réapparut, portant dans ses bras une forme blanche. Brusquement, je sentis une sorte de reptation foudroyante se produire dans un des poignets que je maintenais. De mon pied, je projetai Brice à l'écart, tandis que, du poing tenant le couteau, j'assenais au moine un coup à la pointe du menton. En même temps qu'Oliviero s'écroulait, assommé, la navaja qu'il avait lancée se plantait dans le chambranle.

Ensuite le mouvement déjà rapide s'accéléra encore. Un homme à demi vêtu déboucha en courant dans la galerie, me bousculant au passage. Des cris retentirent, des pas claquèrent. Une troupe des nôtres, Flint en tête, se rua dans le cloître. Flint criait :

– Trop tard ! À la poterne tout le monde.

Un coup de feu éclata, puis, au-dessus de nos têtes, se déchaîna le cliquetis précipité du tocsin.

Une voix forte retentit dans ce tumulte :

– Aux cellules. Les fraïles vont sortir. Cueillez-les et enfilez les robes. Ne vous affolez pas, vous avez le temps.

C'était Brice ; il avait jugé la situation. Nous courûmes aux portes des cellules. Les moines qui se précipitaient, mal réveillés, affolés par la cloche d'alarme, se jetèrent d'eux-mêmes dans nos bras.

Quelques instants plus tard, un cortège de vingt franciscains, capuchon rabattu, sortait dans la nuit finissante et cheminait sur le sable de la plage. Nous croisâmes un peloton de dragons jaunes accourant au galop. L'officier s'arrêta pour nous demander ce qui arrivait au couvent.

– *El fuego ! El fuego !* criâmes-nous en chœur, montrant des flammes qui commençaient de rougir le ciel.

– Mais où allez-vous mes frères, au lieu de combattre l'incendie ?

– Nous emmenons les reliques, répondit Brice.

Il portait une longue forme enveloppée d'une nappe d'autel.

Flint ne dit rien. Pourtant, il tenait lui aussi quelque chose : un sac qui rendit un tintement argentin en touchant le fond de la chaloupe.

J'eus l'impression que de Flint et de Brice l'un avait tiré pour l'autre les marrons du feu, comme on dit chez nous.

III

Mirage

Tandis que le *Walrus*, après nous avoir recueillis, faisait route vers le large, Brice Coquelle descendait son fardeau dans la cabine qu'il partageait avec moi à l'arrière. Il dégagea du linge où il l'avait roulée une forme svelte. Un flot de cheveux noirs se répandit d'abord, sinuant sur la blancheur du drap ; puis un bras abandonné apparut, et enfin le visage même dont un portrait avait déjà infusé en nous le charme.

Ce charme, nous pouvions le vérifier, n'était point dû aux artifices du peintre. Au naturel il était plus troublant, plus actif encore, et singulièrement accru en ce moment par le désordre où se trouvait la jeune fille. À demi nue, décoiffée, évanouie, avec des cernes nacrés sous les paupières, elle paraissait infiniment fragile. J'étais ému de compassion autant que d'admiration, et les mains de Brice tremblaient tandis qu'il l'arrangeait commodément sur sa couchette.

– Du vinaigre, dit-il. Va me chercher du vinaigre.

– Du vinaigre, répéta quelqu'un derrière moi.

Nous n'étions pas seuls. D'un geste jaloux, Brice resserra l'étoffe autour de Mañuela. Je me retournai. On se bousculait dans le fond de la petite chambre ; par la porte j'apercevais des formes accroupies sur l'échelle de capot.

– Qu'est-ce que vous faites ici, bougres de piautres ? cria Brice.

– On regarde le butin, répondit George Merry en tendant son cou où la pomme d'Adam saillait comme le bréchet d'un oiseau de proie.

George Merry et Darby Mac-Graw étaient les âmes damnées de Flint. Simples matelots, ils jouissaient cependant d'un traitement de faveur, contrairement aux principes égalitaires réglant les associations des gentilshommes de fortune. Mi-domestiques, mi-espions, ils incarnaient dans l'équipage la pensée secrète du capitaine. J'avais cru m'apercevoir à diverses reprises que ses desseins personnels ne se confondaient pas toujours avec les nôtres, comme notre loi l'eût voulu. Sous ses dehors débonnaires, ses manières laissaient percer un besoin tyrannique d'autorité. Non seulement il entendait exercer sans partage celle que nos règlements lui donnaient, mais grâce aux manœuvres de Merry et de Mac-Graw, grâce à l'appui de Bill Burke doué pour le capitaine d'une confiance et d'une admiration sans bornes, il s'était fait du navire un véritable royaume. Jusqu'alors, faute d'intérêt, personne n'avait élevé d'opposition à cette tyrannie déguisée. Flint, d'ailleurs, était trop subtil pour ne pas sauver les apparences en provoquant aussi souvent qu'il le fallait ce que nous appelions le « conseil du gaillard d'avant », c'est-à-dire les délibérations de l'équipage. Il les proclamait hautement lois suprêmes, mais grâce à George et Mac-Graw, avec la voix influente de Bill, il se faisait dicter par ce conseil ses propres volontés. Le bossman, moi-même, Tom Hawkins : le second maître, Will Whale : le maître charpentier, Michel Pantaragat : le doyen du bord, qui avait roulé sur tous les océans de ce globe, nous ne partagions pas toujours les vues de cette majorité truquée, mais nous avions toujours laissé faire : peu nous importait.

Je vis briller la colère dans les yeux de Brice à la réponse de George Merry et je pensai que le temps de l'indifférence était révolu. Le boss, sautant sur Merry, ramenait en arrière un poing menaçant, lorsque Michault Cul d'Oue, lui tendant un cruchon qui avait passé de main en main, arrêta le geste.

– Laisse donc, voilà le vinaigre.

Brice se mit à bassiner le front et les tempes de la jeune fille. Bientôt elle frissonna, ses paupières battirent. Il y eut une rumeur dans la chambre où le cercle se resserra.

Le premier geste de Mañuela fut un mouvement de pudeur. En voyant tous ces visages violents tendus vers elle, elle ne témoigna point de peur, mais, du geste même que nous avions vu au portrait, elle ramena sur sa poitrine à la fois ses cheveux et le linge qui l'entourait. Elle releva de nouveau ses paupières et nous fûmes confrontés à ce rayon de lumière si pur.

Quelque chose d'intolérable nous prit à la gorge. Quelqu'un toussa. On entendit tomber un couteau. Jim, le mousse, s'agenouilla devant la couchette. Nous nous sentions stupides. Une étrange révolution s'opérait en nous, nous laissant désorientés.

Michel Pantaragat nous libéra.

– Je pense, dit-il, qu'on pourrait monter sur le pont.

La cabine se vida en un instant, Brice lui-même n'osa pas rester. Il sortit à reculons et nous suivit sur le tillac où nous nous couchâmes de-ci de-là, sans rien dire.

Le bateau taillait tranquillement sa route sur des eaux à peine ridées ; une brise très faible, régulière, gonflait les voiles. Le jour n'était pas encore venu. La plate mer reflétait les dernières étoiles. D'autres étoiles piquetaient le littoral.

L'image des vies éclairées sur terre par ces lampes brillant aux fenêtres, s'imposait à nous. Pour la première fois depuis bien longtemps, nous étions sensibles à la perfection de cette heure suspendue entre la nuit et le jour ; pour la première fois, l'imprévu ne nous offrait plus d'attrait.

Qui parla le premier? Je ne sais. Je me rappelle seulement Michel Pantaragat appuyé au bossoir, murmurant des mots confus. Il ne nous regardait pas : il tournait vers la berçante houle du large sa face camarde. Dans le silence de la dernière heure nocturne, à peine troublé par le bruit de soie du taille-mer bavardant avec la lame, comme disent les marins, les paroles de notre frère éveillaient d'étranges résonances.

– ... Derrière chez nous, disait-il, il y avait un grand cerisier qui donnait des fruits ronds et durs, mais pas plus rouges ni plus gonflés que ses lèvres. Tandis que je lançais à poignées les cerises dans son tablier tendu, elle renversait la tête pour me crier : « Encore ! » À travers les feuilles, je voyais rire ses yeux, son cou se renflait... Elle pendait autour de ses oreilles des grappes de fruits sous les grappes de ses cheveux et je ne savais si je mordais les cerises ou sa chair... Elle me prenait par la main, nous allions mirer au bord de l'étang, entre les herbes, nos visages appuyés joue à joue... elle me souriait dans l'eau. Je la couronnais de nénuphars... Anne-Marie !... – Il se tut, soupira, puis dit encore : On nous a chassés parce que le père ne pouvait payer la dîme, la gabelle, le cens...

Nous ne l'écoutions plus, chacun de nous avait à évoquer des souvenirs qu'il croyait morts ; maintenant, ils nous remontaient à la gorge en flots pressés et incohérents. Georges Nightingale parlait d'une petite prostituée de Piccadilly. Elle lui avait refusé son corps parce qu'elle l'aimait, et lui qui avait possédé tant de femmes oubliées depuis, se rappelait le nom de Jenny. Rupert von Narwitz, gentilhomme en son pays, échangeait dans une langue inconnue, avec Peter Lytton, dit Peter du Nord, des confidences que leurs yeux pâles suivaient dans la nuit. Et moi je pensais à Marion. Tom Hawkins se taisait, mais son pilon d'ivoire, tandis qu'il arpentait le pont, marquait une cadence mal assurée. Tout à coup, je le vis sautiller vers le poste où il tenait son coffre. Il en revint avec une grande robe de dentelle qu'il jeta au mousse en lui disant de la descendre à la jeune dame.

Alors nous nous avisâmes que nous avions oublié Mañuela, et chacun se rua vers son trésor pour lui faire un présent plus beau que les autres. Nous ne pensions même pas qu'elle ignorerait le nom du donateur. Peu importait. Ce n'était pas Mañuela, c'était Anne-Marie, Jenny, Rose, Marion, Katjie que chacun voulait couvrir de ce qu'il avait de plus précieux. C'est pourquoi Peter du Nord faillit se faire éventrer parce qu'il voulait donner un bracelet duquel nul lavage n'avait pu effacer une large éclaboussure brune.

À l'aube, Brice Coquelle, Tom Hawkins, Michel Pantaragat allèrent informer Flint que le conseil du gaillard avait décidé unanimement de virer de bord pour retourner à Galapas.

Peu d'instants après, nous vîmes arriver Flint ; il était de la couleur de son justaucorps.

– C'est vrai ? fit-il avec une violence contenue. Vous voulez retourner dans la baie ?

Nous fîmes signe que oui.

– Vous êtes fatigués de vivre ? Vous pensez que nous passerons inaperçus ? Vous croyez que le *corregidor*[1] vous trouvera blancs comme neige parce que vous avez subitement des âmes de petits saints ? God damn ! Et le coup de cette nuit : vous pensez qu'on vous tressera des couronnes pour avoir mis le feu au couvent ?

Rien ne pouvait aller contre notre décision.

– Well, dit Flint, nous voyant déterminés. Que dit le conseil de la façon dont nous allons mener cette belle entreprise ?

– Il dit, répondit Brice, qu'il faut dépasser le mât de perroquet de fougue, raccourcir le boute-hors de beaupré, devenir

1. Chef de police, dans les possessions espagnoles.

un honnête brick de guerre de Sa Majesté le roi George, ouvrir les sabords et tirer quelques bonnes bordées de nos pièces de huit, enfin entrer fièrement au port en annonçant que nous venons de couler au large un pirate sortant de la baie sous les couleurs espagnoles. Nous le chassions depuis plusieurs jours et nous l'avions perdu avant-hier.

Brice s'interrompit un instant puis, regardant Flint en face, il ajouta :

– Nous pourrons, pour corroborer ce récit, faire porter au gouvernement un sac d'or que le capitaine de ces pirates avait emporté du couvent. Il n'eut pas, sans doute, le temps de partager avec son équipage, car ce sac fut retrouvé dans le canot dudit capitaine, sous le banc où il était dissimulé.

J'eus peur, je l'avoue. Mais Flint éclatait d'un rire qui fit danser ses puissantes épaules.

– Bien joué, garçon, dit-il. Ah ! ah ! oh ! sur mon âme, boss, tu es un fier compaing ! Ah ! ah ! hum ! Fin renard ! Oui dam.

Il lui fallut un instant pour calmer sa panse agitée de soubresauts. Enfin, il reprit son sérieux, réfléchit un instant, et ajouta avec une espèce de précaution, comme on tâte du pied une eau traîtresse :

– Tout de même, s'il ne me plaisait pas d'aller faire le marin du roi d'Angleterre au nez de ces insulaires, hein ?

– Alors, répliqua Brice froidement, le conseil t'enverrait la *Marque noire*, capitaine.

La *Marque noire* ! Un mouvement d'effroi et de secrète satisfaction devant une menace si directe qui ramenait Flint à sa véritable situation de capitaine élu, responsable devant nous et punissable, se fit sur le tillac. Des mains plongèrent instinctivement dans les ceintures. Nous attendions un coup de foudre. Flint considérant Brice, pâle et résolu, bomba le dos, croisa ses grosses mains.

– Bhou, bhou, la *Marque noire*, et puis quoi ! Tout de suite les grands moyens !!!

Il sourit d'un air bonhomme.

– Damnés coquebins, il faudra vous passer tous vos caprices !

– Allons, ordonna-t-il, en bas tout le monde. Branle-bas. Les canonniers aux pièces ! Feu à poudre à volonté. Will, pare à démâter. Bill, mets tes hommes aux bras de vergue. Allons, allons, le conseil du gaillard n'admet pas que ça traîne.

– Tu suis une voie périlleuse, dis-je à Brice.

– Bah ! répondit-il, qu'importe. Je suis las du train que nous menons.

Ancré dans l'avant-port de Galapas et paré pour fuir à tout instant, le *Walrus* ne semblait pas cependant devoir jamais reprendre la mer. Tout nous pressait de partir. Notre sécurité n'avait rien que de fort précaire et nous ne pouvions gagner quoi que ce fût à Galapas sinon un collier de cuir autour du cou, pour peu que quelque confrère de la foi nous reconnût.

L'idée d'un départ n'effleurait pourtant l'esprit d'aucun de nous : nous étions sous le charme de Mañuela ou plutôt des fantômes qu'elle faisait vivre en nos cœurs. Si Flint avait levé l'ancre, ce navire, notre seul refuge au monde, nous l'aurions laissé s'éloigner sans lui accorder un coup d'œil. À vrai dire, le *Walrus* ne risquait pas de s'en aller ; il ne restait à bord avec Flint, que George Merry, Darby Mac-Graw, Israël Hands le borgne, et quelques autres Anglais qui faisaient ostensiblement cause commune avec eux. Bill Burke lui-même avait déserté.

Lorsque j'avais le loisir d'y songer, je n'imaginais pas sans effroi la rage qui devait couver sous l'apparente bonhomie du capitaine. Mais je noyais ces inquiétudes dans la quiétude du moment, dans le vague où nous vivions, incapables de former un dessein, comme si, avertis de la fragilité de notre rêve, nous eussions craint qu'un geste trop caractérisé le dissipât à jamais.

Nous n'allions plus à bord ; chaque planche, chaque filin du *Walrus*, nous rappelait une condition devenue odieuse. Nous logions près de la maison de la señora Encarnacion dans des auberges pleines de blattes, de punaises et de rats.

Chaque jour nous voyions Mañuela. Assis dans le patio sous la galerie de tuiles, nous avions la pureté de son regard, son sourire, ses beaux gestes où la douceur de la femme et la spontanéité de l'enfant se mêlaient. À part Brice Coquelle, nous n'en demandions pas plus. Elle nous accueillait tous avec une égale amitié ; dans son cœur, aucun ne semblait l'emporter, pas même Brice, principal artisan de son salut.

Brice l'aimait, lui. Il était le seul qui l'aimât réellement, qui n'aimât qu'elle en elle-même. Nous autres, nous aimions seulement en elle nos souvenirs et aussi ces vieilles idoles inventées pour nous donner le change sur nous-mêmes : l'innocence, la candeur, la pureté. Nous l'avions sauvée de notre propre avidité. Nous étions pris par les conséquences de cet acte ; il nous rendait quelque chose comme le sentiment de notre dignité. Ainsi vont les choses humaines : le bienfait lie le bienfaiteur plus que l'obligé. La mère Encarnacion en profitait pour nous compter son Rhum et son Parfait Amour à un tarif honteux, tout en nous accablant des effusions de sa reconnaissance.

Quant à Flint, le charme de Mañuela semblait lui faire autant d'effet qu'en eût produit un emplâtre sur le pilon de Tom Hawkins. Il n'accordait à la jeune fille aucune importance : la traitant comme si elle était encore la gamine d'autrefois.

– Muchachina ! criait-il, en s'asseyant sur un banc du patio, du punch, et vite, ou je te tire les oreilles, petite ponisse.

Chaque fois, je voyais les mâchoires de Brice se serrer.

Flint venait tous les soirs, avec une fille à chaque bras, encadré de George Merry, de Mac-Graw, d'Israël Hands, de Ballater et de quelques autres représentants de la pègre de Piccadilly. Ils jouaient au trente-et-quarante en vidant les gobelets ; ils nous lardaient de sous-entendus lourdement ironiques, tandis que nous écoutions Mañuela lancer vers la nuit descendante de poignantes *saetas*[1] que Jak Groove accompagnait de son bayou. Jamais Flint ne parlait de départ, ni de notre défection ; et tant était grand son prestige que nous nous sentions vaguement honteux devant lui. Au bout d'une heure ou deux, quand la mère Encarnacion mettait, avec mille salamalecs, mais fermement, nos seigneuries dehors – « il faut que la niña dorme, disait-elle ; seigneurs vous ne voudriez pas faire rougir ses beaux yeux » –, il regagnait le *Walrus* avec ses acolytes, ou bien une espèce de caravansérail plein de filles galantes parmi lesquelles il avait pris ses quartiers à terre. On l'y connaissait sous le nom d'*el señor Rojo* – le seigneur Rouge – tant pour son justaucorps couleur de feu que par la violence de ses emportements et ses exigences avec les femmes.

– Mac-Graw se vantait qu'hier soir ils ont fait allumer cent chandelles et obligé les filles à se mettre en chemise pour danser devant eux au milieu de cette illumination. Il y en avait une qui ne voulait pas ; Flint l'a poursuivie à coups de fouet jusqu'à ce qu'elle enlève tout ce qu'elle avait sur elle et qu'elle danse avec les autres. C'est une bête cruelle : garde-toi serré, Brice.

– Je ne fais rien d'autre depuis que je le connais. Bah ! il ne peut plus rien contre nous maintenant ; et le diable m'emporte si je remets jamais les pieds à bord de ce maudit navire. Vois-tu, Antoine, je voudrais rester ici, acheter un

1. Chansons espagnoles.

lougre[1] pour vivre comme un honnête capitaine, avec ma femme qui m'attendrait à la maison.

» Écoute : je me rappelle, quand j'étais petit, les veillées sous la lampe. Ma mère faisait aller ses fuseaux sous la grande cheminée, tandis que, réunis autour de ses jupes, nous, les enfants, riions d'entendre les claquements des pommes de pin que nous enfouissions sous la cendre pour les faire éclater et avoir les amandes. Sur l'autre banc, de l'autre côté du foyer, mon père lisait. De temps en temps il levait le front, posait ses mains à plat sur le livre et nous regardait. Puis ses yeux allaient vers ma mère, vers son visage doux et tranquille, qui lui rendait son sourire. Ce sourire, Antoine, la confiance de ce regard, sommes-nous donc de tels misérables qu'il ne nous soit pas permis de les espérer ! Les crimes que nous avons pu commettre ne portaient-ils pas dans leur horreur même un châtiment assez terrible ? Il y a plus de pitié au ciel pour un pécheur qui se repent que pour un juste qui persévère. Voilà ce que dit l'Évangile. Je suis ce pécheur. Que peut Flint contre cela ?

Nous déambulions, Brice Coquelle et moi, à travers les rues, comme nous le faisions chaque soir, le bodegon fermé. À cette heure, Mañuela dormait. Ému par la confidence de Brice, rappelé au temps où je nourrissais au sujet de Marion des projets semblables, étreint par la tristesse de cet espoir anéanti et remplacé par l'horreur de la férocité, je marchais en silence, côte à côte avec mon ami. J'allais lui demander s'il avait obtenu de Mañuela une assurance favorable à ses désirs, lorsque, brusquement, quelque chose siffla par notre travers. Suivit un claquement caractéristique. Nous avions stoppé net. Après quelques secondes, je m'élançai vers l'endroit où avait retenti le claquement. Sur le tronc

1. Petit navire de cabotage.

d'un sapotillier qui agitait sous la pâle clarté son feuillage transparent, un couteau vibrait encore.

– Un couteau de marin, fit Brice.

– Oui. Je te disais bien de te garder. On voulait t'envoyer ça dans la peau.

– Tu crois, dit-il avec ironie. Et on m'aurait manqué de six pieds ! Tu es… chut. Écoute.

Des pierres roulèrent, puis on entendit un bruit de course.

– Allons-y, dit Brice, remue-toi, mon gars.

Nous suivîmes le bruit. Par moments, quand l'ombre était moins dense, il me semblait apercevoir une silhouette fuyant assez loin devant nous en rasant les murailles. Peu à peu, nous gagnions sur elle. Devant l'estrade du garrot, elle abandonna la protection des murs pour traverser la place en diagonale dans la lumière diffuse.

– Diable m'emporte si ce n'est là George Merry !

Il filait droit vers le bodegon.

– Il y a quelque chose qui ne me plaît pas, dis-je. Suis ce piautre si tu veux, mais ne t'aventure pas avant que je sois là avec les autres. Je vais les quérir. Ce garçon ne se cache pas assez. Vois, on dirait qu'il nous attend. C'est un appât.

Quand je revins avec nos amis, Brice n'était plus où je l'avais laissé. Nous fîmes prudemment le tour de la maison et, escaladant le mur, car la grille du porche était fermée, nous avançâmes sans bruit dans le patio. Le nasillement d'une musique bien scandée semblait venir de l'étage. Une lumière perçait à travers les lattes d'une jalousie et une ombre accrochée à la fenêtre se découpait en noir. De plus près, je reconnus Brice. Je lui touchai l'épaule ; il ne bougea pas. La musique glissait, plus stridente, sous la jalousie. Imitant Brice, j'appliquai mon œil au défaut d'une latte.

Il me fallut un moment pour me convaincre que je ne rêvais pas. J'avais sous les yeux la grande salle où, servis par la mère Encarnacion, nous avions festoyé si souvent, réunis autour de l'exquise Mañuela. Maintenant la pièce était brillamment éclairée, et sur la vaste table où se reflétait sa forme, Mañuela, plus qu'à demi nue, dansait devant six officiers de dragons jaunes qui battaient des mains.

Elle dansait une *jota* démoniaque, avec des frémissements de hanches, des ondulations à faire damner un saint. Les petits souliers de peau que lui avait donnés Georges Nightingale martelaient la table en un piétinement hystérique ; les bas de soie pourpre incrustés de dentelle que Michel Pantaragat avait tirés de son coffre grimpaient au long de ses jambes impudiques. L'éventail de Brice Coquelle au bout de ses doigts voltigeait, couvrant et découvrant ses yeux, ses seins, son ventre. La mantille de Bill Burke tournoyait comme une auréole noire autour des clartés de sa taille, et sur son buste secoué par la danse tressautait ma croix de saphirs.

Pire que nue, pire qu'impudique, elle se livrait de toutes les parcelles de sa chair à ces hommes qui criaient, les yeux fous, scandant sa danse de leurs claquements de mains, tandis que la vieille Encarnacion, assise à même les dalles, un cigare en bouche, tournait d'une main la manivelle d'un petit orgue mécanique et, de l'autre, faisait résonner ses castagnettes.

Je m'arrachai à la fenêtre pour reprendre du souffle. Nos amis étaient collés aux jalousies comme des grappes de cloportes ; ils se gavaient de ce poison. Le pilon de Tom Hawkins, qui s'était glissé à plat ventre sous le bras du grand Georges, se tendait vers le ciel, tel un mât brisé par ce naufrage où sombrait une ultime illusion.

Tous, nous restions pantelants à considérer les ruines répandues dans cette salle sonore. Il nous semblait qu'elle ne fût située nulle part, comme ces chambres aperçues en songe, peuplées de fantasmes, qu'enfante le sommeil. Et cette femme nue et serpentine, qu'empruntait-elle à la réalité? Pas même l'apparence de Mañuela, car ces prunelles en flammes tournant dans les orbites, ces lèvres retroussées par un rictus de damnation, ce corps taché de pourpre et d'ombre, n'appartenaient pas à celles que nous avions aimées.

En dansant, Mañuela frôlait les officiers, fuyait de l'un à l'autre, faisait respirer à chacun l'odeur exaspérée de sa chair. Ils tendaient les mains. L'un d'eux la saisit à la taille. Brice, plantant son poignard dans le joint de la jalousie, la fit sauter. Bill Burke en avait enfoncé une autre; du même élan, il était déjà tombé sur l'homme. Quand le soldat se releva, l'épée au clair, le couteau de notre compère étincela.

– Laisse-le-moi! cria Brice.

Un autre dragon l'attaquait. Georges Nightingale saisit celui-ci, puis un troisième dans ses mains gigantesques, leur enleva leurs épées comme des cure-dents et les envoya étourdis contre le mur par-dessus la señora Encarnacion qui avait jugé bon de s'évanouir. Les trois autres n'avaient pas eu le temps de dégainer; coincés dans un angle, ils hurlaient à la garde. Brice, ayant jeté la cape d'un des soldats sur Mañuela, la tenait au poignet, partagé sans doute entre le désespoir et la colère. Elle, les narines palpitantes, tirait sur la main qui la retenait, se haussant pour voir Bill et l'officier se battre.

Bill avait cueilli un escabeau dont il se servait pour parer les coups. Gagnant au corps, il reçut sans y prendre garde des taillades qui firent gicler son sang; mais l'officier fut à bonne portée. À coups nets, le coutelas lui fit sauter une oreille, bientôt l'autre, puis lui trancha le nez. Au même moment l'épée, traversant la poitrine de notre maître d'équipage, brillait derrière lui. Il tomba en même temps que l'essorillé, nous regarda fièrement et mourut.

IV

L'esprit du mal

Bill Burke avait choisi la meilleure part. Nous le sentîmes lorsque nous eûmes repris la mer, en emmenant Mañuela. Coïncidence curieuse, cette nuit-là justement, Flint et ses acolytes se trouvaient tous à bord ; tout était paré : il n'y eut qu'à virer au guindeau, à hisser la toile.

– Encore cette ponisse ! s'écria le capitaine en nous voyant arriver du haut de son château-arrière qu'il arpentait bruyamment. Qu'est-ce que vous voulez ?

– Partir, répondit Brice Coquelle en notre nom.

– Ah ! ah ! mes garçons, c'est là ce que décide le conseil du gaillard d'avant ! M'enverra-t-il la *Marque noire*, si je refuse, hein, fanandels ?

– Ça va bien, fit Brice. Nous avons sans doute eu tort.

– Bon, bon. Je suis bon homme. Vous avez voulu faire les béjaunes ; vous êtes payés. On croira le vieux Flint, maintenant ! Et qu'est-ce qu'il veut, le vieux Flint, hein ? Vous faire mener la vraie vie des chevaliers de fortune que nous sommes, les enfants ; vous mener où il y a de la monnaie à prendre et des coups à donner. C'est notre vie à nous ça, au lieu de soupirer dans le giron des femelles. Laissez ces godans aux damnés faillis chiens de pique-poux. Allons, ça va, ça va ; aux barres de cabestan, mes petits agneaux. Bill, tes gaillards aux drisses. Bill ! Où est-il ce sacré...

– Il est mort, fis-je doucement.

– Mort !

Flint eut un instant d'hésitation. Darby Mac-Graw s'avança : depuis longtemps, il guignait la place de maître d'équipage, comme George Merry celle de bossman.

– *De profundis*, dit Flint en touchant son tricorne, c'était un bon. C'est toi qui seras premier maître, Antoine, parce que les gars t'aiment bien. Tu toucheras au butin la part d'écrivain plus celle de ton nouvel emploi. Well, allons, mets-moi tes gentilshommes aux drisses. Boss, fais déraper. La barre au sud-quart-ouest. Quand nous serons en route, on verra pour cette petite garce.

Maintenant nous étions en route ; Mañuela, assise sur les plis d'un prélart, attendait. Indifférente, appuyant au mât sa tête levée vers les étoiles, elle ne laissait rien paraître de ses sentiments. Mesurant le pouvoir qu'elle gardait encore sur nous, sans doute nous méprisait-elle. Nous ne pouvions décider de son sort. Nous avions trop tardé à nous venger ; c'est dans la salle où nous l'avions surprise qu'il aurait fallu la frapper. Bill avait préféré mourir. Nous l'avions emmenée lâchement, faute de pouvoir pardonner aussi bien que de pouvoir la châtier. Que méritait-elle ?

– Elle n'a rien fait pour nous abuser, dit Michel Pantaragat qui la contemplait tristement. Nous nous sommes bien enjaultrés de nous-mêmes.

Tom Hawkins proposa, par principe et sans conviction, de la violer à mort. C'eût été une juste manière de rattraper notre bêtise ; mais, tout ruiné qu'était notre rêve, nous ne nous sentions pas le courage de porter sur ses débris des mains sacrilèges.

Brice Coquelle, qu'un va-et-vient machinal ramenait de moment en moment devant la captive, tira son couteau.

C'était le mieux ; nul ne leva le doigt pour le retenir. Mais il passa la lame derrière elle, tranchant seulement les liens qui attachaient ses mains. Michault Cul d'Oue poussa un soupir. Quant à elle, elle ne dit rien, se bornant à frotter ses poignets endoloris. Puis, renversée en arrière, elle se mit à chanter une saeta dont les notes pures ruisselaient de sa gorge, s'élevaient doucement en tournant autour des arbres jusqu'à la flamme noire de la pomme de mât, d'où elles retombaient sur nous en une bruine dissolvante. La tête dans les mains, Jim, le mousse, pleurait.

– Te tairas-tu, damnée fille de drabs, hurla Flint en dégringolant de sa chambre. George, ici. Lance-moi un filin au brancard du maître-arbre, qu'on la pende. Je lui passerai le chanvre de mes mains puisque…

– Non, dit Brice froidement, elle est à nous. Laisse-nous faire nos affaires, capitaine.

– Très bien, garçons, elle est à vous, je ne dis pas non. Mais si demain, quand la cloche piquera le premier quart, je trouve encore cette charmante demoiselle sur mon navire, qu'elle soit à vous ou au diable, by Jove, je la pends, entendez-vous, je la pends de ces mains, et celui de vous qui voudra avec. Vous avez six heures pour vous décider. Bonsoir.

Il nous tourna son dos rouge et rentra chez lui. Mañuela avait écouté sa condamnation les yeux fermés. Lorsque Flint s'en fut, elle les ouvrit, le suivit d'un long regard, puis elle eut un sourire énigmatique. Il devint railleur en s'adressant à nous. Toujours dévêtue sous la cape du dragon que Brice avait jetée sur elle, elle s'y drapait soigneusement ; d'un bout de garcette elle s'était fait une ceinture, d'un pan de sa mantille une écharpe enroulée autour de son cou.

– Je ne suis pas de quart ; je descends, dit soudain Georges Nightingale. Vous déciderez sans moi.

– Par ma fé, fit Frémin Cotard, moi de même, gast ! Mieux me va de vous quitter la place.

Peter du Nord se leva sans rien dire et disparut. Tom Hawkins le suivit. Tous, les uns après les autres, s'en allèrent, d'aucuns tirant une mèche de leurs cheveux – salut de marins à celle dont le destin allait se décider, ou à ses juges –, d'autres murmurant comme une vague excuse :

– Vous êtes les maîtres.

Ou :

– Ce que vous ferez sera bien.

Bientôt, à part l'homme de bossoir perdu dans l'ombre du beaupré et le timonier isolé dans la solitude du gaillard d'arrière, il n'y eut plus sur le pont que Brice, celle qu'il fallait juger, et moi. Alors je me levai à mon tour, je dis à mon ami :

– Tu es le maître.

Et :

– Ce que tu feras sera bien.

Un peu plus tard, alors que je me tournais et me retournais sur mon cadre, ne pouvant dormir, Brice entra. Il vint à moi, s'assit à mon côté et dit :

– Antoine, tu as eu tort d'avoir confiance. J'ai agi lâchement. Il fallait la tuer ou partir avec elle.

– Alors ?

Il frappa de son poing sur le bois du cadre, à s'en faire craquer les os.

– Je l'ai descendue dans le canot du capitaine. Je l'ai embrassée. J'ai coupé l'amarre et je l'ai abandonnée en pleurant comme un infect lamantin. Je ne sais ce qui me retient de me faire sauter la calotte du crâne.

– Tu ne pouvais la tuer ; tu l'aimais trop.

– Je ne l'aimais pas assez, oui !

Laissant Brice, je montai sur le pont. Loin déjà, par notre travers, on apercevait une minuscule voile. Brice la lui avait donc mâtée. C'était ou cruel ou maladroit, car la forte brise qui soufflait de la terre la poussait vers le grand large.

Étant donné le peu de provisions de bouche et d'eau qu'elle pouvait avoir, elle mourrait infailliblement de soif ou de faim si elle ne se dirigeait vers la terre. Au train dont elle allait, à l'aube elle serait loin de tout atterrage, loin de nous aussi qui faisions de l'est en marchant aux trois quarts du vent. Somme toute, pensai-je, c'est cet éloignement que Brice a voulu avant tout, dans la crainte que Flint, s'il la voyait encore au lever du jour, ne lui laisse pas même la faible chance qui lui reste de s'en tirer.

Je fis monter la bordée de quart pour porter le cap à l'est d'un point de plus.

– Boss, fit Flint lorsque Brice apparut pour le quart du matin, la fille était à vous autres, mais le canot était à moi. Si, à la prochaine rencontre, tu ne m'en ramènes un aussi bon, tu tâteras des fers, mon garçon.

Brice tira sur sa mèche sans rien dire. Il s'en fut se placer derrière l'homme de barre.

Et les heures s'écoulèrent, mornes, rendues à la vacuité de notre existence de damnés, plus écrasante encore qu'autrefois.

Quand Brice vint sur l'avant, je lui demandai, car la chose me tracassait malgré tout :

– Lui as-tu dit d'abattre la voile quand elle serait hors de vue ?

Il me regarda avec surprise…

– À qui ?… Quelle voile ?

– La voile du canot.

Il me considérait toujours sans avoir l'air de comprendre.

– Le canot… ce matin, quand je suis monté sur le pont après t'avoir laissé dans la cabine, il était maté, avec la voile haute.

– Sacré tonnerre ! Qu'est-ce que tu me chantes ? La voile

était dans le coffre arrière, non gréée, je n'y ai pas touché. Avec le vent établi comme il l'était, je me serais bien gardé de lui hisser de la toile, alors que la marée suffisait à la porter à terre. Bon Dieu ! Et où allait-elle quand tu l'as vue ?

– Plein sud.

Il serra nerveusement les mains.

– Quoi qu'il en soit, dis-je, il n'y a rien à faire. À la grâce de Dieu ! son sort ne dépend plus des hommes.

Vers la fin de l'après-midi, des tonitruances éclatèrent du côté du château. Je vis George Merry dégringoler l'escalier en courant ; il me fit des signes.

– Le vieux est furieux, me confia-t-il de sa voix chuchoteuse, en approchant. Il prétend qu'il a demandé quatre fois le mousse depuis ce matin et qu'il n'en a jamais vu l'ombre.

– Il doit être chez Michault (Michault Cul d'Oue était le cuisinier du bord) en train de dormir derrière les fourneaux.

Mais on eut beau le chercher là et ailleurs, il n'était plus sur le *Walrus*. Quant à savoir où il se trouvait, on ne pouvait garder aucun doute. Flint lui-même – qui ne disposait pas comme nous de l'indice de cette voile mystérieusement établie – n'hésita pas. Avec des imprécations choisies, il nous voua tous au diable d'avoir amené à bord cette ponisse, cette drabs, cette *queent's Caroline daugh'er* dont nous n'avions su que faire, pour qu'enfin elle partît avec sa baille et son mousse à lui, Flint. C'était une injure personnelle qui lui avait été faite. Que si nous ne savions pas en user avec les damnées femelles, pour peu qu'il la retrouve, il nous montrerait, lui, Flint, comment un digne gentilhomme devait les faire danser, les princesses !...

Il hurlait ces mots en tapant du poing sur la balustrade du château, le tricorne tiré en avant sur son serre-tête. Il était rouge et échauffé. Pourtant, dans ses petits yeux enfoncés sous les sourcils gris-blond, à l'ombre du chapeau, il me semblait voir briller un éclat de gaieté et je discernais le rictus d'une espèce de réjouissance sardonique dans sa lippe. Nous avions été roulés en tout, jusqu'au bout. Flint devait apprécier en connaisseur le génie maléfique d'une créature aussi rouée que lui. Elle l'avait bien vengé. Je pensai que s'il la retrouvait jamais, comme il disait, il y aurait plus de chances qu'ils s'entendissent que pour qu'il la pendît. À vrai dire, je ne pensais pas à ce moment-là qu'aucun homme la revît jamais.

Un cri de Ballater en vigie dans les barres de perroquet, interrompit mes réflexions :

– Ouvre l'œil en bas : deux voiles dans l'est-nord-est.

Flint envoya chercher sa longue-vue.

– C'est le grand Daron qui nous les donne, fanandels. On va s'amuser un peu : ça nous changera les idées.

Mais quand il eut regardé dans le tube de cuivre, après avoir repoussé son tricorne, il fit une grimace. Sans rien dire, il passa l'instrument à Brice Coquelle qui le pointa vers l'est, observa un moment. Il le rendit enfin au capitaine en constatant comme si ça lui était bien égal :

– Frégates de guerre naviguant de conserve.

– Ouais, tout juste. M'est avis que si on commençait par s'en aller vent arrière, ça ne serait pas une mauvaise idée. Fais servir, boss.

Prenant son sifflet, Brice modula trois longs trilles qui firent s'élancer nos gens dans la gabie[1] pour parer à abattre sur tribord. Du pied de l'arbre de maître d'où je surveillais la manœuvre je vis les becs des focs piquer un nouveau cap ; les phares[2] s'orientèrent en claquant. Le *Walrus* se déroba en traçant un beau demi-cercle d'écume puis, recevant le vent plein arrière, il prit chasse à angle de 50 degrés avec la route que nous avions suivie jusque-là : vers cet horizon

1. Ensemble de la mâture d'un navire.
2. Ensemble de la voilure d'un mât.

du sud dans lequel quinze heures plus tôt le canot avait disparu.

Quand la cloche piqua le quart de nonante, les frégates avaient gagné sensiblement sur nous. À la lorgnette, on pouvait voir la flamme de guerre anglaise onduler à la pomme des mâts. Nous nous étions laissé surprendre avec l'oriflamme noire et il était trop tard pour l'amener. À quoi bon, d'ailleurs ? Nous devions être signalés.

Une heure plus tard, aucun doute ne subsista à cet égard. Le plus avancé des vaisseaux nous expédia un coup d'une de ses pièces de huit, dont ils possédaient quarante chacun, pour nous convaincre de mettre en panne. Ce à quoi nous eûmes garde d'obtempérer, car un voyage au bout d'une corde dans la gabie de ces beaux navires n'offrait pour nous nul attrait. En réponse, par une bravade que ma prudence jugea dangereuse, Flint fit hisser son drapeau noir au cœur sanglant, en l'appuyant d'une volée des espingoles à chandélier qui encadraient la lisse derrière le gaillard. Nous n'étions, ni les uns ni les autres, à portée de canon : les boulets ricochèrent en écrêtant les vagues comme des palets d'enfants. Il n'y avait rien d'autre à faire qu'à déployer le plus possible de toile et à serrer le vent de près. Nous ne nous en faisions pas faute : le *Walrus* se couchait sous le poids des bonnettes, de toutes les voiles de petite brise que nous avions pu hisser.

Nous maintenions notre avance sur les lourds vaisseaux. Plusieurs fois, à la tombée de la nuit, Flint, changeant brusquement la route, essaya de tromper nos poursuivants. En pure perte : la nuit criblée d'étoiles restait trop claire ; elle nous trahissait. À peine avions-nous orienté nos amures d'un bord à l'autre, un signal brillant dans la mâture de l'un ou l'autre vaisseau dénonçait notre tentative. Au lever du jour, la lumière montante tira de la mer les pyramides jumelles des deux voilures dont les phares étagés à moins de trois milles au vent, estompés de vapeurs légères, s'irisaient comme des arcs-en-ciel.

Accoudé sur les hamacs roulés dans le bastingage, Brice Coquelle contemplait cette sérénité.

– Vois, me dit-il, comme la mort peut prendre de plaisants aspects. Elle nous tend ce godan comme un pique-poux[1] cache la minceur d'un drap de droguet sous des galons d'argent. Mais ne te laisse pas prendre à cette mascarade : elle est sinistre. Ces arbres doucement inclinés, ces molles antennes, ces vagues qui ondulent paresseusement dans la lumière comme si tout n'était que volupté de vivre, c'est toujours le même mensonge. Le monde ne peut pas être honnête.

Vif et irrité, il se retourna pour me montrer l'étamine noire flottant à larges plis au-dessus du balcon d'arcasse, gardée par un pierrier.

– Ça au moins, dit-il, c'est loyal.

– Tu t'étais bien juré pourtant de l'abandonner.

– J'ai eu tort et j'ai été châtié. Il faut prendre les choses comme elles sont données. Il y a des rêves que nous ne pouvons pas faire.

Il ne dit rien pendant un instant, puis il ajouta – et sa voix eut un fléchissement :

– Nous ne sommes pas libres, même ici, sur la mer, sous ce drapeau ; pas libres de pardonner à qui nous aimons, captifs jusqu'au bout de notre intolérance, de notre orgueil, de nos illusions.

– Pierre Cornillon, un vieux de chez nous, disait que comme on fait son lit on se couche. En vérité, je crois plutôt que c'est le destin qui le fait notre lit : pour l'un une misérable paillasse, pour l'autre une coitte de duvet. Qu'y pouvons-nous ? Si le destin l'avait voulu, nous serions sur

1. Tailleur, dans un sens péjoratif.

ces vaisseaux là-bas : marins du roi. Nous y gagnerions des grades et de l'estime.

– Ni les grades ni l'estime ne rendent heureux. Parmi ces marins du roi, sois-en sûr, il en est qui changeraient leur place pour la nôtre.

– Pourtant, dis-je, du côté du roi est le meilleur. L'honnêteté, la vertu : c'est cela que représente un roi.

– Écoute, fit Brice en se tournant vers moi, il faut que je te narre une histoire. C'était bien avant que tu viennes à bord. Nous avions pris un brigantin espagnol dans le golfe de Gascogne, un garde-côte. Tandis qu'on transbordait quelques caques de poudre dont nous commencions à avoir bon besoin, et que quelques-uns de nos gentilshommes maraudaient par les coursies et les chambres, je me donnai le loisir de faire parler un peu les prisonniers. Un gaillard efflanqué, à moustaches de chat, noir comme cul de marmite, bâillait aux mouettes en attendant avec fatalisme que notre bon plaisir fût ou ne fût pas de lui hausser le col.

» – Hé ! que dis-tu, mon ami ? lui demandai-je. Quel diantre te poussa contre nous ?

» – Rien, par la Vierge, sinon le service du roi.

» – Bien, bien, mais ce roi, le connais-tu ?

» – Dieu et le roi n'ont pas de visage.

» – Par ma fé, belle réponse, mon ami ! lui dis-je. Il faudra que je te pende un peu. Ne préfères-tu pas changer d'avis, laisser là ton uniforme et venir avec nous ?

» Là-dessus, voilà que mon sauret se trouble, baisse la tête et me rétorque :

» – Oui bien ; mais si je le fais, je serai excommunié, et j'ai bien trop peur de l'enfer. J'aime mieux être pendu.

» Voilà. C'était un vrai sage ; il avait peur de l'enfer. Pour lui aussi le roi c'était l'honnêteté, la vertu par peur, mais la vertu quand même ; il ne se demandait pas si son roi pouvait avoir un autre visage.

– J'étais comme ça jusqu'à... jusqu'à un certain jour où j'ai connu un visage d'injustice, de cruauté indifférente. Mais, ajoutai-je rêveusement, pour un homme impartial, à quoi cela peut-il ressembler, au juste, un roi ?

– Un roi, dit Brice, j'en ai vu un : le père de celui au nom de qui on m'envoya aux galères pour avoir malmené le subdélégué d'un de ses intendants, que j'avais surpris serrant ma sœur de plus près qu'il ne convenait à elle et à moi. Je l'ai vu comme les culs-terreux de notre sorte voient leur roi.

Et mon ami me conta qu'une nuit, alors qu'il était enfant, le bourg où il vivait avec ses parents avait été réveillé par le branle des cloches sonnant à toute volée. En vêtements de nuit, ou habillés à la hâte, les gens se précipitaient aux fenêtres, au pas des portes. Un tonnerre de roues et de fers écrasant le pavé emplissait la route qui était la grand-rue du village. Enlevé à son lit par son père, les yeux pleins de sommeil, il avait vu défiler des soldats innombrables ; enfin, dans un éblouissement de flambeaux, dans un scintillement d'armes, au milieu d'une galopade de cavaliers chamarrés, passait un grand carrosse d'azur, d'or et de flamme roulant comme un foudre. C'était le roi qui s'en allait à l'armée. Déjà il dépassait le village, s'évanouissait dans la nuit : prestigieux météore. Les soldats, eux, étaient restés jusqu'au lendemain. En partant, ils laissèrent les poulaillers vides, les foins gâtés, des filles en larmes et en tous lieux de beaux tas de crottin jaune.

– Un roi, c'est tout ça, pour moi, conclut Brice.

Un coup de sifflet de Flint interrompit nos propos. Brice monta sur la poupe faire son office de bossman ; embouchant le porte-voix, il donna des ordres ; je mis des hommes aux bras de vergues. Le vent tournait faiblement vers l'ouest ; il s'agissait de permettre au *Walrus*, plus fin voilier que ses chasseurs, d'en profiter.

Tout ce jour et toute la nuit suivante, nous harassâmes

les frégates en manœuvrant sans cesse au plus près du vent. À force de les obliger à changer l'orientation de leur lourde voilure, au milieu du troisième jour de poursuite nous avions gagné sur elles près de trois milles; elles n'apparaissaient plus sur la mer que comme deux albatros lointains mais obstinément attachés à leur proie. C'est alors que l'homme de bossoir (c'était Will Whale, je m'en souviens, je vois encore ses cheveux gris flottant en auréole autour de son bicoquet de laine rouge lorsqu'il se retourna en lançant son appel) signala notre canot.

Will avait seulement crié :

– Épave à bâbord au vent.

Cela n'était en effet qu'une tache confuse tantôt soulevée, tantôt disparaissant au creux de la houle. À mesure que nous courions dans sa direction, elle se précisait. Bientôt, il n'y eut plus de doute : cette épave, empanachée d'un vol de mouettes, était le canot dans lequel Brice avait descendu Mañuela et que Jim, le mousse, devait avoir rattrapé à la nage. Massés tous à bâbord, ayant oublié les vaisseaux ennemis, nous attendions avec une affreuse curiosité de savoir ce que contenait cette coque dérivante. De loin, elle semblait vide. Les avirons pendant de chaque bord, retenus par les tolets, freinaient son lent et capricieux tangage. La voile abattue traînait à la remorque au bout de son écoute. Poursuivis comme nous l'étions, il ne pouvait être question de mettre une embarcation à la mer; mais, sans se dérouter, le *Walrus* pouvait venir un peu sur bâbord. La barre tourna d'elle-même entre les mains de Peter du Nord. Flint ne protesta pas; il marmonna seulement que «si l'on devait faire le grand voyage, on aurait du moins la satisfaction de savoir ce qui était advenu dans ce maudit canot».

Ce qui s'y était passé aurait dû satisfaire nos cœurs farouches. Pourtant quand nous aperçûmes, renversé sur le caillebotis, le pauvre corps de Jim, demi-nu, tout gonflé de cloques, déchiqueté par les oiseaux de mer – il avait dû dépouiller sa veste de futaine pour en couvrir Mañuela –, quand nous vîmes sa gorge où ses ongles s'étaient crispés, dans l'agonie de la soif – il avait dû lui abandonner l'ultime goutte d'eau –, nous n'éprouvâmes qu'une sorte d'horreur désolée.

Ce mort recroquevillé, ce désarroi, le tonnelet sec, ces oiseaux piaillant autour de l'embarcation, ces plats-bords incrustés de sel : il n'était rien qui n'ajoutât son détail à l'odyssée de la baille perdue. Avant de s'abandonner à l'agonie, le garçon avait connu l'implacable indifférence de l'horizon vide. Ou pire encore, peut-être avait-il vu la voile salvatrice grandissant d'instant en instant. Un moment, il avait pu espérer, fait force de rames… puis elle commençait de diminuer, passait, se perdait. C'était alors le désespoir torpide, le rissolement de la chair, le feu des rayons accablants, la folie de boire, l'infernale rage de crever de soif sur une eau infinie ; tout cela décuplé par le sentiment de son impuissance à sauver celle qui s'était remise à lui. Puis, dans le délire, la vision d'antennes tourbillonnantes, toute une flottille : le salut. Il tendait ses mains vers ces voiles, ne recevait que des coups de bec ; des cisailles déchiquetaient sa face, des ongles étreignaient sa tête. Le sang ruisselait jusqu'à ses lèvres. Il mourait en buvant. Bienheureuse erreur s'il avait pu, au dernier moment, se croire sauvé.

Le *Walrus* décrivit autour du canot un orbe gracieux, en passant si près de la frêle coque qu'elle dansa dangereusement dans le remous. Nous pûmes constater que Jim, tout défiguré, déchiqueté par la horde piaillante des mouettes, était mort depuis longtemps ; mais de Mañuela, point de vestige. Il fallait qu'elle fût tombée à la mer ou qu'elle eût gagné à la nage un navire, après la mort du mousse.

– Cette petite garce ! dit Flint en poussant un sifflement presque admiratif, c'est le diable…

Brice lui jeta un regard méprisant. Il alla au coursier chargé pour les Anglais, le pointa soigneusement.

– Si quelqu'un sait encore prier, fit-il, qu'il dise un mot pour le pauvre Jim avant que je l'ensevelisse.

Derrière moi résonna le choc sourd de deux genoux heurtant le pont. Une voix malhabile, hésitante et lourde balbutia :

– *Sia fac vuestra sanc volunta, moun bon Giesu…*

Le reste se perdit dans la détonation de la pièce. Touché, le canot se remplit rapidement, et la dépouille de Jim commença de descendre vers la paix des profondeurs.

V

La Marque noire

À la surface des mers du Sud, on voit souvent, par beau temps, errer très lentement de vastes taches plus sombres que le reste des flots. Ces îles d'ombre, de plusieurs lieues d'étendue, indiquent un calme plat. L'absence de brise laisse là les eaux immobiles, déterminant cette couleur plus foncée, teinte naturelle de la mer lorsque le vent ne fait pas miroiter sa surface en l'agitant sous le soleil. Ainsi sur les étangs de chez nous aperçoit-on des écailles d'argent cernant des plans d'onde noire où les joncs pour un temps ne remuent plus.

Tandis que notre attention se fixait sur le canot, nous n'avions pas vu une de ces îles d'eaux mortes tendre son piège, sa belle teinte d'émeraude, sous notre étrave. Tout à coup, les voiles faseyèrent et se mirent à pendre comme des mamelles flasques. L'élan du *Walrus* se ralentit, le bateau se redressa peu à peu, tandis que mourait son erre. Avant que nous ayons pu profiter de ce qui lui restait de vitesse acquise, pour filer par le travers, il demeura aussi immobile qu'un bouchon à la surface d'un cuveau.

Flint jura comme un damné. Il y avait de quoi : le profit de deux journées d'adroites manœuvres était perdu. Dans une heure, si le caprice du vent ne venait pas balayer ce morceau de mer, la croisière anglaise, libre de passer et de repasser à quelques encablures, nous enverrait tranquillement ses bordées les unes après les autres, comme à l'exercice.

– Ma fé ! dit Brice, l'histoire est bonne. Les amateurs d'ironie, s'il y en a parmi vous, camarades, sont bien servis. Ceux qui ne boiront pas à la tasse auront le plaisir de danser la gigue au bout d'un brancard d'artimon. Eh bien, il n'y a qu'à en prendre son parti : c'est une fin comme une autre.

Il ricana amèrement.

– Tais-toi, intima Flint, on tient conseil. Que chacun opine. Moi je dis qu'il faut touer[1] le brick aussi loin qu'on pourra, pour le mettre à l'abri des boulets et obliger ces crabes à venir nous attaquer dans le calme avec leurs chaloupes. À toi, Tom.

Tom Hawkins haussa une épaule : évidemment, on pouvait. Il ne disait pas, mais il pensait : à quoi bon ? Les navires possédaient à eux deux quatre-vingts canons ; nous en avions vingt-quatre, plus quatre canons de pont. De ces vingt-huit bouches à feu, comme les gens du roi seraient assez malins pour nous attaquer par-derrière, et que le *Walrus* était immobile, seules les deux espingoles du château arrière, le pierrier, le coursier, pouvaient nous servir. L'artillerie d'un navire n'est pas transportable comme l'artillerie terrestre. Disposée pour tirer par les deux flancs du vaisseau, à travers les sabords percés dans sa coque à cet effet, ce n'est pas elle qui bouge, c'est le vaisseau qui doit présenter tantôt un flanc tantôt l'autre à l'ennemi afin de lui lâcher l'une après l'autre ses bordées. Nous n'étions pas dans le cas de pouvoir le faire. Les gens du roi, enfin, se trouvaient deux cents par navire ; nous soixante en tout. En d'autres temps,

1. Opération qui consiste à atteler les chaloupes avec des câbles à l'avant du navire et à le faire tirer ainsi par des rameurs. Les chaloupes jouent, en somme, le rôle d'un remorqueur.

cette écrasante supériorité ne nous eût guère intimidés ; avec vingt-sept canons, à soixante hommes, nous avions démâté et abordé, par le travers de Maracaïbo, cinq mois plus tôt, un vaisseau de second rang que nous avions laissé à l'état de brûlot après lui avoir enlevé ses boulets, sa poudre et le coursier qui s'allongeait maintenant sur notre gaillard. Mais depuis lors le poids d'une fortune si obstinément contraire s'était abattu sur nos épaules. Ses coups répétés nous enlevaient notre confiance en nous-mêmes avec la sauvagerie qui nous rendait invincibles. La vérité est que nous étions amollis, découragés. Nulle voix ne s'éleva pour confirmer ou combattre la proposition de Flint.

– Et toi, boss, que dis-tu ? fit-il devant nos visages résignés.

Brice Coquelle entrouvrit ses lèvres méprisantes pour lâcher quelque violence à la face du destin. Ses yeux, faisant le tour de notre bande, rencontrèrent nos yeux qui acceptaient et où pourtant le fatalisme ne pouvait éteindre un secret désespoir.

– Je dis, s'écria-t-il, que Glier m'emporte si vous ne ressemblez pas tous à une couvée de cocardeaux englués. Quoi, quoi ! Allez-vous vous remuer, tas de diantres ? Êtes-vous des compagnons de la grande cadenne ou des piautres ? Allons, je ne vous laisserai pas crever sans coniller. Deboute ! deboute ! comme disent les mocos. Qu'on me mette les chaloupes à l'eau. Nous avons une heure devant nous : on fait bien des choses en une heure.

Parce que Brice avait eu pitié de nous, nous ne nous sentions plus irrémédiablement abandonnés. On se mit aux palans avec courage. Les coups de sifflet du boss, les jurons du capitaine, le mouvement de nos corps, finirent par nous redonner une espèce d'entrain. Dans l'embarcation de tête, Michault Cul d'Oue chantait de sa voix éraillée : « Si je meurs que l'on m'enterre dans la cave où est le vin », et nous tirions en cadence, sur les avirons. C'était une rude besogne. Attelés comme des chevaux à un carrosse, nous halions le brick qui avançait lentement. Sur l'ordre de Brice, j'avais fait ferler les voiles inutiles, pour diminuer la résistance. Nous gagnâmes ainsi près d'un mille avant que les frégates eussent atteint les limites de la brise. En élongeant la lisière du calme à distance prudente, elles nous envoyèrent une bordée, mais les boulets tombèrent sans force sur le brick et autour de nous.

– Hardi, mes gars, criait Brice, encore un coup nous serons hors de portée.

Les mains en sang nous tirions sur les rames : le *Walrus* suivait paresseusement. Lorsqu'ils virent qu'ils ne pouvaient nous atteindre, les Anglais voulurent envoyer leurs chaloupes nous attaquer dans nos eaux. Quelques volées du coursier et des espingoles, leur fauchant du monde, leur en firent passer le goût.

Il n'y avait plus qu'à attendre. Remontés à bord, des vigies au bossoir, des hommes dans les hunes, nous retombâmes dans l'inaction. Elle n'était pas écrasante ; notre espèce de succès nous rendait le goût d'espérer. Nous nous attendions à être de nouveau assaillis par les fusiliers en chaloupes, à la faveur des ténèbres. Les haches, les sabres, les coutelas, les mousquets, les pistolets étaient prêts, un tonneau de poudre défoncé au milieu du pont. Flint fit disposer les filets d'abordage que les assaillants seraient obligés de couper pour parvenir jusqu'au pont.

– Maintenant, garçons, dit-il, soupons tant que nous sommes tranquilles. À la cambuse, Michault. Vois ce que tu peux nous donner.

Michault Cul d'Oue s'en alla en hochant la tête vers l'espèce de cabine pompeusement appelée *roof*, qui lui servait de cuisine au pied du mât de misaine, tandis que nous nous occupions à renouveler les approvisionnements de notre artillerie. Comme je passais devant la cahute où se mijotaient nos rôts, je vis Michault qui en ressortait, le front soucieux.

– Eh bien, Lucullus, le plaisantai-je, qu'est-ce que tu attends ? J'ai faim.

– Oh ! faim, pour ça, mon gars, tu auras de quoi te remplir le ventre. Mais si tu as soif, tu pourras boire à la grande tasse, car pour l'eau, il n'y en a plus dans les bouliches.

– Qu'est-ce que tu racontes ?

– Je raconte que c'est comme ça : plus d'eau, tu comprends ? J'en avais deux bouliches dans ma cuisine, sur lesquelles je tirais tous ces jours-ci sans me soucier de rien. Comme j'ai fini la dernière ce matin, tout à l'heure je suis descendu à la cale en prendre deux autres.

– Alors ? elles ne se sont pas envolées ?

– Non, elles ne se sont pas envolées ; seulement, avec cette sacrée histoire de fille, on est parti de Galapas en oubliant de les remplir, ce qui ne vaut pas mieux que s'il leur avait poussé des ailes. Rigole, maintenant.

Il fallut encore tenir conseil. Nous avions deux outres de vin des Canaries, plus quelques bouteilles de xérès. On en donnerait un peu à chacun aux repas : piètre moyen de se désaltérer. On supprimerait le sel de la cuisine. Enfin une exacte et stricte répartition serait faite, à la fin de chaque repas du soir, d'un tonnelet de trois litres que nous avions trouvé en fouillant méthodiquement la cale. Son contenu était croupi, mais c'était de l'eau. La ration fut d'un demi-gobelet par jour et par homme. À ce compte, on pouvait faire deux distributions.

La faute de cette disette incombait à Flint. Un capitaine ne lève pas l'ancre sans être sûr de ses provisions. La hâte du nôtre à nous enlever aux délices de Galapas s'était trouvée telle qu'elle ne lui avait pas laissé le souci de faire de l'eau. Cependant, personne ne le lui reprocha ; nous nous bornâmes à le penser. Il était rationné comme nous, il payait avec nous son imprudence : il n'y avait rien à dire.

Brice Coquelle avait quitté le conseil, la décision prise. Debout dans le bastingage de bâbord, il observait attentivement la mer vers l'ouest. Tout à coup des trilles stridents sortirent de son sifflet.

– En haut, en haut, les gars ! Déferle les armures à bâbord, ça va souffler de l'est. À la manœuvre tout le monde.

Le brick était aussi immobile que s'il n'eût plus jamais dû bouger ; aucun souffle ne ridait l'eau autour de nous. Brice ne se trompait-il pas ? Je m'élançai sur le bastin à côté de lui, mais j'eus à peine le temps de voir une mince ligne argentée qui avançait de l'est vers nous au ras de la nuit tombante, d'une bourrade dans la poitrine Brice me renvoyait rudement sur le pont en me criant :

– À ta place, mon ami, tu regarderas une autre fois, grouille, et fais remuer cette bande de marsouins.

Plus confiants que moi, ils étaient déjà dans les enfléchures ; les voiles tombèrent, ou montèrent le long des drisses, les bonnettes débordèrent, couvrant le *Walrus* de toile prête à s'éventer. Ballater était à la barre. Quelques instants plus tard la brise venant de l'est nous cueillait, nous poussait doucement puis plus vite, nous relançait dans notre fuite, saluée de trop loin par une bordée des frégates qui perdaient du temps à prendre le vent.

Toute la nuit, tout le jour, tout le jour suivant nous ne cessâmes cette course sans but au hasard des brises.

– Ils se lasseront, prétendait Flint. Je ne veux pas risquer ma baille[1] pour essayer d'atterrir quelque part. Il faut fuir jusqu'à ce qu'ils en aient assez, ces sales crabes.

– On croirait que tu bois à ton aise, capitaine. C'est nous qui nous lasserons les premiers en crevant de la pépie.

La dernière distribution d'eau avait été faite la veille au soir. Nous ne pouvions presque plus manger : les fèves, le

1. Navire, dans un sens familier, affectueux, ou méprisant.

biscuit nous collaient aux dents et à la gorge. Brice ne put obtenir que tout en fuyant on gouvernât vers quelqu'une des nombreuses îles inhabitées, éparses sur cette mer, où nous trouverions de l'eau et, si le sort le voulait, un moyen d'échapper aux soldats. « Dispersés en tirailleurs sous des couverts, dans des broussailles ou des rochers, à soixante contre deux cents nous en aurons bon marché », disait-il. Appuyé par George Merry, Israël Hands le borgne, Mac-Graw, Ballater et leur clique, Flint, flattant le fatalisme des indécis, opposait victorieusement son avis. Une apparence de ralentissement dans la poursuite semblait lui donner raison. Une des frégates était distancée ; l'autre, sans nous perdre de vue, masquait par moments pour l'attendre.

Cependant, à l'aube nouvelle, nous fûmes réduits à lécher sur les voiles hautes le serein condensé par la fraîcheur nocturne. Ce jour-là, nous ne pûmes avaler nos fèves ni nos gourgasses, même en les arrosant de vin des Canaries qui augmentait notre soif. Nos lèvres bleuies enflaient. Nous accomplissions comme des automates les manœuvres nécessaires à cette lutte insensée. Le soir nous retrouva comme la veille, toujours poursuivis par les vaisseaux dont les antennes silhouettaient sur le ciel plus pâle que la mer une ombre double semblable à celle d'un oiseau de charnier. Un peu avant le coucher du soleil, mon pays : Jean Goupil, avait sauté à la mer. Allongé au pied du grand mât, je m'efforçais de ne pas voir l'immense étendue d'eau qui nous entourait, d'eau quc l'on ne pouvait boire. Son appel se glissait irrésistiblement en nous. Une ombre vint à moi ; c'était Brice.

– Antoine, me dit-il à voix basse, réunis tes hommes ; j'ai quelque chose à vous raconter. Tu les feras monter sur le gaillard puis tu mettras Michel et Tom en haut de chaque escalier, chacun une barre de cabestan à la main, avec ordre d'assommer quiconque essaierait de descendre sans ma permission.

– Mais...

– Tais-toi, tu verras. Pas de bruit.

En peu de temps, nous étions presque tous rassemblés autour de Brice qui nous faisait signe de nous taire. En dehors des vigies, du timonier, de deux ou trois qui brûlaient de fièvre dans leur hamac, il ne manquait que le capitaine et ses séides : l'éternel George Merry, Darby Mac-Graw, Israël Hands.

Brice nous compta du regard; il leva la main, réclamant l'attention. Un silence absolu, un peu solennel, se fit.

– Si je vous disais qu'à cette heure notre capitaine est en train de boire, de boire de l'eau, qu'est-ce que vous feriez?...

Telles furent les paroles étonnantes que prononça le bossman. Une rumeur, assourdie par un geste impérieux de sa main, les accueillit. Impossible! Le boss était fou!

– Non. Je ne suis pas fou. J'y vois clair simplement. Ne comprenez-vous pas que si Flint avait soif comme nous, il ne nous ferait pas continuer cette fuite folle? Mais il peut attendre, lui, il a de l'eau.

– Allons donc, dit Jak Groove en haussant les épaules. D'où la sortirait-il?

– Peut-être, découvrant avant Michault qu'on allait en manquer, en a-t-il caché pour lui quelques bouliches; peut-être en a-t-il trouvé par hasard depuis que nous en manquons; peut-être en avait-il, je ne sais comment, une petite réserve dans sa chambre. Peut-être la fabrique-t-il, ou le Rabouin la lui envoie : peu importe. Ce qui compte, c'est qu'en ayant, il la garde pour lui et ses mignons, et nous laisse crever.

Notre agitation se manifesta par des grondements divers.

– Fermez vos gueules, intima Brice. Vous allez, sans bruit, désigner trois d'entre vous. Je leur ferai voir ce que j'avance. Ça vous va-t-il?

On choisit Michault Cul d'Oue, Will Whale et Ballater.

– Suivez-moi, dit Brice. Si quelqu'un essaie de descendre ici avant que nous soyons revenus, Tom et Michel l'attendent en bas, avec des cabillots pour cogner dessus. Celui qui voudra faire du bruit, vous saurez que c'est un traître. Tu as ton couteau, Antoine ?... Bon, allons-y.

Ils descendirent par l'échelle de pont et disparurent dans l'ombre projetée par les voiles. Nous attendions en silence. Des pensées violentes nous agitaient tous, mais nos gorges étaient trop douloureuses pour que nous les exprimions. Un temps qui nous parut long passa ; nul ne tentait de quitter le gaillard. Enfin, les quatre hommes revinrent.

– Raconte, Ballater, dit Brice, mes amis me croient, les tiens te croiront.

Alors, en peu de mots, avec colère et humiliation, Ballater nous dit qu'ayant escaladé le balcon d'arcasse par l'arrière du château, ils s'étaient élevés jusqu'aux venternes de la poupe, c'est-à-dire aux fenêtres qui donnent le jour à la chambre du capitaine. Celle-ci était éclairée, ils avaient vu Flint jouer au trictrac avec George Merry et Mac-Graw. Il y avait devant eux, sur la table, une bouteille pleine d'eau dont ils se servaient pour couper leur rhum.

– Je les ai vus s'en verser et la boire. C'était de l'eau, je vous dis, conclut Ballater. Il répéta :

– De l'eau.

Je compris alors pourquoi Flint avait voulu que je fusse maître d'équipage, moi, l'un des derniers venus à bord. Il entendait conserver Hands et Mac-Graw autour de sa personne, s'en faire un fort au milieu de son fort, les préserver d'un contact trop intime avec cet équipage contre lequel il avait besoin qu'on le défende s'il était pris à le trahir. Il jouait sur deux tableaux, avec son habituel sourire : il gardait ses hommes de main pour le protéger et me savait assez naïf pour user à son bénéfice de l'amitié que presque tous me rendaient. Tel fut le cas cette nuit-là. Je m'en suis repenti depuis.

Les moins exaltés voulaient descendre une chaloupe à flot, y mettre les coupables et les abandonner sans provisions. Brice désirait simplement les pendre. Aidé de Michel, de Tom, je réussis à faire décider – parce que, quoique traître, Flint était un homme; il m'avait sauvé de la maréchaussée – qu'on les mettrait à la cale en attendant qu'il nous fût possible d'exécuter la loi de la chasse-partie en les déposant sur une terre déserte.

Michel et Tom assurèrent qu'il fallait tout d'abord respecter le cérémonial d'usage dans nos compagnies. On enverrait à Flint la *Marque noire*. Ils me firent découper dans une feuille de papier un rond grand comme un écu, noircir un côté avec de l'encre, écrire sur l'autre la sentence du conseil : puérile préoccupation de ces hommes simples et crédules, paradoxalement attachés aux détails qui les frappent dans les histoires minutieusement racontées pendant les loisirs du gaillard d'avant. Imprudente concession à leur avidité de merveilleux. Faire savoir à Flint le sort qui l'attendait, c'était lui fournir un bon moyen d'essayer d'y parer. On pouvait bien penser que, même mis aux fers à fond de cale, il n'attendrait pas qu'on le débarque, sans rien tenter pour ressaisir son autorité. Mes camarades ne voulurent rien entendre; pour éviter la solution inhumaine des exaltés, j'en passai par où ils voulurent, à regret.

Qui porterait la marque? Tom Hawkins, en tant que second maître, moi en tant que premier, Brice Coquelle en tant que bossman. Bon. Nous partîmes donc vers le château, Brice ayant en main la marque, Tom boitant sur son pilon qui faisait résonner solennellement les planches. Quelques autres nous suivaient à distance. Brice frappa à la porte de la chambre; il entra aussitôt, nous sur ses talons. Entre Flint et nous, il y avait la lourde table qui reflétait la lumière de la lampe et sur laquelle s'étalaient entre des cartes les tableaux du trictrac. Tout était très calme, honnête. Flint nous regardait en agitant les dés, prêt à les faire rouler. Cependant, les autres durent pressentir quelque chose d'insolite, car ils se levèrent.

– Ne bougez pas, dit Brice. Capitaine, nous venons ici comme envoyés du gaillard. Tends la main.

Les yeux gris nous dévisagèrent, cillèrent, puis se rétrécirent ; une lueur argentée en jaillit.

– Pourquoi tendrais-je la main, mon gars ? répondit Flint doucement. Tu vois, je joue ; ce que tu veux y mettre ne vaut pas mieux que ça.

Il fit sauter les dés sur sa paume.

– Oh ! ce n'est pas moi qui veux, c'est l'équipage. Moi, c'est un collier de chanvre que je te donnerais si je pouvais, pas un bout de papier.

– Te voilà bien méchant, ce soir, boss !… Bien, puisque c'est la volonté de l'équipage, je respecte la volonté de l'équipage : donne ton bout de papier.

Il tendit nonchalamment sa puissante patte de vieux lion. Je ne la vis pas sans une sorte d'effroi étalée, faisant griffes de velours sous la lumière qui en fouillait les vallées et les montagnes. Elle était charnue, musclée, regorgeante de santé et de force ; elle n'évoquait aucune idée de soumission. Brice sortit son pistolet, l'arma, observa les trois hommes, puis avança par-dessus la table vers la main ouverte de Flint sa main fermée dans laquelle reposait la marque.

Ce qui se passa à la suite de ce geste fut si rapide que j'eus à peine le temps de voir Brice, tiré brusquement en avant, filer sur la table polie comme un corps mort sur une planche suiffée, en balayant le trictrac, les cartes et le rhum. En même temps, un coup de feu faisait voler la lampe en éclats. Brice criait : « À la porte, Tom. Michel aux venternes. Ne laissez sortir personne. » Moi je tenais à pleins bras quelqu'un qui essayait de me frapper avec un couteau.

Là-dessus, la porte s'ouvrit, il y eut un coup sourd, quelqu'un chut sur ses fesses. C'était Michault Cul d'Oue; il avait la caboche dure. Je reconnus sa voix; il criait :

– Apportez de la lumière. Fais attention, il y a là un sacré cochon de madrier.

– Ce n'est pas un madrier, répondit la voix placide de Tom; c'est mon pilon. Excuse-moi, je t'avais pris pour Hands, je ne t'avais pas reconnu.

– Moi non plus, viedaze. Mais, Tom, pourrais-tu pas mettre tes pieds par terre et les laisser tranquilles, qu'on se cogne pas la tête dedans.

D'autres arrivaient avec des fanaux. En un instant la pièce fut pleine d'hommes et de lumière. Je me trouvai étouffant à demi Darby Mac-Graw qui montrait ses dents jaunes dans une affreuse grimace. Brice était couché sur Flint. Il l'avait descendu et renversé avec son fauteuil d'un coup de tête en plongeant sur lui lorsque l'autre avait voulu l'attirer. Quant à George Merry, il avait su disparaître. Lui et Hands, qui ne se trouvait pas dans la chambre quand nous y étions entrés, restaient en liberté quelque part sur le navire. Les chercher cette nuit eût été vain.

Nous découvrîmes dans l'armoire du capitaine cinq dames-jeannes dont le contenu avait été remplacé par de l'eau; elles étaient mélangées à d'autres bouteilles de liqueur. On put faire une distribution d'un gobelet à chacun en gardant une petite réserve pour le lendemain. Brice versait les rations lorsqu'on vit arriver Hands en personne avec son carré de taffetas noir sur son œil vide, l'autre étincelant de colère. Le borgne gesticulait comme un furieux.

– Les salauds ! criait-il, les damnés fils de salauds. Jamais ils ne m'en ont donné une goutte. Ils me faisaient marcher et ils me roulaient comme vous. Je canais la pépie moi aussi pendant qu'ils s'arrosaient.

– Toi ! dit Tom. D'abord, d'où viens-tu à c't'heure ?

– D'où je viens : de la hune ; demande à Frémin Cotard. Nous sommes là-haut tous deux depuis le coucher du soleil à nous écarquiller les yeux après ces frégates.

Frémin Cotard opina ; la véracité de son témoignage ne pouvait faire de doute : il était de nos meilleurs amis et n'aimait pas Hands.

– Le grand Daron te protège, N'a-qu'un-Œil (c'est le surnom que quelques-uns donnaient à Hands). Tu étais sur la marque. Enfin, puisque personne ne t'a vu boire !... Seulement, fais attention, hein !

– Que je sois pendu si je ne suis pas avec vous. Franc comme la paume. Je veux être le premier à mettre la main sur George Merry. Que je sois pendu si je ne le fais pas.

C'était sa manière, de dire toujours : que je sois pendu. Aucun homme n'a été plus justement jugé par lui-même. J'espère que quelqu'un a fini par exécuter cet arrêt peu suspect de partialité.

Quoi qu'il en soit, il tint parole pour ce qui est de Merry, le lendemain même. Tout de suite après l'affaire, Brice avait été promu capitaine – sous réserve de confirmation ultérieure lorsqu'on aurait le loisir de discuter –, moi second, Tom Hawkins quartier-maître, Frémin Cotard second maître. Aussitôt nous changeâmes de route après avoir relevé notre position selon des hauteurs d'étoiles, Brice nous ayant assuré qu'il voulait en moins de deux jours nous conduire à une île dans ces parages, un peu écartée, déserte, bien connue des compagnies de gentilshommes. Il n'y était jamais allé, mais il en avait une carte dressée de la main même du célèbre Morgan ; il l'avait gagnée à Savannah, au lansquenet, à un nommé Roberts, pendu depuis au gibet de Corso-Castle. Il nous la fit voir. Sur un coin était écrit d'une belle écriture fleurie : *Relèvement de la Caye de los Papagayos*, autrement dit, dans notre langue, elle s'appelait l'Île des Perroquets ; *caye* est le mot dont se servent les aventuriers de la mer pour désigner les îles isolées qui leur servent de repaires, de dépôts ou de relâches. Celle-ci semblait d'un abord facile, avec de vastes forêts où nous pourrions nous dissimuler, et surtout une large rivière dont nous avions tant besoin pour faire aiguade. Sur la carte, ce cours d'eau portait le nom de *Rivière Alguna.* Elle se jetait dans la mer par un assez vaste estuaire plat.

Quant au reste, à la façon dont nous agirions avec les frégates, on le verrait quand on y serait. Sur ce dernier point, l'indomptable Ballater voulut protester.

– Toi... fit Brice, en lui poussant un pistolet sous le nez.

Et Ballater se tut.

Nous appuyâmes donc de quelques points sur le vent. Toujours suivis des frégates auxquelles cette allure était plus favorable, nous filâmes de nouveau sud-sud-ouest. Au matin, les vaisseaux avaient gagné quelques encablures ; mais nous, nous avions fait du chemin vers une solution.

Là-dessus Israël Hands vint nous dire qu'il avait vu George Merry dans la cale arrière. Brice m'envoya avec deux hommes et le borgne. J'en plaçai un à chaque issue. M'avançant vers l'endroit que me désigna Hands : une grande accumulation de caisses contre la muraille de tribord, j'appelai George Merry en lui disant de sortir volontairement, qu'il ne lui serait fait aucun mal.

– J'ai ta promesse, dit-il en apparaissant dans la pénombre. Je me rends.

Hands se mit à le couvrir d'injures, lui reprochant de l'avoir trahi comme les autres, alors qu'ils avaient partie liée. George ne répondit rien.

– Débarrasse-moi de ce chien, me dit-il. C'est lui qui m'a vendu, je le sais ; j'ai reconnu son pas tout à l'heure. Je lui revaudrai ça un jour ou l'autre.

George Merry alla rejoindre Flint et Mac-Graw aux fers, tandis que nous nous appliquions à ruser avec les frégates. Favorisées par notre nouvelle allure, elles gagnaient peu à peu sur nous. Lorsque la distance entre celle qui marchait le mieux et le *Walrus* devenait par trop dangereusement courte, Brice faisait rétablir la voilure dans une orientation plus favorable jusqu'à ce que nous ayons repris notre avance. Puis on abattait un peu, en refaisant du sud-ouest.

De temps en temps, lorsque les gens du roi se croyaient à portée, ils nous expédiaient un coup de leur coursier; nous ne répondions même pas. Ils cherchaient à nous démâter. Un coup heureux, un mât renversé : ils nous tenaient. Mais Brice avait l'œil, les boulets ne tombaient jamais à moins de vingt ou trente pieds de notre arrière.

Une fois, nous avions eu peur : peu après la capture de George Merry, la vigie annonça une voile dans la direction où nous courions. Que ce fût le moindre chasse-marée anglais ou espagnol, nous étions perdus : le temps de le couler nous retiendrait assez pour que les vaisseaux soient à portée. Nous attendions avec anxiété, continuant de faire voile à tout risque vers le mystère de cette tache blanche. Enfin, Brice, qui observait à la lunette, laissa tomber ces mots :

– Ça va bien, ça va bien. C'est un brigantin de cabotage qui se traîne comme un capucin.

C'était en effet, comme nous pûmes voir quand nous le rattrapâmes, le plus pacifique bateau qui ait sillonné la mer, avec sa tonture relevée, ses hanches massives. Nous le dépassâmes à une distance de moins d'un mille, d'assez près pour lire son nom sur le tableau arrière : *Virgen-del-Pilar*, et celui de son port d'attache : *Cumaña.*

– Flint aurait coulé cette *Virgen-del-Pilar*, de Cumaña, pour se venger si elle lui avait fait une telle peur, dis-je, tandis que le lent navire s'estompait derrière nous.

– Veux-tu dire que tu penses qu'il faut le couler?

– Moi! Tu es fou. Je plaisantais. Je lui enverrais plutôt une bordée de fleurs si j'en avais, par reconnaissance.

Voilà à peu près ce que je dis. Si j'avais su!...

Depuis une demi-journée, une nuit et une matinée, nous avions laissé sur notre route le brigantin antillais. Nous continuions les manœuvres épuisantes qui nous permettaient de gagner vers la caye, sans nous laisser surprendre à portée de canon, lorsqu'une des vigies annonça la terre. Ce n'était encore qu'une mince ligne bleuâtre, une espèce de tiret brumeux posé sur la mer. Brice se mit à examiner la carte gagnée à Savannah.

– J'ai bien une idée, dit-il, mais tu me traiterais de simonet si je te la confiais. Par moments, elle me paraît telle, je l'avoue, surtout lorsqu'on pense que nous ignorons tout des lieux. Cependant, depuis deux jours, j'ai tellement étudié cette carte et le traité des marées, que je suis *sûr* de pouvoir nous tirer d'affaire, si j'en ai l'audace. Nous ne pouvons pas faire le tour de l'île pour examiner les atterrages. Il faut aller les yeux fermés là où nous devons nous briser ou nous sauver, et être persuadés que nous nous sauverons.

– Nous avons tous confiance en toi.

– Non, pas tous. Ballater me subit parce qu'il ne peut faire autrement.

– Ballater a toujours été comme ça : toute discipline lui pèse. Que son meilleur ami devienne son chef, il n'aura de cesse qu'il l'ait remplacé par un autre.

– C'est possible, mais lui, Jak Groove, Sydney Cove, Morgan, Billy Bones, tous ces Anglais, sont déjà en train d'oublier que Flint les a trahis. Même parmi les nôtres, beaucoup qui m'aimaient comme bossman ne me pardonnent pas d'être sorti de leur rang pour m'élever au grade de capitaine. Quand il s'agira de mettre Flint à terre, tu peux t'attendre à voir du vilain. Peu importe, nous n'en sommes pas là. Continue de tenir le cap sur l'île ; quand on verra la côte, appelle-moi. Nous allons arriver par ici.

Il me désigna le nord de la caye sur le plan où l'existence de hautes falaises était indiquée. Elles s'abaissaient ensuite doucement vers l'ouest jusqu'à l'embouchure de la rivière. D'un côté s'élevait un dernier éperon rocheux. De l'autre côté de l'embouchure, la carte montrait une côte marécageuse.

Il était environ quatre heures quand l'île fut assez proche pour que l'on pût, à l'œil nu, en distinguer les détails. À vrai dire, il y avait peu de choses à voir : elle se présentait sous l'aspect d'une immense muraille accore, aride, ourlée de blanc par le ressac ; nous y courions toutes voiles dehors. Dans l'ouest, on apercevait quelques verdures masquées par le cap rocheux derrière lequel se trouvait l'estuaire de l'Alguna. J'allai chercher Brice.

– Alors ? demandai-je.

– Je suis décidé.

– Qu'est-ce qu'il faut faire ?

– Rien jusqu'à ce que je te le dise. Gouverne comme si tu voulais te jeter sur ce mur. Appelle tout le monde sur le pont.

Les hommes réunis sous le château, Brice se pencha sur la balustrade et, sans gestes, sans éclat, leur tint à peu près ce langage :

– Mes gars, voilà le moment où nous allons risquer notre peau. Dans une heure, nous serons crevés ou nous aurons de l'eau douce à ne savoir qu'en faire. Si vous hésitez, si vous avez une seconde de retard quand je commanderai la manœuvre, si un seul de vous renâcle aux ordres, ou s'affole, nous serons crevés. Vous comprenez bien ce que je dis ?... Bon. Alors, aux postes tout le monde, attention.

Je me rappelle ce ton calme, la tranquillité de sa voix : un des beaux souvenirs de notre amitié. Il examina la côte, puis, allant vers l'arrière, la position des frégates. Elles nous suivaient à leur meilleure allure, gagnant sur nous.

– Masque un peu la grand-voile, ordonna-t-il.

Je répétai l'ordre à Tom ; quand il fut exécuté, notre course se ralentit, les vaisseaux grandirent plus rapidement. La côte se rapprochait ; on apercevait tous les détails des falaises, même un arbrisseau rabougri et tordu dont les racines s'accrochaient à une faille du roc. En continuant ainsi pendant encore moins d'un quart d'heure, nous nous briserions sur les récifs. Brice se tenait immobile derrière l'homme de barre, les bras croisés, l'œil fixé sur les frégates. Tout en courant, elles se rabattaient l'une sur l'autre, évidemment pour concentrer leurs feux sur nous. Cette fois, elles ne se hâtaient pas de tirer, tant elles ne craignaient plus de nous voir échapper. Elles allaient virer pour nous lâcher de flanc leurs décharges. Les têtes des brisants n'étaient plus qu'à quelques encablures.

– La barre à tribord, doucement, dit Brice.

Le *Walrus* s'inclina, élongea les récifs ; prenant le vent sous l'angle qui lui était le plus favorable, il glissa à pleine vitesse vers l'ouest en se couchant. Avant de virer à leur tour, profitant de ce qu'ils étaient momentanément en flanc par rapport à nous, les vaisseaux nous lâchèrent une volée de leurs batteries de tribord. Nous ne présentions que notre arrière, les boulets ne risquaient guère d'atteindre cette cible peu commode. Et nos poursuivants, de nouveau inoffensifs, entrèrent dans notre sillage.

– Bien, dit Brice. Ils sont aussi idiots que je le pensais. Un homme à l'avant pour sonder. Pare à virer à bâbord, à mon commandement. Toi, sors-toi de là.

Il prit la barre des mains du timonier.

Nous filions maintenant parallèlement à la côte, le beaupré pointé sur l'extrémité du cap qui masquait l'estuaire. Nous nous en rapprochions rapidement, distançant les frégates auxquelles l'allure n'était plus propice. La pointe du cap se précisait de minute en minute. L'homme de sonde criait le fond qui montait sans cesse. En arrivant par le travers de l'éperon, Brice laissa porter pour passer à distance prudente. Nous doublâmes la pointe ; alors apparut une large embouchure d'eau calme. Elle s'ouvrait sur la mer comme une vaste gueule, suivie d'un allongement serpentin, mollement étiré entre deux rives basses vers un horizon de bois et de hauteurs bleues. Malgré le charme de cette apparition, je faillis pousser une exclamation de dépit : au travers de la gueule ouverte, un rouleau écumeux indiquait une barre, c'est-à-dire un haut-fond qui en interdisait l'entrée.

– Regarde, cria Brice, ici.

Il tendait la main, montrant une étroite tache plus sombre sur le côté de la ligne d'écume. L'eau semblait là plus calme. Je n'eus pas le temps de réfléchir. La plus rapide des frégates doublait le cap et, comprenant soudain, se mettait à tirer des coups de son coursier. L'homme de sonde hurlait :

– Dix-huit pieds, dix-huit, dix-huit, dix-sept, seize, quinze pieds, quinze, quatorze.

– Pare à lofer, dit Brice, calmement.

– Paré.

– Quatorze pieds, treize, treize, douze, onze, dix, neuf.

– Lofe, hurla Brice en poussant la barre du gouvernail toute dessous.

Embouquant l'étroit chenal qui se distinguait à peine entre la rive et le bouillonnement de l'eau, le *Walrus* s'élança vent arrière dans l'estuaire. Brice éclata de rire.

– Regarde ces piautres !

Les vaisseaux anglais abattant à tout casser pour éviter la barre soudainement aperçue, faisaient casque à proue, comme disent les galériens, et les palefreniers tête-à-queue. Leur élan les emportait en sens inverse de notre marche. Tandis qu'ils reviraient et venaient mettre en panne à l'entrée de la baie, en eau profonde, nous remontions tranquillement la rivière, encore une fois hors de portée de leurs feux. Avant même d'avoir ferlé les voiles, nous étions tous dans l'eau douce.

– Très bien, dis-je à Brice un peu plus tard. Ton coup a réussi parce que la marée est basse et que nous tirons moitié de quille que ces grosses bailles. Mais à marée haute, es-tu sûr qu'elles n'auraient pas assez d'eau pour monter?

– À marée haute, répondit-il, tu verras peut-être autre chose, mon miston. Espère, espère un peu.

Il me fit un clin d'œil.

Les quelques heures de jour qui restaient, il les passa à se baigner. Il avait donné à tout le monde quartier libre, insistant pour que nous n'ayons pas l'air de nous soucier des vaisseaux.

– Si vous tuez quelque gibier, n'ayez pas peur d'allumer un grand feu pour le faire rôtir, tu entends, Michault, un beau feu qui brille bien, hein. Seulement, je veux qu'une heure après le coucher du soleil tous les canonniers soient à bord, avec une vingtaine d'hommes pour la manœuvre.

– Et Flint, demandai-je, qu'est-ce qu'on en fait?

– Laisse-le où il est, pour le moment. On verra demain. Tu leur as fait porter de l'eau?

J'y avais pensé. Flint, avec les deux autres, était enfermé dans le gaillard. Deux des nôtres, Georges Nightingale et Perrot, qu'on appelait le Ferlampier parce qu'il s'était échappé de la chaîne de Toulon en coupant ses manicles, veillaient devant la porte fermée au cadenas. J'allai faire un tour par là. Quand je remontai sur l'arrière, je trouvai Brice en train de jeter dans la rivière des bouts de bois dont il observait la course. Il était resté dans son costume de bain, c'est-à-dire presque nu, avec un lambeau d'étoffe roulé autour des reins. Il se remit encore à l'eau. Je le vis nager très loin vers l'ouverture de l'estuaire, puis revenir en suivant les rives. En remontant à bord il bomba sa poitrine bronzée, s'étira.

– Je cane la pégraine, fit-il en souriant. Va voir si Tom nous a laissé quelque chose à manger dans sa cambuse.

Elle contenait un quartier de bœuf boucané et du biscuit que nous mâchâmes à belles dents, assis sur la lisse, en les arrosant de bonne eau claire. La nuit tombait brusquement.

– Combien penses-tu qu'il y ait d'eau sur la barre, à cette heure ? me demanda Brice d'un air narquois.

– Je ne sais.

– Dix-huit pieds au moins, mon ami.

– Alors les frégates vont monter !

– Regarde. Est-ce qu'elles ont l'air d'en avoir envie ?

Non, elles n'en avaient pas l'air. Embossées au fond de la baie précédant l'embouchure de l'Alguna, elles se contentaient, sentinelles formidables, de nous barrer le passage. Les capitaines avaient dû profiter de la soirée pour faire faire des reconnaissances, car on voyait des canots rentrer à bord. Demain, sans doute, l'ennemi viendrait-il dans ses chaloupes, nous donner l'assaut.

Depuis que le soleil avait atteint l'horizon, la transparence du soir se troublait. Un poudroiement laiteux montant de l'estuaire traînait en longues écharpes dans ce vaste cirque d'eau et de verdure. Le feu brillamment entretenu à terre par nos compagnons s'entourait d'un halo ; la rumeur des chants qu'ils goualaient à pleine voix s'assourdissait.

– De la brume !

– Oui, dit Brice. On pouvait s'y attendre ; maintenant nous voilà tranquilles. Est-ce que nos bonshommes ne vont pas bientôt arriver ! Nous avons de la besogne à abattre.

Bientôt ils grimpaient sur le pont. Aussitôt le navire, si calme depuis plusieurs heures, s'anima d'une activité silencieuse. « Pas de lumière, pas de bruit », avait recommandé Brice. Des hommes couraient sur le pont ; de la batterie montaient les coups sourds des refouloirs, le choc des boulets déposés sur les planches. Les canonniers chargeaient. L'équipe de pont ayant frappé à l'avant un câble d'ancre de rechange, l'avait tourné autour d'un tronc sur la rive. Virant au cabestan, nos gens halaient dessus : les pieds nus faisaient un bruit mat ; le *Walrus*, tiré par le nez, se mettait en travers de la rivière. Poussé alors par le courant, il finissait, après avoir pivoté sur lui-même, par présenter sa proue en direction de la mer. Des câbles attachés à la rive le retinrent par l'arrière dans cette position, et l'on commença de hisser de la toile. Tout ce qu'il y avait de voiles fut sorti.

– Maintenant, me dit Brice, fais prendre les postes d'appareillage, avec des hommes prêts à filer les câbles par le bout. Les sabords relevés, les pièces pointées droit devant elles, les canonniers au cul des affûts, mèche allumée. À mon commandement, on tire sans viser ; qu'on recharge aussitôt.

– Mais…

– Tu parleras demain. Va.

En remontant sur le pont je vis Brice au gouvernail. Les mâts craquaient sous l'effort du vent poussant cette pyramide de toile. Chacun était à son poste.

– Paré, dis-je.

– Alors, largue.

Le brick fit un bond, puis augmenta progressivement sa vitesse initiale. Entraîné par le vent et par le courant, il atteignit l'estuaire comme un trait d'arbalète, arriva sur la barre alors effacée, la franchit. Nous aperçûmes en un éclair, au milieu de l'ombre et de la brume, les masses plus sombres des frégates avec l'intervalle si étroit qu'elles laissaient entre elles. Le *Walrus*, pointé par Brice, s'y engagea en flèche.

– Feu partout !

Je répétai l'ordre dans les batteries au moment où éclatait sur les ponts que nous frôlions le faible cri des vigies donnant l'alerte trop tard. Déjà nos deux flancs crachaient à bout portant leur tonnerre de feu et de fonte, et nous passions.

– Pare à virer, hurlait Brice.

Tandis que les frégates surprises en plein sommeil, et

hachées par nos boulets, pointaient leurs pièces sur le nuage de fumée qui stagnait entre elles, se canonnant mutuellement sans s'en apercevoir, le *Walrus* abattait, virait au vent, passait en poupe des vaisseaux, leur déchargeait par le travers une volée des pièces du château-arrière. En revirant, il leur envoyait en enfilade sa bordée de tribord, puis celle de bâbord, et enfin s'en allait jeter l'ancre hors de portée, pour écouter en toute quiétude les deux navires du roi d'Angleterre, perdus dans la nuit, le brouillard, la fumée, l'affolement de la panique, se bombarder à mort. Nous leur avions envoyé dans leurs œuvres vives assez de fonte pour les rendre inoffensifs. Ils s'achevèrent d'eux-mêmes.

Nous remportions la victoire, mais nous avions commis une lourde faute. J'en étais particulièrement responsable.

Lorsqu'une partie de l'équipage était revenue à bord, à la tombée de la nuit, selon l'ordre de Brice, laissant les autres, autour du feu, faire du bruit pour donner le change à l'ennemi, j'avais aperçu parmi les rentrants Hands, Ballater, Billy Bones, Jak Groove, sans y prêter plus d'attention et sans remarquer que l'équipe avec laquelle nous partions se composait uniquement d'Anglais. Hands avait dû s'entendre avec Ballater ; ils avaient manœuvré assez habilement pour ne laisser à terre que nos amis. Brice, tout occupé à préparer la victoire, n'avait pas le temps d'examiner l'équipage ; c'est moi qui eusse dû m'en rendre compte et comprendre le sens de ce simple fait.

Quand le brick fut ancré au large, comme il n'y avait rien d'autre à faire qu'attendre le jour, j'allai me coucher tranquillement, tandis que Brice restait de quart. Le moment venu, je pris la veille pendant qu'il allait dormir à son tour. Les choses se passèrent alors avec une célérité, une discrétion remarquables.

Appuyé à la lisse, je contemplais le rougeoiement dont une des frégates, incendiée par la canonnade, teignait la brume. Non loin de moi, quelques hommes grimpés sur l'escalier du château regardaient aussi en silence. Tout à coup, quelque chose s'abattit sur ma tête, me bâillonna ; une garcette serra mes jambes. En un clin d'œil, roulé, ficelé comme une andouille, j'étais réduit à l'impuissance avant même d'être revenu de ma surprise. Celle-ci devait se lire dans mes yeux, car quelqu'un, en qui dans le demi-jour naissant je reconnus George Merry, se pencha sur moi en ricanant.

– Le bossman de ce navire a l'air étonné de nous voir. Le bossman de ce navire pensait-il que nous resterions aux fers éternellement ? Tiens, Hands, et toi Mac, donnez-vous le plaisir de l'emporter d'où nous venons.

Étouffé par la toile dont ils m'avaient bourré la gueule, je ne pus répondre que par des grognements indistincts. Hands et Mac-Graw me prirent sans douceur par la tête et par les pieds. En entrant dans le gaillard, Hands buta.

– C'est cet idiot de Ferlampier ! s'écria-t-il. Il est toujours là. J'ai tapé trop fort. Dieu m'est témoin que je ne voulais pas le tuer. Que je sois pendu…

– Tu seras pendu, ne t'en fais pas, annonça froidement Darby Mac-Graw.

– Tais-toi, impie. Tu ris de tout. Je n'aime pas tuer un frère : ça porte malheur.

– Bah ! ça fait toujours un de ces damnés frenchmen de moins sur cette mer. Cette bonne action te vaudra des indulgences. Allons, calme ta conscience. Avance, cet autre cochon est lourd.

Hands posa soigneusement mes pieds par terre, mais l'aimable Mac-Graw lâcha ma tête si brutalement que, du choc, je demeurai abruti jusqu'au moment où Hands revint me chercher. Il coupa les liens de mes jambes, enleva mon bâillon, ne laissant que mes mains attachées.

– Tu vois, me dit-il, je te traite bien, moi. Je suis un brave homme, moi. Que je sois pendu si ce n'est pas contre mon gré que j'ai été obligé de faire ce que j'ai fait.

Il larmoyait de son œil unique.

– Allons, viens, ajouta-t-il. Le vieux te demande. Je suis bien obligé de t'y conduire. Mais tu sais, s'il n'y avait que moi, tu serais encore bossman. Ils m'ont obligé, tu comprends, obligé.

Dédaignant de répondre, je le suivis jusqu'à la grand-chambre. Flint trônait derrière sa table comme si rien n'était changé, avec son justaucorps écarlate, son serre-tête noir, ses grosses joues, ses petits yeux, son air à la fois solennel et bonasse. Seuls souvenirs de la bagarre, un des revers de ses manches pendait ; son collet déchiré lui tombait sur l'épaule. George Merry, Darby Mac-Graw l'encadraient comme deux assesseurs encadrent un juge rouge. Devant la table, Brice était debout, ligoté comme moi. Ballater, Sidney Cove, Jak Groove, Billy Bones se tenaient rangés au fond. L'ensemble ressemblait tout à fait à un tribunal ; mais ce ne fut pas du tout avec le ton d'un président de cour, que Flint parla.

– Eh bien, dit-il, vous voilà tous les deux où nous étions nous autres, il y a quelques jours. Sous couleur de vous juger à notre tour, nous pourrions nous venger. Si je disais à ces gentlemen de vous passer la corde au cou, je serais dans mon droit, et ils n'hésiteraient pas, hein ! Je crois que vous feriez une jolie grimace au bout d'un brancard, hein ! C'est une situation élevée qui devrait satisfaire ton ambition, boss !

Il nous regardait doucement, avec une lueur de cruauté dans ses yeux gris.

– Bon, reprit-il. Cependant, vous ne serez pas pendus. Toi, boss, bien que tu aies désiré me hausser le col, je ne te le hausserai pas, parce que tu as sauvé mon *Walrus* ; et toi,

Antoine, parce que tu as intercédé pour nous. Ceux qui prétendent que je suis cruel en ont menti. Non, je ne vous pendrai pas, comme le souhaitent ces gentlemen. Je ferai simplement comme vous : je vous enverrai la *Marque noire.*

Il retourna et ouvrit son poing puissant posé devant nous sur la table. Il contenait un rond de la grandeur d'un écu, noirci d'encre.

– Vous reconnaissez ça.

C'était le morceau de papier que j'avais découpé et que Brice lui avait glissé dans la main quelques jours plus tôt.

– Bon. Voilà ce que l'équipage que je représente va faire à ce capitaine.

Sortant son couteau, il perça le papier, arracha le ruban de son chapeau, puis l'enfila dans la marque noire. Il se leva ensuite, vint à Brice et lui attacha le tout à une boutonnière.

– Te voilà décoré de la *Marque noire*, garçon, ricana-t-il en lui tapant l'épaule d'un air faussement amical.

– Quant à toi, Antoine, poursuivit-il d'un ton grave et digne, en s'approchant de moi, si j'avais pu je t'aurais gardé, comme je t'ai gardé quand le pauvre Bill t'a amené dans cette chambre. Pourquoi ? Eh bien, je dois dire que je ne le sais pas trop. Oui. Tu n'es pas très malin, tu n'es qu'un marin passable, tu ne sais guère boire, tu n'aimes pas le jeu. Pourtant je t'aurais gardé, oui, voilà. Seulement je vois qu'il ne faut plus de frenchmen sur ce bateau, ils font trop mauvais ménage avec nous. Vous n'êtes pas faits pour être des pirates, vous autres ; vous ne savez pas commander à vos sentiments. Un pirate ne doit penser qu'à la corde, pour l'éviter ; à l'argent, pour le prendre. Nous, nous sommes des chevaliers de la Fortune, vous des chevaliers de fortune… Vous avez pour devise la liberté, nous un souverain d'or. Désormais, il n'y aura plus sur ce navire que des Anglais ; nous avons à l'aube récolté assez de rescapés des frégates pour vous remplacer, vous et vos amis que vous retrouverez à terre. Tu me comprends, Antoine. Je prends la peine de te parler comme ça, quoique je n'aie jamais fait un si long discours – je crève de soif –, parce que tout Flint que je suis, j'ai pour toi de… de la… brroum, hum, hum, allons ça va bien.

Il s'écarta brusquement, se tournant vers les hommes du fond :

– Coupez-moi les liens de ces garçons. Jetez-les par-dessus bord. Je n'ai pas de chaloupe à leur donner.

Ballater, Sidney Cove, Billy Bones, Hands, nous poussèrent dehors.

– Tu sais nager, n'est-ce pas, mon vieux Antoine, me disait doucement Hands en me menant au bastingage. Un plongeon, c'est agréable avec ce beau temps. Moi je vous aurais donné une chaloupe, mais tu as entendu le patron…

Au moment de monter sur le bastin, j'aperçus Georges Nightingale qui, la nuit dernière, aurait dû se faire tuer plutôt que de laisser sortir Flint. Il baissa la tête. Il était de nos meilleurs amis, mais il était anglais, lui aussi.

– L'eau doit être bien bonne, mon vieux, susurrait Hands à mon oreille. Que je sois pendu…

Il me donna une poussée en traître au moment où je me rassemblais pour plonger. Brice me suivit. Un instant plus tard, j'entendis encore un troisième plouf. Nous tirions notre coupe pour aborder au rivage par une mer unie comme un lac. Soudain, des eaux vertes jaillit la tête du grand Georges Nightingale, nageant à brassées herculéennes. Il nous regardait avec inquiétude, tristesse et soumission. Je lui souris : ses yeux brillèrent. Il était anglais, mais il était de nos meilleurs amis, comme Tom Hawkins, comme Will Whale qui nous attendaient sur la grève ; ils avaient été sacrifiés avec nous par la tyrannie de Flint.

Quand nous les eûmes rejoints, les explications fournies de part et d'autre, le compte des débarqués et de nos ressources une fois fait, le *Walrus* disparaissant vers l'est, nous pûmes résumer la situation : au nombre de quatorze, sans embarcation, sans provisions, sans outils, nous étions abandonnés sur une île déserte, avec nos seuls vêtements, de quoi faire un repas. Six pistolets, un mousquet, une carabine, seize charges de poudre, autant de balles, une hache, nos couteaux. C'était tout.

VI

La vie difficile

D'abord frappés par la rigueur de notre situation, nous restions pesamment assis sur le sable à regarder s'éloigner vers l'horizon ce navire qui, pendant si longtemps, avait été notre patrie. Le premier, Brice se secoua.

– Allons, dit-il, il n'est pas trop tôt pour commencer à faire quelque chose ; voyons d'abord à l'embouchure de l'estuaire ce qu'il reste des frégates.

Le courant avait entraîné un peu au large, à cent toises environ de la côte, leurs épaves découvertes par le reflux. L'une d'elles, en talonnant sur les rochers, s'était complètement détruite. Ses débris, des cadavres poussés par le flot, couvraient le rivage. Le ressac battait l'autre ouverte en deux par l'explosion de la soute aux poudres. En admettant qu'il y eût des provisions dans les cales, il ne fallait pas compter qu'on les pût utiliser.

Michel Pantaragat et Peter du Nord se dévêtirent cependant ; ils plongèrent, tandis que d'autres s'occupaient à tirer à l'abri tout ce qui flottait sur le littoral.

– C'est le diantre, me dit Brice, si avec tout ce bois, nous ne parvenons pas à construire quelque embarcation qui nous tirera d'ici. Je suis bien aise pour cela d'avoir Will Whale avec nous.

En attendant, il fallait manger et nous procurer un abri. Nous décidâmes de partager notre monde en trois équipes. La première aurait le soin de pourvoir à la nourriture ; la seconde résoudrait si possible la question du logement ; la troisième s'efforcerait d'enlever aux épaves tout ce qui pourrait être ravi à la mer.

Ces mesures prises, encore que notre situation n'en fût guère plus brillante, nous retrouvâmes notre courage avec quelque espoir, tant il est vrai que le besoin d'organisation imprègne profondément l'esprit des hommes, même ceux qui prétendent vivre le plus anarchiquement, hors de toutes règles.

Nous commençâmes par faire un repas composé de nos dernières provisions. Après quoi, chaque équipe se mit à l'œuvre. Tom Hawkins prit la carabine. Distribuant trois des pistolets à ses hommes, il partit en chasse le long du rivage, vers le nord. Armé du mousquet, accompagné par Michault Cul d'Oue, Jean Baulde, Frémin Cotard, Georges Nightingale, je décidai de suivre un chemin naturel formé par l'abaissement des collines, qui s'enfonçait vers le centre des terres. Will Whale réunit ses travailleurs sur une petite éminence dominant la grève, où il se proposait d'élever, avec des baux, une chèvre. Elle leur servirait à manier les lourds madriers abandonnés sur le sable par le jusant.

C'est ainsi que débuta une nouvelle période de notre vie. Combien différente de tout ce qui l'avait précédée ! En rompant avec les règles ordinaires du monde, nous avions prétendu ou espéré être libres, c'est-à-dire nous soustraire à des lois faites contre nous. Les uns avaient voulu échapper à la contrainte qui ne leur laissait aucun espoir de s'élever jamais au-dessus de leur condition. D'autres avaient voulu acquérir les richesses, se donner librement les plaisirs que l'égoïste loi des hommes refusait à leur naissance. D'autres, comme Brice ou moi, avaient fui une injuste condamnation.

La charte des gentilshommes de fortune une fois signée, nous n'avions plus connu, les uns et les autres, que l'esclavage de nos instincts, de nos passions. Les caprices de la mer et du vent, le hasard des rencontres et des atterrissages avaient seuls conservé un pouvoir sur nous.

Si c'est être libre que de n'obéir à aucun ordre humain, de ne tolérer des chefs qu'autant qu'ils se plient à la volonté commune – si le morceau servi à notre capitaine nous paraissait meilleur que le nôtre, nous avions le droit de le prendre dans son écuelle –, d'enlever ce qui vous fait envie, de violer ce qui se refuse à votre désir, de tuer lorsque la cruauté vous point comme une soif, de vous montrer clément lorsque le bras est las de frapper, de ne risquer votre vie que pour satisfaire votre cupidité, votre égoïsme ou votre goût du danger : alors nous avions été absolument libres. Pourtant nous ne puisions dans ce fait nulle exaltation. Nous faisions des créatures étrangement matérielles ; l'exceptionnel de notre existence ne nous apparaissait point. Cette condition que notre tempérament et les circonstances nous avaient imposée, nous l'acceptions avec plus de résignation que d'ivresse. Il faut du recul pour concevoir le romanesque.

La vie des Frères de la côte, c'était moins les ripailles que les dures peines des marins : les cordages qui écorchent les mains, les veilles, les dangers du vent joints aux dangers des rencontres, les incommodités causées par une nourriture malsaine, échauffante, qui faisait pâlir les gencives, tomber les dents, l'eau croupie dans les tonnelets, tournée au jaune vif, qu'on buvait en se bouchant le nez, la faim, la soif souvent, la vermine sur notre peau. Tout cela. Avec parfois, le cadavre d'un ami balancé par-dessus bord, et la perspective d'une corde… Alors on troussait les filles, on s'enivrait de rhum.

D'aucuns comme Flint, le vieux scélérat, trouvaient à ce train de quoi satisfaire une cruauté instinctive, un besoin de détruire, un génie du stratagème et de la cautèle.

Mais Jean Baulde, qui avait été apprenti charcutier à Lyon, tuait comme on tue les cochons, sans haine, sans autre plaisir que celui d'accomplir consciencieusement son métier; et Michel Pantaragat, le combat fini, fermait les yeux aux cadavres, puis, quand il avait vidé leurs poches, récitait sur eux la prière des morts.

Maintenant, nous avions à travailler pour notre subsistance immédiate. Après l'anarchie qui avait régné jusqu'alors dans nos esprits et dans nos cœurs, mille besognes essentielles sollicitaient notre patience, notre industrie, un ferme esprit de discipline. Il ne s'agissait plus de voguer au hasard, en quête de butin, en laissant à la fortune le soin de nous le procurer, ni de compter sur l'esprit d'adaptation de notre capitaine, pour tirer de circonstances fortuites le meilleur parti. Il fallait, au contraire, prévoir tout un ensemble de mesures concourant en un vaste dessein, et les prévoir en détail. Dans le dénuement où nous nous trouvions, les moindres choses – une charge de poudre, quelques gouttes restant au fond d'une gourde de rhum, le découragement d'un compagnon – prenaient une extrême importance. Chacun, prisonnier de la tâche qui lui incombait dans l'œuvre commune pour la vie, devait oublier tout ce qui en eût pu compromettre l'accomplissement, jusqu'au moment où nous aurions le loisir d'ajuster nos devoirs à nos goûts.

À la tête de ma petite troupe, je m'éloignai donc pour chercher s'il existait dans l'île un lieu où nous pourrions nous établir jusqu'à ce que, sous les ordres de Will, le maître charpentier, nous eussions construit quelque embarcation. Nous partions du cap que le *Walrus* avait doublé la veille avant de déboucher dans la baie où se déversait l'Alguna. La carte de la caye étant restée à bord avec tout ce qui nous appartenait, rien ne pouvait nous diriger dans ces lieux inconnus. Brice se rappelait l'existence de vastes bois derrière les falaises du nord-est et, vers l'est, d'une baie beaucoup plus profonde que celle au bord de laquelle nous nous trouvions ; un bras de la rivière devait également y avoir son embouchure. La source de l'Alguna se situait, lui semblait-il, tout à fait dans le sud, au milieu de terres hautes, marécageuses.

Je commençai par prendre une vue attentive du paysage qui nous entourait. À ce coup d'œil, la caye me parut dans son ensemble à la fois plaisante et sévère, plantureuse et stérile. De l'autre côté de l'estuaire, une zone de marais s'étendait jusqu'à la mer en méandres mal délimités, se boisait peu à peu en montant dans la direction du sud ; à l'horizon se dressaient au-dessus des frondaisons ces sommets bleus aux têtes plates que j'avais déjà aperçus du *Walrus.* Vers l'est, l'horizon s'abaissait sensiblement et se peuplait d'arbres très denses qui avaient l'air de descendre mollement vers la mer. En venant vers nous, le pays se creusait en cuvette, puis des frondaisons immenses obstruaient la vue, dominées par les falaises devant lesquelles le *Walrus* avait évolué. Cette côte formait dans cette direction un cap très aigu derrière lequel elle paraissait demeurer de même nature en s'infléchissant pour revenir vers le sud. Quant aux abords immédiats de notre point de départ, la rive de l'Alguna que nous avions sous les pieds déroulait jusqu'aux premiers arbres un tapis de grasse verdure ; celle-ci se transformait du côté de la mer en une grève de sable étalée du cap d'où nous partions, aux falaises du nord-est. C'est le long de cette grève que je dirigeai mes hommes, pour couper diagonalement l'île dans le sens nord-ouest-sud-est, et atteindre ainsi son centre même.

Après la grève, le terrain montait en une pente douce, sablonneuse, aride, jusqu'à des collines moutonnantes. À l'équinoxe, la marée devait venir baigner leur pied. Une faille tapissée de maigres verdures coupait ces intumescences dont le bourrelet arrêtait les vents du large. Nous y pénétrâmes prudemment. Le mousquet à la main, j'ouvrais la marche ; Frémin Cotard, avec un pistolet, formait l'arrière-garde.

Nous avançâmes quelque temps en silence. Un ricanement éclatant soudain au plus épais d'un buisson, nous fit tressaillir. C'était seulement un moqueur ; il battit l'air de ses ailes lourdes en croassant.

Peu à peu les collines s'abaissaient. La végétation s'élevait plus haut dans l'atmosphère limpide. La terre piquetée d'herbe succédait au sable. Nous évitions de faire craquer les branches, car il était à craindre que l'île ne fût occupée par les anthropophages caraïbes. Leurs pirogues, taillées dans un tronc de gommier, sillonnent ces parages. Brice Coquelle prétendait avoir l'assurance que ces tribus n'habitaient point la caye ; cependant, notre faible confiance en un armement par trop restreint, nous faisait redouter à chaque instant que le sifflement d'une flèche ne perçât le silence, ou que soudain les troncs ne se dédoublassent en autant d'ennemis. Le sentiment de notre insécurité prêtait à chaque feuille un œil pour nous épier, à chaque branche une corde, une flèche pour vibrer tout à coup au profond de notre chair.

L'aiguillon de ces vives alarmes cessa de nous harceler à mesure que nous avancions entre les fourrés sans y rencontrer de surprise, mais non sans mal. Depuis longtemps nulle créature humaine n'avait passé dans ces bois ; la sauvagerie des couverts le prouvait assez. Il fallait frayer un passage avec la hache. Nous nous heurtions à une hostilité que nous n'avions pas prévue : celle de la végétation. Les couteaux entrèrent en jeu. Ce fut une vraie bataille corps à corps. Les lianes s'abattaient comme d'énormes bras ; elles avaient, en se redressant, des élans de reptiles. Les cassures des branches mordaient, les feuilles entamaient les mains, menaçaient les yeux. Les lames glissaient dangereusement sur le bois-de-fer. Les lances du yucca, la cire vénéneuse du metsillier, les raquettes du nopal qui laissaient leurs piquants fichés dans la peau : toute une armée hérissée, tentaculaire, résistait à notre assaut, nous couvrant des gouttes d'une sève poisseuse, rouge comme sang.

Je pensai nous détourner de cet impossible chemin ; mais le fourré s'éclaircit. Encore quelques coups de couteau et nous pûmes reprendre notre marche. Les lianes, les buissons refluaient en houle derrière nous. Maintenant l'air circulait entre les mahoganys et les acacias immenses ; des flèches solaires traversaient leurs ramures. À notre approche, une écharpe multicolore et bruissante se déroula dans ces rayons ; nous reconnûmes un vol d'*araracas.* Avec nos bâtons nous abattîmes plusieurs de ces gros perroquets.

Aux mahoganys succédèrent des essences plus petites : acajous, carapatiers, de-ci de-là des rocous, puis des campêchiers, des balates. À travers ces feuillages fins apparut un vallon mollement ouvert à la limite de la forêt qui allongeait sur l'herbe ses ombres d'émeraude.

Tant de douceur après tant de sauvagerie ! nous demeurions confondus... Le vallon dessinait un vaste cirque. Au noroît, des hauteurs rocheuses le bornaient. Son miroitement vert était pris entre elles et la forêt qui s'éclaircissait à l'orient. Les magnifiques fleurs de la rocca palestris s'épanouissaient entre les sinuosités d'une petite rivière : c'était l'autre bras de l'Alguna signalé par Brice. Il recevait sur sa rive droite cent filets sourdant du roc derrière un bocage où les sapotilliers, les citronniers, les arbres à mangues répandaient une ombre odorante. Le charme de cet éden était si actif qu'il se faisait un chemin à travers notre grossièreté. Nos âmes éprouvaient obscurément la splendeur de cette nature. Pour moi, il me sembla que se révélait toute une face du monde : un monde d'avant les hommes, une nature pas encore accablée par leur malfaisante industrie.

À ce moment, un énorme cochon-marron[1] sorti du couvert, traversa la clairière, s'arrêta pour nous regarder, puis reprit au petit trot son chemin vers les bois. Il y avait à peine disparu qu'une détonation éclata sur notre gauche. Des cris joyeux retentirent. Les taillis s'agitèrent. Tom Hawkins, sautillant sur son pilon, sa carabine encore fumante, déboucha dans le vallon avec ses compagnons qui traînaient l'animal abattu. Georges Nightingale les héla de sa voix puissante. Ils nous rejoignirent. Nous avions ensemble quitté le camp mais, tandis que Michault Cul d'Oue, Frémin Cotard, Georges Nightingale et moi nous nous enfoncions vers l'intérieur, Tom Hawkins et ses chasseurs s'étaient tenus, eux, le long de la côte. Celle-ci, nous confirmèrent-ils, s'infléchissait d'abord au nord en quittant l'embouchure de l'Alguna. À une lieue de là, environ, un cap déchiqueté marquait l'avance extrême du littoral sur la mer. Ce promontoire se continuait par la ligne de falaises remontant vers le sud. En parcourant ces sommets, Tom Hawkins, Rupert Narwitz, Jean Baulde, avaient récolté les œufs des pigeons de roche qui nichaient dans les anfractuosités. De là-haut, découvrant à l'orient une haie vers laquelle le terrain s'inclinait en pente raide, ils étaient descendus jusqu'à la lisière des bois pour revenir au camp en coupant vers l'ouest. C'est à ce moment que Tom avait montré son habileté en tuant le cochon de la seule balle contenue dans sa poche à munitions.

Il ressortait de ce récit que la clairière où nos deux groupes s'étaient rencontrés, correspondait avec une baie ouverte sur la mer. Ce point valait la peine qu'on le vérifiât sur-le-champ. La fin du jour approchait; je n'en résolus pas moins de pousser jusqu'au rivage. Un court temps de marche à travers un boqueteau assez clairsemé pour que l'on pût circuler aisément, quoique assez serré pour masquer la vue, nous conduisit à

1. Genre de sanglier, ainsi appelé par les boucaniers.

portée d'entendre ce bruit que fait la houle en roulant légèrement sur le sable. Presque aussitôt nous commençâmes d'apercevoir entre les troncs la clarté d'une plage. Le couvert traversé, nos pas foulèrent un sol doux, blanc et fin, qui s'étendait en forme de croissant sur la longueur d'un quart de lieue. À chaque pointe s'escarpaient des systèmes rocheux ; avançant loin dans le flot, ils défendaient la baie contre les fureurs du large et les surprises de la terre. Tout à fait au nord, une crique aux parois accores, fermée par un goulet, formait comme un bassin dans une rade.

Deux grandes aiguilles de pierre qui s'élevaient sur la plage aux deux extrémités attirèrent notre attention. Quelle fut notre surprise de reconnaître en nous approchant, non pas des curiosités naturelles, mais bien deux véritables colonnes portant la trace d'un travail humain. Elles étaient profondément enfoncées dans le sable, face à la mer. L'une offrait une ressemblance, grossière mais saisissable, avec la silhouette d'un guerrier ; l'autre, on eût dit quelque funèbre divinité. Son masque gigantesque grimaçait ; des griffes terminaient ses bras collés au corps ; l'ombre montante l'entourait d'un mystère un peu effrayant. Le temps nous manquait pour pousser plus avant notre examen. Rapidement, la nuit succédait au jour ; nous nous hâtâmes de revenir sur nos pas.

Dans la forêt les abattis nous indiquaient notre route. Sous ces voûtes l'obscurité était complète. Nous dûmes pour éclairer notre marche couper et enflammer des résines qui peuplèrent de formes monstrueuses la pénombre. Tout à coup, je crus voir passer des lumières au loin parmi les branches. Nos compagnons, craignant que nous n'eussions perdu notre chemin, venaient-ils au-devant de nous ? ou ces torches annonçaient-elles un danger ? Un trait enflammé bourdonnant à mes oreilles m'ôta de ce doute ; des cris s'élevèrent à l'arrière-garde. Je me retournai : des points de feu dansaient entre les lianes et les broussailles. On ne distinguait rien d'autre que ces flammèches convergeant sur nous. Quelles frondes invisibles les lançaient ? Atteint en plein front, Georges Nightingale hurla. Des hurlements féroces, qui roulèrent longuement sous les arbres, répondirent à son cri. Frémin Cotard lâcha au hasard son coup de pistolet. Le cadavre d'un petit homme noir dégringola des ténèbres en brisant les rameaux. Cernés par d'invisibles ennemis, étourdis de nous sentir aussi absolument à leur merci, nous tournions sur place, incapables d'échapper à ce dédale de branches, à ces tentacules végétaux, à ces flammes qui se croisaient, pleuvaient, zigzaguaient en ronflant tout autour de nous. Une fluorescence verdâtre – les torches avaient échappé aux mains des porteurs – éclairait seule le lieu de ce carnage. On butait sur des corps morts ou couchés pour se soustraire aux flammèches. Des tourbillons de cris vrillaient le tumulte. Ce fut un combat forcené… jusqu'au moment où Tom Hawkins levant la main pour se protéger attrapa, en fait de balle, un insecte dont le corps brillait comme brillent les vers luisants.

– Des mouches-à-feu ! cria-t-il. Ce ne sont que des mouches-à-feu, tas de sadinets.

À cette nouvelle, les morts se levèrent. Les vociférations sauvages ne furent plus que l'écho de nos propres clameurs renforcées par celle d'une horde de singes. Réveillés par notre hourvari, ces macaques s'étaient mis à nous lapider avec des pommes de cèdre. Le coup de Frémin Cotard en avait abattu un. Nous l'emportâmes pour le manger à la broche.

Quand nous arrivâmes au camp, nous vîmes que Will Whale et ses aides n'étaient pas restés inactifs. Des madriers, des planches avec leurs ferrures, des branles, des couvertures, un matelas même, des barils, s'entassaient sur le rivage. Assis autour d'un brasier où rôtissaient le singe et les cuissots du cochon-marron, je fis le récit de nos découvertes.

– Bien, dit Brice Coquelle, nous irons nous établir là-bas

dès qu'on aura enlevé aux frégates tout ce qui pourra être récupéré. Frémin, ton macaque est fameux.

– Peuh ! fit Michel Pantaragat, du diable si j'en mange. On dirait d'un angelot écorché. C'est repas d'ogre.

À la lueur du feu, nous devisâmes longtemps. Il fut décidé qu'on élèverait sur place des abris provisoires avec les voiles et des épars. Il fallait profiter du calme. Au premier coup de temps, les épaves seraient mises en pièces et disparaîtraient.

Le lendemain, laissant aux chasseurs le soin de nous fournir en nourriture, nous nous attelâmes tous à ce travail. Il nous occupa tout le jour. Nous besognâmes rudement, avec un court répit pour manger les restes du cochon, ceux des perroquets et quelques débris de biscuit. Notre labeur ne fut interrompu qu'au soir par Frémin Cotard. Il était parti avec Rupert Narwitz chercher des bois entraînés dans la rivière par le jusant. Michel Pantaragat, en se redressant pour soulager ses reins courbatus, l'aperçut.

– Vé ! fit-il, qui advient ?

De loin, Frémin Cotard faisait des signes. Il arriva essoufflé autant par l'émotion que par la course. Les mots lui manquaient pour nous annoncer qu'un brigantin élongeant le cap à l'ouest de l'estuaire se disposait à pénétrer dans l'Alguna. Les roches bornant la plage où nous travaillions nous masquaient cet endroit.

Par un mouvement instinctif, nous nous élançâmes vers ce bateau dont la providence avait gonflé les voiles. Brice Coquelle nous arrêta. Il convenait de prendre quelques précautions et de voir à qui nous avions affaire. Les arrivants ne soupçonnaient pas notre présence ; gros avantage qu'il fallait conserver. Se montrer trop empressés pour lier connaissance avec des inconnus, sied peu à des gens qu'une corde attend. C'est pourquoi, en nous défilant à l'abri des rochers, après avoir recommandé aux autres de se tenir couverts, nous allâmes, Brice, Will Whale et moi, prendre position derrière les hautes herbes parallèles à la rive. En nous approchant autant qu'il était possible, nous découvrîmes, en effet, un brigantin qui embouquait sous ses basses voiles l'entrée de la rivière. Il avançait avec précaution en masquant sa toile. À l'avant, un homme couché sur le boute-hors de beaupré sondait sans arrêt; on l'entendait chanter le fond.

Le petit navire vira juste à point comme l'avait fait le *Walrus*, mais en douceur, et glissa dans la passe, ce qui prouvait que le capitaine connaissait les atterrages. Il remonta ensuite de quelques encablures dans l'estuaire pour jeter l'ancre à cinquante toises à peine de l'endroit où nous nous trouvions. Les voiles furent ferlées, mais aucun des hommes que l'on voyait s'activer sur le pont ne donna signe de vouloir descendre à terre. Il s'agissait incontestablement d'un caboteur qui touchait ici pour faire aiguade et repartirait aussitôt reconstituées ses provisions d'eau fraîche : vraisemblablement pas avant la marée de minuit.

– C'est bizarre, me souffla Brice, il me semble avoir vu cette baille il n'y a pas longtemps.

J'en avais aussi l'impression. Cette tonture relevée, ces flancs lourds, cette placide allure évoquaient dans mon esprit un souvenir récent. En nous glissant dans les herbes un peu plus bas vers la mer, de manière à voir l'arrière du bateau, nous eûmes l'explication du mystère. Sur le tableau se lisaient ces mots : *Virgen-del-Pilar. Cumaña.*

– C'est le brigantin que nous avions pris pour un croiseur anglais ou espagnol lorsque nous fuyions devant les frégates. Il suivait la même route que nous et arrive avec un jour de retard. Il vient sans doute de la Vera-Cruz. À la vitesse où il marche, on comprend qu'il ait besoin de renouveler son eau avant de regagner Cumaña : il en a au moins pour vingt jours de vogue, et il doit se traîner sur la mer depuis trois semaines. Les passagers ne s'amusent guère là-dessus, c'est un piètre secours que le Ciel nous envoie.

– Mais c'est un secours quand même, répondit Brice. Mieux valent quinze jours de traversée sur cet escargot que des mois, peut-être des années, ici à essayer de fabriquer une embarcation problématique. La seule question est de savoir comment y prendre passage. Allons discuter ça.

Je pensai que nous pourrions nous présenter au capitaine comme rescapés des frégates ; il les avait vues poursuivant un navire pirate et les épaves étaient là pour témoigner. Malheureusement, outre que Frémin ou Guillot Guedry ne pourraient jamais passer pour Anglais – ce qui n'était pas irrémédiable –, il y avait un obstacle formel : nous ignorions les noms de ces vaisseaux que nous n'avions jamais vus entiers par l'arrière. Un peu tard maintenant pour aller s'en enquérir ! Rien ne nous assurait que les survenants ne les connaissaient pas, ces noms, qu'ils ne les avaient pas inscrits sur leur livre de bord. Non : le jeu était trop dangereux. Le moindre soupçon contre nous, un piège adroit le changerait en certitude, et un gentilhomme de fortune pris est un pirate pendu. Mieux valait rester cinquante ans sur l'île qu'être pendus dans quinze jours.

– Je suis de ton avis, dit Brice. Je crains que nous ne puissions pas davantage nous donner comme naufragés d'un autre navire. Ces caboteurs connaissent leur mer des Antilles, sa chronique et ses bateaux comme un recteur sa paroisse. Nous risquerions encore de tomber d'un peu trop haut pour notre cou. Qu'il est donc difficile d'être honnête ! Nous ne leur voulons aucun mal à ces gens. Pourtant… pourtant je ne vois qu'une solution : nous emparer de ce bateau, en douceur si possible, enfermer l'équipage avec les passagers s'il y en a, et aller aborder en un point peu fréquenté où nous leur rendrons leur baille. C'est le dessein dont j'ai le regret de vous faire part, car il ne me plaît pas de malmener des hommes qui sont, en somme, nos sauveurs. Mais nécessité est dure loi.

Restait à concerter un plan d'attaque. Plusieurs propositions furent émises. Nous nous arrêtâmes à une de Brice qui voulait attendre la nuit close pour nous approcher du brigantin à l'abri des herbes, et escalader sans bruit la muraille. Sauter sur l'homme de veille, fermer le capot d'échelle, les écoutilles, ne seraient ensuite qu'un jeu.

Nous retournâmes observer notre proie. Il nous fut facile de dénombrer l'équipage tandis qu'il s'affairait à remplir les tonnes d'eau douce. Il ne dépassait pas la douzaine. Nous nous confirmâmes dans l'opinion émise par Brice, en voyant que la *Virgen-del-Pilar* avait relevé son ancre ; elle s'était simplement affourchée sur deux amarres frappées à la rive. Le capitaine pouvait ainsi, en les filant par le bout fixé au bateau, descendre instantanément le courant et gagner la mer. Décidément, il connaissait la caye et les gens que l'on pouvait y rencontrer. Tout être qui se présenterait à lui en ces lieux, venant de ces lieux, lui serait par cela seul déjà suspect. Il ne restait qu'à lui forcer la main.

Quelques heures plus tard nous nous y disposions. La nuit tropicale se berçait dans sa propre splendeur ; la mer écumait à peine. Un palmier enraciné presque à la limite des flots, tendait dans l'ombre ses feuilles frissonnant vers le large. Parfois le cri mélancolique d'un toucan, s'élevant dans la forêt, éveillait les aboiements des singes. Les vers-à-feu promenaient parmi l'herbe leurs lentes lueurs d'étoiles tombées. On entendait les mangues lourdes s'écraser au sol en rendant un bruit mat.

Nous rampions à travers la savane ; nos visages frôlaient ces immenses fleurs sans nom qui ouvrent en une nuit leurs corolles dont nul ne connaît la couleur, se fécondent de leur propre pistil et meurent au matin. Elles accrochaient aux poils rêches de nos faces des odeurs voluptueuses, étrangement humaines. Les herbes aquatiques foisonnant sur la berge, quand nous les atteignîmes, ne nous laissèrent plus voir de la rivière qu'un miroitement haché par leurs jets noirs ; mais, en levant avec précaution la tête nous apercevions notre proie dessinant en noir dans le ciel les traits de sa mâture. Au-dessus brillait la Croix du Sud. Des chatoiements moiraient la guibre. Nous nous glissâmes vers l'eau pour gagner le brigantin. Dans le silence et la limpidité de cette nuit où la brume commençait à peine de monter, le moindre bruit portait au loin.

Soudain la nuit et le silence vibrèrent comme une coupe de cristal. Une saeta jaillit du navire, tourbillonna, s'enleva vers les étoiles. Cette voix !... Cette voix qui avait agité de vieux rêves dans l'enfer de notre indignité !... Oubliant toute prudence nous nous étions levés, tendus vers l'éternel mirage de ce chant.

– Mañuela... Mañuela..., cria Brice en se jetant à l'eau d'un élan.

Des cris répondirent, des appels d'alarme. Un mouvement confus se fit sur le pont, un sifflet retentit. Le bateau bougea, glissa, fila en arrière. Un coup de feu puis toute une mousqueterie illuminèrent la nuit, faisant voler l'eau autour de Brice qui nageait.

Bientôt la *Virgen-del-Pilar*, ayant passé la barre, ne fut plus, au milieu de la brume qui nous ensevelissait dans ses linceuls avec nos désespoirs, qu'un grand oiseau en fuite.

LIVRE DEUXIÈME

La caye des papagayos

Je ne saurais mieux faire pour dire ce que fut ma vie – notre vie – sur cette caye déserte, que de mettre ici les feuillets sur lesquels j'ai noté au jour le jour, les peines, les dangers et aussi les plaisirs – car le pire était en réserve – de cette existence.

Écrivain de bord, c'était pour moi une routine enracinée de marquer sur du papier tout ce qu'apporte le fil des jours. Quand je me trouvai sur l'île, réduit avec mes amis au dernier degré de la misère, avec mon écritoire de poche pleine de papier, de plumes, de sable, d'encre, je jugeai mon dénuement moins absolu que celui des autres. Le geste familier de dévisser le chapeau de cuivre, de poser le tube devant moi, de maintenir de la main gauche une feuille déroulée tout en trempant dans l'encre une plume de sarcelle bien taillée, c'était déjà une assurance, la forme modeste mais sensible d'une continuité. C'est la première chose que je fis dès que Will Whale nous eut fabriqué une table de fortune avec quelques virures posées sur deux madriers. J'avais déjà compté mon papier. Il n'en restait que quarante feuilles. J'aurais bien donné toute la bouteille de sable à sécher pour en avoir quarante de plus. Enfin, on économiserait, on aiguiserait la plume fine, fine, on écrirait en abrégé et seulement le plus important.

Le 19e de décembre, qui était, si je me rappelle bien, le lendemain du soir où nous avions revu ou plutôt entendu Mañuela sur le brigantin antillais, ce jour-là la table fut faite. Sur la table je commençai ma première feuille ainsi :

DIX-NEUVIÈME JOUR DE DÉCEMBRE :

Avec les voiles et du bois tirés des frégates, nous avons confectionné plusieurs tentes capables de nous abriter tant que durera le sauvetage des épaves. Récupéré, pendant cette journée, des virures en grand nombre, le mât de hune de misaine, enlevé à grand effort au *Squirrel*[1]. La chèvre dressée sur le rivage nous a fort aidés dans cette opération. En plongeant par l'ouverture du pont, Jean Baulde réussit à ramener une assez grande bouliche remplie de pois rouges hermétiquement close, laquelle flottait au plafond de la cambuse.

VINGTIÈME DE DÉCEMBRE :

Le cochon-marron, le macaque, les perroquets étant mangés, et Tom Hawkins ayant vainement tiré sur un singe, nous avons dû borner notre nourriture à des fruits et une poignée des pois rouges contenus dans la bouliche. Il est évident que notre poudre ne nous permettra pas de nous fournir longtemps en viande. Il en reste seulement treize

1. Le *Squirrel* était la meilleure marcheuse des deux frégates. Un tableau de bord, trouvé parmi les épaves, nous apprit ce nom. Quant à l'autre, on ne le sut jamais.

charges. La prudence nous recommande de les ménager pour nous défendre, le cas échéant. Brice Coquelle nous a exhortés à mettre en œuvre toute notre ingéniosité pour nous procurer du gibier sans employer les armes à feu. Cependant, les pelles nous manquent pour creuser des pièges. Nous n'avons pas de glu pour les gluaux ; item pour le crin nécessaire au lacet. Ce dernier, Tom Hawkins a essayé de le remplacer par les fibres d'une plante très résistante, souple et nerveuse.

Tout le jour, laissant aux chasseurs le soin de subvenir à la nourriture, nous avons travaillé sur les vaisseaux. Brice Coquelle a décidé de construire un radeau surmonté d'un palan à potence. Amenée au-dessus des épaves, cette machine sera fort utile pour en tirer les objets pesants.

VINGT-SIXIÈME DE DÉCEMBRE :

Tous les jours précédents, nous avons travaillé aux épaves. Grâce à la chèvre sur radeau nous avons pu nous rendre maîtres d'un grand coffre ayant appartenu au charpentier du bord. C'est une trouvaille inestimable.

VINGT-HUITIÈME DE DÉCEMBRE :

La mer forte dès le matin, et de plus en plus forte par la suite, nous a empêchés de faire aucun travail utile sur les vaisseaux. Dans l'après-midi, le temps nous a retenus sur le rivage. Le soir, violent grain qui s'est prolongé jusque très avant dans l'après-dîner du 28.

Lorsque le flot a été de nouveau calme, il y a apporté de nombreux débris. Les uns provenaient du *Squirrel* ; les autres, en bien plus grand nombre, de la seconde frégate qui est complètement démantelée. Repêché plusieurs barils. Nous les avons ouverts, espérant que l'un d'eux contiendrait de la poudre qui n'aurait peut-être pas été gâtée. Cet espoir ne s'est pas réalisé. En revanche, une tonne renfermait du lard salé encore en partie mangeable.

VINGT-NEUVIÈME DE DÉCEMBRE
AU DIXIÈME DE JANVIER :

Notre vie sur l'île des Perroquets commence à s'organiser. Brice Coquelle, notre capitaine, malgré sa hâte de faire voile vers Cumaña, a dû prendre des dispositions pour une installation qui peut être de plusieurs mois. Il faut faire face à deux exigences des circonstances : manger, être à l'abri, d'une part ; d'autre part, récupérer sur les épaves les bois, les câbles, les voiles, les ferrures, les outils, nécessaires pour construire notre future embarcation.

Un roulement a été constitué pour former une équipe permanente de chasseurs. Ils visitent tous les matins les collets. En amorçant ces pièges avec des fruits de sapotillier, on y prend assez constamment des oiseaux du genre perdrix. Les armes à feu, inutiles puisque nous manquons de poudre, ont été remplacées par des arcs et des javelots avec lesquels nos gens sont devenus très adroits. Ces mêmes arcs et des tridents imaginés par Will Whale, nous permettent d'attraper des daurades que nous attirons en jetant à l'eau des cailloux blancs, ou plus simplement encore en y agitant les pieds. Les huîtres se trouvent en abondance sur les rochers à l'entrée de la baie. Grâce à des filets de cordages que j'ai fabriqués, grâce aussi au guindeau que nous avons tiré du *Squirrel*, la pêche aux tortues de mer nous est devenue un délassement plein de surprises comiques. Nous faisons usage des mêmes filets pour capturer les cochons-marrons qui abondent dans le centre de la caye. Ce moyen nous est pratique car les animaux pris vivants sont gardés tels ; ils constituent ainsi une réserve de viande où nous puisons selon nos besoins.

Nous avons eu aujourd'hui une agréable surprise en découvrant sous la table qui sert à nos repas trois tiges grimpantes en quoi nous avons reconnu des pieds de pois rouges. Sans doute, après avoir glissé de nos mains au moment d'une distribution, se sont-ils enfoncés sous nos pieds dans ce sol meuble où ils ont pris racine.

Un nouveau coup de temps, heureusement très léger, survenu le deuxième jour de janvier, nous a fait craindre pour les débris du *Squirrel.* Il a talonné encore en glissant sur le banc où il était engravé. Cet orage a été cependant très heureux, car la coque du vaisseau s'est couchée complètement ; le flanc se découvre de quelques pouces sur une largeur d'au moins six bons pieds carrés. Nous nous en sommes rendu compte dans la soirée en allant, Brice Coquelle et moi, jusqu'à la nouvelle position occupée par l'épave, à environ un mille sud-quart-ouest de l'embouchure.

Will Whale a singulièrement perfectionné les radeaux en les dotant de gouvernails, de mâts, de voiles, ainsi que d'un bordage pour empêcher le flot de balayer la machine. Nous possédons quatre de ces planchers flottants. Quoique lourds et fort sujets à la dérive, ils ne nous ont pas moins rendu bien des services. Le plus grand de tous, que six hommes ne manient pas sans peine, porte la chèvre. Un autre, de taille un peu plus réduite, sert au transport des articles lourds. Enfin, Will a construit trois petites pirogues étroites et légères qui se meuvent rapidement, soit à la voile, soit avec des rames courtes à pales plates que les Indiens appellent pagaies.

ONZIÈME DE JANVIER :

Ce matin, nous sommes partis avec la marée descendante. Rendus sur les lieux en peu de temps, nous avons commencé d'attaquer la carène du *Squirrel* à l'endroit que la mer découvre. Le soleil atteignait le zénith lorsque nous fûmes venus à bout de percer une ouverture d'un pied carré. Naturellement, l'intérieur était plein d'eau et de sable. Frémin Cotard, une longue corde attachée sous les bras, deux lourdes ferrures fixées aux chevilles, se fit descendre par cet orifice. Nous ne le vîmes point disparaître sans une certaine anxiété. Le trou correspondait-il bien avec la cale, comme nous l'avions espéré en le pratiquant ? Au bout d'un moment, la corde s'agita entre nos mains. Nous halâmes avec tant de force que le corps de notre camarade frotta contre l'ouverture où il s'endommagea quelque peu. En retour de quoi, dès qu'il reprit son souffle, Frémin Cotard nous accabla d'un torrent de reproches où nous démêlâmes assez aisément que « sauf le respect dû par lui, Frémin Cotard, à nos saintes femmes de mères », nous comptions dans notre parenté directe des veaux à nombre variable de pattes ainsi que d'autres animaux aussi peu propres aux métiers de la mer. Après ce déluge, notre compère éternua trois fois – signe de bonne santé –, cracha une fois à bâbord, une fois à tribord, une fois contre le vent, pour se protéger de la maladie, et daigna enfin nous informer que tout allait bien. Tout allait bien, en ce sens du moins que l'excavation aboutissait directement dans la cale et que celle-ci semblait pleine.

Le reste de la journée nous l'occupâmes à tirer de la cale tout ce qui nous tomba sous la main. Nous plongions à tour de rôle pour aller en tâtonnant attacher des câbles aux articles que nous souhaitions nous approprier. Besogne extrêmement fatigante dont nous nous soulageâmes un peu en raclant la fosse sombre avec des chaînes où nous avions fixé les grappins d'abordage. Nous avons ainsi retiré, chargé sur les radeaux ou fait flotter autour d'eux, et ramené à terre :

1° Des rouleaux de toile à voile, le câble de grande touée, la vergue de civadière, d'artimon, et d'une façon générale toutes celles que nous pûmes atteindre, les mâts de cacatois, de perroquets, de hune, le boute-hors de beaupré.

2° Une grande caisse d'outils, des barres de fer, un saumon de plomb, des moules à balles, un lot de pertuisanes, piques et coutelas, une tonne de poudre, malheureusement aux trois quarts gâtée par l'eau, une des pompes que nous enlevâmes à tout hasard.

3° Une tonne de farine, également en mauvais état, des futailles pleines, une provision de pains de sucre contenus dans une caisse en fer, trois petits barils de rhum.

Ce n'est pas sans regret que nous abandonnâmes les bas-mâts. Ils s'enfonçaient trop profondément dans leurs emplantures jusqu'à la quille, à travers les ponts et la cale. En dépit de notre nez, comme disait Will Whale, nous fûmes contraints de les y laisser.

Au cours de ce travail en grande partie sous l'eau s'est produit un événement qui nous a vivement frappés. Michel Pantaragat, dont c'était le tour, venait de plonger dans le vaisseau. À travers l'eau glauque où la lumière découpait un puits de clarté, nous l'avions vu prendre pied sur la paroi inclinée ; puis l'ombre de la muraille le cacha. Il avait à traverser le panneau de la cale pour pénétrer dans la cambuse. Tant qu'il y demeurerait nous ne pourrions le remonter. Toute traction exercée à ce moment sur la corde n'eût fait que rompre son équilibre en le projetant contre les étançons, au risque de lui briser les membres ou de le déchirer au dormant de l'ouverture. Lorsque le plongeur se sentait à bout de souffle, il devait revenir en dessous de la brèche par laquelle nous le hissions.

Peu d'instants s'étaient écoulés depuis que Michel Pantaragat avait disparu, lorsque la corde, jusqu'alors molle, s'agita violemment. Les secousses saccadées, furieuses, témoignaient de quelque chose d'anormal, comme si l'homme se fût débattu. Nous inspectâmes la cheminée éclairée, pour voir si notre camarade y reparaissait ; mais la corde se perdait dans l'obscurité, à travers le panneau. Nous n'apercevions rien. Nous nous décidâmes à haler. Tout doucement, puis de plus en plus fort. En vain : le filin se tendait en fouettant, mais ne répondait pas à nos efforts. Et toujours, nous sentions, au bout, cette vie qui se débattait. Des rappels du grelin, parfois, nous tiraient en avant. Tout à coup, Brice Coquelle prit son couteau et sauta. Nous le vîmes avec anxiété brasser l'eau où étincelaient des paillettes et où tous nous attendions qu'un bras pustuleux se déroulât vers lui. Il s'arc-bouta au dormant du panneau, dégagea la corde, remonta dans une éruption de bulles. Nous pûmes hisser. Mais quel poids ! Comme le chanvre se tendait ! Il y eut encore un soubresaut, puis lentement monta dans la lumière une masse étroitement enchevêtrée. Un cri d'horreur nous échappa : la face congestionnée de Michel Pantaragat, les cheveux soulevés par les mouvements de l'eau, se distinguait mal dans le collier que lui faisaient des bras décharnés. Il n'avait pas été, comme nous le craignions, surpris par un poulpe, mais bien la victime accidentelle de deux cadavres. À grand-peine, nous ramenâmes le groupe macabre sur le bordage ; il fallut employer la hache pour briser l'étreinte qui unissait farouchement les deux morts. La mer faisant irruption dans le vaisseau les avait suffoqués au moment qu'ils se ruaient vers l'ouverture de la cambuse. Ils s'étaient pris à la gorge, chacun enragé à passer le premier. Et la mort cureuse d'orbites, polisseuse de dents, nous révélait soudain de la stupide bestialité des hommes cet exemple dont elle avait patiemment, dans le secret de la mer, mis au point la parfaite horreur.

Lorsque Michel Pantaragat eut repris ses sens, il nous expliqua avec des pauses tremblantes comment après qu'il eut franchi le panneau, alors qu'il déplaçait une pile de caisses, il s'était senti accablé d'un poids étrange. En se débattant il perdit l'équilibre et ne put le reprendre. Plus il faisait effort, plus il s'empêtrait. Il éprouva bien la traction du grelin ; mais, comme elle ne s'exerçait pas en ligne droite, elle ne pouvait dégager des caisses la masse dont il était prisonnier...

Une contraction nerveuse agitait, d'instant en instant, tout un côté de sa face. Pauvre, brave, simple Michel, il l'a gardée aussi longtemps qu'il a vécu.

DOUZIÈME AU QUINZIÈME DE JANVIER :

Continué à piller le *Squirrel.* Le rivage ressemble à une foire à la ferraille. Aucune trouvaille importante. Tout ce qui pourrait nous servir de provisions ou de munitions était détrempé par l'eau de mer et complètement inutilisable. Le temps, depuis le deuxième jour de janvier, s'est constamment maintenu au beau, avec une petite brise qui se lève tous les soirs à point pour nous ramener vers la terre.

DU SEIZIÈME DE JANVIER AU VINGTIÈME DE FÉVRIER :

Tout cet espace de temps nous l'employâmes à dépecer le cadavre de la frégate. Maintenant, ce qui fut un beau vaisseau élevant orgueilleusement vers le ciel l'emblème d'une tyrannie que nous haïssions, jonche le rivage de ses membres disséqués. Seuls, la quille, l'étambot, quelques membrures trop profondément enfoncées dans l'eau et retenues par le sable avec les bas-mâts, nous échappèrent. Mais le château-arrière, les bastins, les porte-haubans, les planches du pont, les baux, les virures du bordage de tribord découvert en partie, les madriers de la préceinte, les drisses, les balancines, les étais, les haubans, les poulies : ces mille manœuvres ou ces soutiens qui vibraient au vent comme les cordes d'une harpe, tous ces accessoires de notre salut, nous les avons ramenés en sûreté, séchés, recouverts avec les prélarts enlevés à la cale.

En ouvrant le navire, nous trouvâmes de nombreux cadavres déjà à demi rongés par des poissons voraces. Nous les réunîmes tous dans une grande voile que nous cousîmes après l'avoir lestée de gueuses, puis nous envoyâmes le tout par le fond, car ceux-là avaient été comme nous de pauvres dupes.

Pendant toute cette période, le temps s'est maintenu au beau avec un accroissement sensible de la chaleur.

VINGT ET QUATRIÈME DE FÉVRIER :

Une assez forte tempête qui a commencé avec le flux de l'après-midi, nous a tenus sur le rivage toute la nuit. Quoique nous eussions traîné nos matériaux plus avant que la déclivité de la plage, de grosses vagues nous ont enlevé plusieurs pièces de bois. Une énorme lame de fond a emporté l'une des tentes et manqué de mouiller la petite provision de poudre que nous avions réussi à garder intacte. La mer a brisé, toute la journée du 23 et une partie de la nuit suivante à travers le rivage jusqu'au pied des falaises où nous nous étions hâtés d'emporter nos biens précieux. Le vent est tombé à l'aube. À midi la houle encore assez forte commençait de laisser le rivage à sec.

VINGT ET SIXIÈME DE FÉVRIER :

La tempête ayant montré que cette partie de la côte n'est pas propre à l'établissement de notre chantier, Brice malgré sa hâte de plus en plus manifeste à quitter l'île, a dû se décider à nous faire émigrer vers la plage découverte par Tom Hawkins et moi sur le rivage est, lors de notre exploration. Tel fut le résultat d'une discussion de deux jours. Will Whale, tout en reconnaissant l'aridité de la côte et l'insécurité d'un camp en ces lieux, nous remontra les peines que nous endurerions pour transporter ce qui a été retiré du *Squirrel.* Mais Brice Coquelle trancha finalement la question en arrêtant que le transport se ferait par l'Alguna.

DOUZIÈME DE MARS :

Nous sommes installés sur la côte orientale de la caye.

Le voyage s'est effectué en suivant le cours de l'Alguna. Voici à la suite de quelles circonstances :

Brice Coquelle ayant décidé d'explorer le cours de l'Alguna pour s'assurer si la rivière était navigable, le vingt-septième jour de février, laissant nos gens pour garder le campement, nous partîmes, Brice, Michel et moi, dans nos pirogues. Nous étions munis de vivres et bien armés. Aidés par le fort courant d'aval en amont résultant de la marée, nous remontâmes rapidement jusqu'au-dessus de l'endroit où l'on puisait l'eau pure. Le flux cessait là de se faire sentir. Nous nous mîmes alors à ramer, sur une distance de deux milles environ. La rivière décrivait une vaste courbe en s'infléchissant dans la direction de l'Occident. Brice Coquelle, qui se trouvait en avant avec Tom Hawkins, cria qu'il apercevait des arbres au milieu du lit. L'Alguna s'élargissait en un lac aux eaux calmes, au milieu duquel s'élevait une île recouverte de grands fromagers. Les racines de ces arbres immenses se tordaient jusqu'au bord de l'eau. Nous dûmes passer sous l'une d'elles qui forma au-dessus de nos têtes une arche tourmentée.

L'îlot, d'une largeur de trente verges au plus sur une longueur double orientée du nord-quart-ouest au sud-est, séparait les eaux en deux courants. L'un, celui que nous venions de remonter, coulait vers la mer; l'autre s'enfonçait sous un tunnel de verdure où nous nous engageâmes. Entraînés par une course rapide mais libre d'obstacles, nous n'avions qu'à maintenir nos embarcations au milieu du lit : tout loisir nous était laissé pour admirer le spectacle grandiose qui défilait autour et au-dessus de nous. Les fûts prodigieux, jaillis des rives, allaient soutenir à trois cents pieds de l'onde une voûte traversée de noires et capricieuses arcatures entre lesquelles jouaient en transparence les rayons du soleil. Des ramures s'en détachaient pour se tendre vers le cristal de l'eau. En grappes plus grosses que des ananas, des fleurs courbaient sous leur poids les lianes festonnant d'un arbre à l'autre.

Peu à peu, la rivière ralentissait son cours. Ses eaux apaisées, où traînaient des chevelures pourpres, doublaient cette magnificence en la reflétant, de sorte que nos embarcations paraissaient voguer dans le vide entre deux immenses nefs inverses fleuries de guirlandes, de cippes et de couronnes. Puis, des branches retombantes enracinées à leur tour dans les ondes, s'élancèrent de nouveaux arcs. Leur écorce jaune brillait comme des ors patinés. À leur pied le courant amoncelait des grappes d'un bleu azur que nous prîmes tout d'abord pour des fleurs et qui étaient en réalité des coquillages d'eau douce. Des vols de papillons diaprés s'abattaient sur ces bancs ; c'étaient des oiseaux. Des fleurs tombaient sur nous, ouvraient soudain des ailes ; c'étaient des papagayos, roses comme le premier rayon du matin.

Enfin un miroitement parut entre les troncs, en aval. La forêt s'éclaircissait... Nous débouchâmes dans cette savane que j'avais reconnue aux premiers moments de notre séjour. Nous traversâmes encore le bouquet qui la masquait et atterrîmes à la crique signalée par Tom Hawkins. Le soleil déclinant annonçait la fin du jour.

Le lendemain, nous regagnâmes le littoral par le chemin de la forêt.

Le résultat de cette exploration fut le dessein où nous nous arrêtâmes de confier à l'Alguna le transport de nos matériaux. Plusieurs trains furent réunis et abandonnés au courant. Nous les suivîmes sur la rive en les halant pour leur faire traverser le lac ; puis nous les livrâmes à eux-mêmes. Tom Hawkins, Georges Nightingale, Rupert Narwitz les attendaient à la crique. Vinrent ensuite divers travaux d'aménagement. Dans le bosquet s'élevèrent des ajoupas au-dessus desquels nous avons tendu de la toile à voile. Elle défend les habitations de la pluie et du soleil. Des bêches en bois fabriquées par Will Whale nous ont aidés à retourner un petit coin de terre ; les graines de nos pois rouges récoltés sur le lieu de notre ancien établissement y ont été semées. D'autre part, Michel Pantaragat a enclos un morceau de pelouse pour y enfermer une truie que nous avons capturée, laquelle a mis bas le lendemain.

TRENTIÈME D'AVRIL :

Nous avons travaillé tout ce mois au bâtiment. Après de longs débats, on choisit de construire un sloop, embarcation petite mais suffisante pour gagner Cumaña. Brice ne semble plus avoir d'autre but au monde que cette ville ; pour lui, l'avenir ne va pas plus loin que là. En ce moment, la quille de notre futur bateau dresse ses premières pièces au bord du bassin formé par le retour de la baie.

Les pois rouges surveillés par Michel Pantaragat ont fait merveille. Ils mûrissent en un mois. Nous en avons maintenant un petit champ tout prêt pour la récolte. Dans l'enclos, les cochons se multiplient. Avec les pois et cette réserve de viande sur pied, nous n'avons plus besoin de chasser, si ce n'est pour varier notre ordinaire.

SIXIÈME DE MAI :

Les premier et deuxième jours de ce mois qui apporte chez nous les promesses du printemps nous ont fait éprouver cruellement l'inconstance du sort. Le premier, nous nous étions réveillés avec un temps extrêmement lourd. Le ciel décoloré, presque blanc quoique sans nuages, pesait sur une atmosphère où l'air semblait raréfié. Le moindre mouvement coûtait une peine infinie et nous baignait d'une sueur gluante. Brice Coquelle, prévoyant un coup de temps, nous fit mettre à l'abri le bois pour le sloop, doubler les amarres de tout ce que nous dûmes laisser à l'eau et assujettir solidement la toile au-dessus de nos cabanes.

Tout de suite après midi la lumière avait pris une teinte blafarde. Le disque solaire descendit du zénith, dépourvu de rayons. Il se détachait comme un palet d'étain dans le ciel mat. C'est alors qu'apparurent à l'horizon, au ras de la mer, des vapeurs qui montèrent peu à peu, s'épaissirent en noircissant, puis se frangèrent d'une bordure cuivrée. Leur aspect inspirait un confus malaise. Elles rampaient monstrueusement et se teignaient tantôt d'un vert sulfureux, tantôt d'un rouge purulent. Dans la majesté de ces paysages faits pour charmer les yeux, on eût dit quelque plaie dont la gangrène dévorait irrésistiblement tout le ciel. Il en exsudait une sanie ici blanchâtre, là vineuse, où, le soir venu, sombrèrent une à une les clignotantes étoiles.

Incapables de mouvement, nous nous étions étendus parmi l'herbe où les fleurs se fanaient dans cet air à odeur de cuivre. Il restait encore au-dessus de nos têtes un lambeau de ciel clair où scintillait la Croix du Sud. La dernière, elle s'éteignit. Aussitôt les éclairs commencèrent d'empourprer le dessous des nuages qui se réverbérait dans la mer.

Tout d'un coup, une rafale fit hurler les arbres qui plièrent. Avant que nous eussions le temps de nous lever, une vague gigantesque, escaladant la ligne d'écueils et les rochers qui défendaient la baie, vint nous asperger d'écume. La toile tendue sur les ajoupas s'enfuit par-dessus les bois comme une aile. Des arbres fracassés s'abattirent. Quelqu'un, pris sous l'un d'eux, se mit à hurler.

En un instant, un indescriptible tourbillon de désordre avait succédé au calme écrasant. Les éclairs illuminaient d'un flamboiement continu le rivage et la mer déchaînée. À leur lueur, nous courions, de-ci de-là, de la plage au bosquet, du bosquet à la plage. Le fracas de l'ouragan couvrait les cris, les ordres. Les vagues éclataient en coups de canon sur les brisants, dressant entre la mer et nous une cataracte d'écume que la fulguration de la foudre irisait et dont le vent nous fouettait. La violence de la tempête me jeta plusieurs fois à terre, tandis que je cherchais à découvrir le blessé. La dernière, je donnai de la tête contre un tronc, si rudement que je demeurai inerte sur le sol où le vent trouvait encore sur moi assez de prise pour me rouler. Je dus, sans doute, m'accrocher machinalement à une branche et je demeurai là un certain temps. À un moment, je vis Brice Coquelle qui s'avançait en s'agrippant au tronc d'un arbre abattu. Soudain une éblouissante boule de feu courut entre lui et moi, tandis qu'éclatait un craquement aussi épouvantable que si l'île entière eût explosé. Aveuglé par cette lueur, je ne distinguai plus rien. À mon oreille, la voix de Brice hurla :

– Quel beau branle, hein ! Penses-tu pas ?

– Pour Dieu ! m'écriai-je, irrité de cette gaieté incongrue, fais-les tous coucher ou pas un n'en réchappera.

Mais j'étais secrètement heureux de le sentir auprès de moi, d'entendre cette voix humaine que toutes les forces mauvaises n'arrivaient point à étouffer.

– Ho, Brice ! ajoutai-je, il faut faire quelque chose.

Je ne reçus en réponse que des mots déchirés par le vent, où je distinguai vaguement qu'il n'y avait rien d'autre à faire sinon attendre avec patience que nous recevions quelque arbre sur la tête.

Vers le milieu de la nuit, autant qu'il fut possible de s'en rendre compte, une accalmie se produisit en un instant. Je jugeai par la suite que nous avions dû à ce moment nous trouver au centre du typhon courant vers l'ouest. Quoi qu'il en ait été, le vent mollit soudain, puis cessa. La mer tomba presque aussitôt. Le calme s'abattit sur l'île : un calme qui nous sembla, après le fracas précédent, la somme de tous les silences du monde. Je voulus parler à Brice et braillai avec une force qui me surprit moi-même.

– Je ne suis pas sourd, me fit observer notre capitaine.

La tranquillité de sa voix m'abasourdit autant que le hurlement de la mienne. Il ne semblait pas possible qu'on pût de nouveau entendre un son aussi discret.

Des appels retentissaient. Nous nous réunîmes, non sans peine au milieu d'un prodigieux chablis. On se compta dans l'obscurité car, les éclairs ayant fait trêve, la caye se trouvait plongée dans une nuit opaque et moite : une nuit d'avant le « fiat lux » d'où il ne paraissait point que nulle lumière dût jamais sortir. Nous nous reconnûmes en prononçant chacun notre nom. Rupert Narwitz ne répondit pas ; c'était donc lui le blessé qui avait crié après la première rafale. Où le chercher maintenant, alors que nous ne pouvions même pas distinguer dans le noir la pâleur de nos mains !...

Tout à coup, en haut d'une cheminée de ténèbres, une timide étoile brilla. Mais la taille de ce point lumineux, son faible éclat étaient tels qu'on le sentait bien à des milliers de lieues et de lieues. D'autres parurent, ne nous apportant qu'un maigre réconfort au milieu de la certitude où nous étions que tout ce que nous avions accompli jusqu'à présent se détruisait sans remède. Nous ne pouvions même pas savoir en quel endroit de ces lieux, pourtant bien connus, nous nous trouvions. Nos mains tâtonnantes essayaient de reconnaître quelque indice et ne rencontraient partout qu'arbres fracassés. Partout nous trébuchions dans des branchages. Le bruit de la mer parvenait faiblement à nos oreilles, nous situant assez loin du rivage et nous donnant à craindre de tomber dans la rivière.

De nouveau, les constellations pâlirent sous des nuées fumeuses. Nous entendîmes Brice Coquelle.

– Je suppose que ça va recommencer, disait-il.

À peine achevait-il ces mots, les étoiles vacillèrent. Le vent se leva, lentement d'abord, puis de plus en plus impétueux. L'île entière fut agitée d'une vibration continue, d'un tremblement haletant, saccadé, furieux. Tout hurlait. De longues clameurs inhumaines se terminaient en craquements aussi forts que ceux du tonnerre. La foudre courait à ras du sol en serpents de feu. Elle s'élançait parfois vers les ventres immondes des nuées qui commencèrent à lâcher des gouttes larges et chaudes. Dans un poudroiement d'eau arrachée aux vagues hurlantes, les souffles irrésistibles de l'atmosphère jouaient avec les troncs comme avec des fétus, jetaient les uns sur les autres les arbres déracinés et soulevaient encore leurs cadavres, pêle-mêle avec des oiseaux morts, du sable, des morceaux de rocs. Pendant de brefs intervalles, ils semblaient se ramasser pour mugir de nouveau, harceler ce qui leur résistait un instant, et l'emporter dans un redoublement de rage.

Suffoqués par le vent, à demi étouffés par une pluie de déluge, par des cataractes, des trombes d'eau – venaient-elles de la mer ou du ciel ? –, lapidés de pierres, de branches, meurtris par le choc des arbres, nous nous abandonnions à l'ouragan qui semblait nous pénétrer, nous vider de notre substance, liquéfier notre cervelle pour mieux s'emparer de notre corps. Il finissait par exercer une sorte de fascination, comme un vertige qui nous inclinait à tout lâcher, à céder à la puissance de la tornade, à nous livrer à sa force supérieure. Pour moi, je me défendais mal contre l'impression que le typhon cesserait si je cessais de lui résister. Une espèce d'ivresse du cataclysme, de tendresse pour le cataclysme – si j'ose écrire ce mot – me pressait d'abandonner le tronc auquel je me cramponnais.

Des cris, traversant un moment de calme, me ramenèrent au sentiment de la réalité. Je reconnus la voix puissante de Georges Nightingale qui appelait au secours. Elle s'éloignait rapidement et se perdit dans le tumulte ambiant. Soudain cette décroissance rapide des appels me fit soupçonner la vérité : l'Alguna débordée entraînait dans son flot notre malheureux camarade. Comment lui porter secours dans cette nuit où chacun était en peine d'assurer son propre salut ?...

Peu à peu cependant l'opacité des ténèbres cédait devant une phosphorescence blafarde qui ne ressemblait en rien à la lumière du jour et qui devait l'être pourtant. J'ai calculé par la suite qu'alors commençait la dixième heure de la tempête. J'attendis longtemps que se dessinassent vaguement les formes. C'est alors que je vis accourir sur nous une énorme chose qui tourbillonnait avec un rugissement monstrueux :

immense colonne oscillante qui reliait l'opacité d'en haut à la pâlissante ténèbre d'en bas. Elle se heurta au rempart d'écueils et, frappant la pointe rocheuse de la baie, s'écroula en une cataracte d'eau et de sable qui me coupa le souffle.

Aussitôt la fureur de l'ouragan commença de diminuer. Bientôt je pus dénouer mes mains saignantes, repousser les débris accumulés autour de moi et sur moi, puis je hélai pour retrouver mes compagnons. Mais le vent emportait ma voix. Je me mis à patauger dans le terrain détrempé où des filets d'eau boueuse entraînaient vers la plage des plaques de gazon, des branchages, des fleurs hachées, des cadavres d'oiseaux et de singes. Un brouillard fuligineux enveloppait toute chose. Le jour qui devait maintenant avoir atteint son plein éclat ne donnait qu'une lumière confuse.

Après avoir erré au hasard en des lieux que je ne reconnaissais plus, je tombai enfin sur un groupe des nôtres. Ils se tenaient immobiles, muets, contemplant à leurs pieds un clapotement d'eau jaunâtre. Tom Hawkins, son pilon brisé, sautillait en s'appuyant sur un rameau. Brice Coquelle m'étreignit avec émotion. Il m'avait cru perdu comme les cinq autres qui manquaient : Peter du Nord, Georges Nightingale, Rupert Narwitz, Vandeck, Will Whale.

Déjà, la faible lumière du jour s'assombrissait. Avant de retomber dans la nuit, nous nous accotâmes les uns aux autres pour essayer de réchauffer nos nudités en haillons.

Le lendemain, le soleil se leva brillant, dans un ciel serein. La mer brisait encore, mais avec une nonchalance mollissante. Nous pûmes mesurer l'étendue d'un désastre qui nous enlevait tout. La clairière n'était plus qu'une nappe de boue hérissée de débris. Les bois protégés par les falaises avaient peu souffert ; mais du bosquet et de nos demeures, il ne restait rien. L'Alguna avait doublé son lit, balayant tout ce qui aurait pu subsister de nos richesses irremplaçables. Le chantier sur lequel se dressait toujours la quille du futur sloop en partie recouverte de sable – le mal n'avait rien d'irréparable – avait été protégé. Mais, des matériaux enlevés avec tant de peine, amarrés pourtant au fond de la crique, il manquait la plus grande partie. Les deux monuments à figure humaine se dressaient toujours sur la plage ; le cyclone n'avait rien pu contre eux.

Nous nous aventurâmes jusqu'à la pointe des roches en retour sur la baie pour chercher si nous n'apercevions point quelques madriers pris entre les récifs. En effet, plusieurs s'étaient arrêtés là dans un chaos extraordinaire. Michel Pantaragat et Jean Baulde se mirent à l'eau pour les aller chercher. Soudain, nous les vîmes faire des gestes extravagants en nous montrant les écueils à l'extrême est, et nous aussi nous poussâmes des cris de joie, car, découpée sur le miroitement du soleil, apparaissait l'herculéenne silhouette de Georges Nightingale qui nous hélait. Un petit radeau restait, encastré par la force d'une vague dans une anfractuosité d'où les autres vagues n'avaient pu l'arracher. Nous le fîmes glisser de côté. Bientôt, Georges Nightingale et Will Whale, épuisés mais vivants, purent nous raconter comment la crue de l'Alguna avait entraîné l'arbre auquel ils s'accrochaient.

Par la suite, en déblayant la clairière, nous rencontrâmes le corps de Rupert, qu'un cèdre abattu recouvrait. Retenu par le tronc, une jambe et un bras brisés, des côtes enfoncées, une profonde blessure à la tête, il était mort de la perte de son sang plutôt que du choc. Dans sa longue agonie, il nous avait appelés, peut-être entendus, sans que nous puissions lui porter secours.

Nous creusâmes une fosse où nous l'étendîmes sans linceul car nous n'avions rien pour l'ensevelir : une fosse que nous recouvrîmes avec des quartiers de roc. Telle fut la tombe de Rupert Von Narwitz, chevalier de fortune, qui était baron dans son pays.

Quant à Peter du Nord et à Vandeck, nous n'en retrouvâmes jamais trace.

HUITIÈME DE MAI :

Peu à peu nous découvrons, enfouis dans le sable ou sous les ruines des ajoupas, quelques objets dispersés par le cataclysme. Hier, nous sommes tombés sur le grand coffre d'outils ; aujourd'hui sur un paquet de voiles et des cordages. Notre petite provision de poudre, bien enveloppée et enfouie dans une anfractuosité de la falaise, est intacte… Mais nous n'avons plus d'armes pour nous en servir.

PREMIER DE JUIN :

Nous avons remplacé les membrures qui manquent maintenant pour la coque du sloop, par des morceaux de bois taillés dans les troncs déracinés. Ce travail nous coûte énormément de temps et de peine en raison du défaut d'outils appropriés.

Pendant toute cette période, nous nous sommes nourris de cadavres d'animaux tués par l'ouragan. Crus d'abord, nous avons pu ensuite les faire rôtir quand nous eûmes retrouvé le mousquet dont la batterie nous sert de briquet. Nous vivons à peu près complètement nus, ne possédant plus aucune espèce de vêtements. Quelques pois rouges, arrachés au champ de Michel Pantaragat, ont poussé dans la clairière. Michel guette leur maturité pour recommencer de nouvelles semailles. Nous avons aussi, en épiant des singes, découvert une racine qu'ils déterrent et mangent. Ce sont des patates. Cuites sous la cendre, elles ont un goût un peu fade, mais possèdent une grande vertu nutritive. Michel Pantaragat a entrepris de les cultiver.

Brice Coquelle, avec quatre de nos gens, a passé trois jours à explorer le sud et le littoral ouest de la caye que nous n'avions pas encore visités. D'après leur relation, j'ai dressé une figure de notre domaine provisoire.

TRENTIÈME DE JUILLET :

Nous avons occupé cet intervalle de temps à relever nos établissements, autant qu'il a été possible. De nouveau, nous possédons un enclos avec des cochons, une réserve pour les tortues de mer, un champ de pois rouges, un de ces patates dont Michel Pantaragat se montre fier. Bien des objets de première nécessité ont disparu. Nous pourvoyons au mieux à leur défaut. Les ajoupas ne sont pas encore reconstruits.

CINQUIÈME D'AOÛT :

La fortune est encore une fois contre nous.

Ce matin, Will Whale, Frémin Cotard, Georges Nightingale, avec trois autres de nos gentilshommes qui travaillaient au sloop, sont arrivés au camp hors d'haleine, en annonçant que deux grandes pirogues chargées d'Indiens se dirigeaient vers le rivage. Nous hésitâmes tout d'abord à les croire. Depuis que nous vivons sur cette caye, nous n'avons eu connaissance d'aucune peuplade qui l'eût habitée. On ne pouvait imaginer ce que des sauvages viendraient faire sur une île absolument déserte. Il fallut bien pourtant se rendre à l'évidence. Embusqués derrière les citronniers d'où l'on découvrait une grande étendue de mer, nous aperçûmes les embarcations signalées. C'étaient deux immenses bateaux longs et étroits, portant chacun une quarantaine de rameurs qui plongeaient à deux mains dans les vagues des rames courtes, à larges pales. Ce mode de propulsion conférait aux vaisseaux une grande vitesse. Ils se rapprochaient rapidement en dépit du vent contraire et de la marée. Au bout d'un instant, nous distinguâmes des détails assez surprenants. Des festons de fleurs décoraient les bordages. À l'avant de chaque pirogue, s'élevait une figure coiffée de plumes et rehaussée de couleurs vives. Un roulement ininterrompu nous parvenait aux oreilles, plus fort à mesure que les embarcations s'approchaient. Les falaises renvoyaient l'écho de cette mélopée traînant sur deux tons qui se succédaient avec, d'espace en espace, un coup vibrant comme en produisent des cymbales.

Nous ne savions que faire. Résister sans armes à plus de quatre-vingts sauvages, il n'y fallait pas songer. D'ailleurs, l'impression que nous éprouvions d'être pris au piège, pour ainsi dire, nous enlevait toute velléité de réfléchir. Car, bien évidemment, aussitôt débarqués dans l'île, les Indiens ne manqueraient pas de remarquer les indices de notre présence ; un moment ou l'autre, ils finiraient par nous découvrir. Heureusement, nous n'avions pas reconstruit nos ajoupas, circonstance heureuse en l'occurrence. D'autre part, le chantier du sloop, masqué par une avancée de rochers, serait dissimulé aux arrivants tant qu'ils ne contourneraient point la plage et ne franchiraient pas l'embouchure de la rivière. Tous nos souhaits s'accrochèrent à cet espoir.

Comme s'ils eussent pu nous voir, à mesure que nos ennemis s'approchaient de la plage, nous reculions d'arbre en arbre. Lorsqu'ils touchèrent au rivage, nous avions déjà, depuis longtemps, traversé l'Alguna, tant nous poignait la crainte de ces sauvages créatures. La chronique des gens de mer les dit plus dangereuses que les bêtes féroces, car elles joignent à leurs mœurs cannibales une cruauté non moins rare que leur courage.

N'eût été notre terreur, l'attitude des Indiens avait davantage de quoi nous surprendre que nous effrayer. La première pirogue touchait à peine terre qu'une bizarre créature dont la figure et les traits ne ressemblaient à rien de vivant, en sortit avec une majesté grotesque. Les embarcations, j'ai omis de le noter, avaient pris terre juste au milieu de l'espace compris entre les deux colonnes dressées sur la plage. La surprenante figure vint agenouiller là son échafaudage de plumes, de haillons bariolés, de gemmes, de grelots. Un mufle vermillon le surmontait, d'où s'élançaient deux gigantesques cornes torses. Hérissée entre elles, une crinière d'un blanc éclatant retombait en recouvrant le dos.

Cette pyramide à bras et jambes d'homme se mit à se balancer de droite et de gauche, l'extrémité de ses cornes touchant chaque fois le sol vers une des colonnes-statues. Un immense panache qui lui sortait du derrière menaçait alors les nues. À chaque courbette, les gens des pirogues poussaient jusqu'à la voûte du ciel un cri soutenu par les cymbales.

Vingt-six fois le masque grotesque s'inclina, vingt-six fois le cri fit retentir l'air étonné. Puis la foule débarqua en poussant des clameurs. Il y avait là, comme nous le reconnûmes, des hommes, des femmes, des adolescents, tous entièrement bleus, d'un bleu vif, clair, éclatant. Mais alors que les femmes et les enfants ne montraient aucune autre couleur, des bandes blanches, rouges ou jaunes, traversaient le visage des hommes ; de grands cercles noirs entouraient leurs yeux. Ces guerriers brandissaient des arcs, des flèches, des lances, peints et ornés de plumes. Les uns et les autres nous parurent à peu près également nus ; les femmes petites mais bien faites.

Aussitôt débarqués, les sauvages s'étaient formés en une longue ligne : une espèce de sarabande qui se mit à tourner autour des statues. Une poussière bleuâtre les enveloppait d'un halo que diapraient par endroits les rayons du soleil. Et toujours vibrait ce roulement saccadé, scandé, monotone, hallucinant, qui emplissait la clairière et pénétrait en nous. Il provenait de deux grands tambours fort hauts sur lesquels six musiciens frappaient chacun d'une main.

Soudain, à la suite d'un ululement curieusement modulé, la chaîne s'ouvrit en éventail. Du coup, nous reculâmes jusqu'à nous adosser aux rochers, si précipitamment que Brice tomba en arrière en poussant une exclamation. Il se releva d'entre des broussailles et nous nous rendîmes compte qu'il avait roulé à travers l'ouverture d'une longue excavation à ras de terre où nous serions fort bien dissimulés tout en pouvant observer le rivage en dessous. Les Indiens ne viendraient certainement pas nous chercher ici, même s'ils trouvaient les vestiges de nos établissements. Restait à savoir combien de temps nous serions réduits à nous terrer.

Durant le moment que nous avions cessé de les observer, ils s'étaient occupés d'allumer – toujours à égale distance entre les colonnes – un grand brasier. Nous remarquâmes également qu'un groupe, où semblaient s'être réunis les adolescents du sexe mâle, se tenait à l'écart. Jusqu'à présent, ces sauvages semblaient fort peu s'intéresser à l'intérieur. Cela, joint au sentiment de sécurité que nous procurait notre abri, nous laissa le loisir d'observer en détail ce qui se passait sur la plage. Un jeune garçon avait été attaché à la colonne la plus proche de notre refuge. Les guerriers défilaient devant lui en exécutant une danse barbare accompagnée de rugissements. Ils le menaçaient de leurs armes et chacun lui donnait en passant un coup de javelot, de sorte qu'il fut bientôt couvert de cent filets dont la couleur vermeille tranchait sur le bleu de son corps. Le patient ne soufflait mot et se tenait fort raide, tendant orgueilleusement sa poitrine aux lances.

Lorsque tous les guerriers eurent passé, le personnage étrange, sans doute le sorcier de la tribu, s'inclina devant le jeune homme. Il le toucha par deux fois aux épaules du bout de ses cornes, tandis que les assistants continuaient leur vocifération, puis il s'écarta pour laisser approcher une des femmes.

Celle-ci se mit à tourner autour de la colonne en exécutant une danse qui agitait ses hanches et soulevait sa croupe. Elle poussait des appels rauques accompagnés par les spectateurs de battements de mains et par les tambours de roulements plus accentués.

Puis la giration se précisa d'une manière que nous jugeâmes excessivement indécente. Le jeune homme dut partager cette opinion et la manifesta en donnant des signes non équivoques de sa virilité. Un long cri sortit alors des féroces poitrines. Le mage s'avança, toujours avec la même burlesque gravité. Il s'accroupit, présentant son dos au néophyte. Le plumail chatouilla par deux fois le visage de ce dernier qui fut ensuite délié puis porté jusqu'à la mer. Deux guerriers l'y plongèrent. On lui fit également traverser le brasier. Après quoi, peint des rayures qui bigarraient les hommes, il reçut du sorcier un arc, une flèche et un javelot et les femmes s'emparèrent de lui pour couvrir ses blessures avec un onguent que l'une d'elles malaxait dans une calebasse.

Cette cérémonie se renouvela dix fois, jusqu'à ce que tous les jeunes gens y eussent passé. Mais tous ne satisfirent pas également à cette espèce d'examen. Trois ne purent réprimer des signes de douleur et d'effroi lorsqu'ils furent frappés par les guerriers. Aussitôt, la ronde cessa, les assistants se mirent à pousser des gémissements en se couvrant la tête de sable; les tambours firent entendre un roulement funèbre tandis que le mage détachait le malheureux, l'amenait au pied de la seconde colonne – celle qui présentait une figure grimaçante – et lui cassait la tête avec une hache piquée en terre au pied de l'idole. Un quatrième, pour être resté inerte devant les artifices de plusieurs danseuses, fut aussi sacrifié. Brice me fit remarquer l'air de profonde affliction manifestée par les assistants.

Le soleil avait alors dépassé le zénith ; la faim nous tenaillait l'estomac. Nous ne fûmes pas surpris de voir les Indiens s'affairer aux apprêts d'un banquet. Ils dressèrent au-dessus du foyer plusieurs broches, creusèrent autour un fossé circulaire sur le bord duquel ils s'assirent, leurs pieds reposant au fond. Mais l'horreur nous saisit, l'horreur et le dégoût, lorsque nous découvrîmes que les quatre sacrifiés allaient être les mets de cet odieux festin.

Peu de temps avant le crépuscule, les Caraïbes remontèrent à bord de leurs praos, après avoir jeté à la mer les restes de leur déjeuner. Ce départ nous fit supposer que leur territoire ne devait pas se trouver fort éloigné. Constatation peu rassurante. Nous ne laissons pas d'être grandement inquiets. Il ne nous sera plus possible, maintenant, de vivre en repos.

TREIZIÈME D'AOÛT :

C'est une belle chose que l'ironie du destin. Elle nous est, une fois de plus, apparue hier ; nous avons fait une sensationnelle découverte.

Décidés à ne point rebâtir nos cabanes par peur des Indiens, trouvant un excellent abri dans la caverne qui s'est fortuitement révélée lors de leur excursion, nous avions décidé, avant-hier soir, de nous y installer. La faible élévation de la paroi supérieure ne nous permettait pas de nous tenir debout. Mais on pouvait faire disparaître cet inconvénient en creusant le sol. Celui-ci, en effet, se trouvait constitué par une épaisse couche de sable meuble apporté du dehors par le vent ou tombé des parois qu'il avait peu à peu envahies, comblant lentement l'excavation et son orifice. Tout d'abord, nous sondâmes cette couche molle. Profonde d'environ sept pieds, elle semblait avoir à la base environ huit toises de long sur six de large : de quoi faire une salle pas très grande, mais commode.

Hier matin, tandis que Will Whale et quelques autres allaient travailler au sloop, nous nous attaquâmes cinq au travail, creusant aisément avec nos bêches en bois, puis poussant dehors les déblais. Agenouillé comme les autres, je projetais devant moi un bourrelet de sable lorsqu'il me sembla voir rouler quelque chose de vert qui scintillait. C'était une magnifique émeraude, parfaitement polie et taillée. Nous en conclûmes qu'elle devait provenir d'une bague d'un de nos prédécesseurs. Dans une île qui servait de caye aux Frères de la côte, nous n'avons pas la prétention d'être les premiers à hanter cette grotte. Seulement, quelques instants après, comme nous nous remettions à l'œuvre, je trouvai un gros diamant, et bientôt, tandis que les autres m'entouraient et me regardaient, une émeraude encore, puis un rubis. Il ne pouvait plus s'agir d'un hasard. Restait à chercher méthodiquement la raison de cette floraison de pierres précieuses. Tout le monde s'y mit, Brice dirigeait les opérations.

En partant du point où j'avais fait les premières découvertes, fouillant ici, fouillant là, nous eûmes, après quelque temps de recherches, récolté une douzaine de joyaux fort beaux, et délimité une zone à l'intérieur de laquelle on trouvait des pierres. En dehors, il n'y avait rien. Affectant à peu près la forme de deux ovales s'entrecoupant au tiers de leur circonférence, elle mesurait quatre toises dans sa plus grande longueur sur deux dans sa largeur. Brice en marqua les contours sur le sol.

– Maintenant, dit-il, désagrégeons doucement le sable, nous le prendrons par poignées et nous irons les étaler dehors. On verra bien.

Ce que nous vîmes avait, je l'avoue, de quoi stupéfier de pauvres diables comme nous. D'abord nous continuâmes de trouver simplement par-ci par-là une pierre ; mais, à mesure que nous nous rapprochions du centre de la figure, les trouvailles se faisaient plus abondantes. Bientôt, à chaque poignée ce fut le sable qui devint rare ; les diamants, les rubis, les topazes, les perles, les émeraudes, les saphirs ruisselèrent de nos mains. Presque tous étaient taillés – sont taillés, devrais-je dire –, tous de poids plus que moyen, quelques-uns très gros.

À force de déblayer, nous eûmes la clef du mystère en découvrant les restes de deux tonnes semblables à celles où l'on conserve l'eau sur les navires. Sous le poids du sable, rongées par l'humidité, les douves s'étaient ouvertes. Une enveloppe de plomb mince protégeant le contenu avait elle-même crevé en laissant se répandre les gemmes dont les deux tonnes étaient pleines. Des tonnes de cinquante boisseaux ! Et ce n'est pas tout ; il y en avait non loin une autre intacte.

Enfin, pour faire bref, quand nous avons eu terminé le déplacement de la masse de sable, nous nous sommes trouvés en possession de cent cinquante boisseaux de pierres précieuses[1] plus trente-six saumons de plomb rangés en forme de banquette le long du fond de la grotte et que nous méprisâmes jusqu'à ce que, entamant profondément l'un d'eux au couteau, Brice ait découvert une âme massive d'or. Sur le couvercle des tonneaux se distinguaient encore vaguement ces signes : *C. M. S. 1670.* Brice prétend y retrouver les initiales de Charles Morgan, qui fut amiral des boucaniers d'Hispaniola, et celle de son navire : la *Satisfaction.*

Voilà. Nous n'avons pour ainsi dire plus d'habits, à peine de quoi manger, et nous sommes riches comme des rois

1. Environ deux mètres cubes.

d'Orient. Mais toute notre fortune ne nous donnera pas un navire. Si nous n'étions pas capables d'en construire un et de subsister jusque-là, à force de discipline, d'ingéniosité, de patience, toute cette riche matière resterait aussi vaine qu'elle l'est depuis trente ans – si l'on en croit la date gravée sur les tonneaux.

PREMIER DE SEPTEMBRE :

Pluies torrentielles, depuis le dixième jour d'août. En dépit de notre hâte à quitter ces lieux, nous n'avons pu travailler au sloop, car il est fort dangereux de se trouver exposé à la pluie sans vêtements. Le dix-huitième du mois passé, Guillot Guedry et Frémin Cotard qui s'obstinaient à rester au chantier sont rentrés, le soir, exténués, dégouttants d'eau. Guillot grelottait. Il ne mangea rien. Dans la nuit nous l'entendîmes gémir, ses dents claquaient. Au matin, il appela, disant qu'il souffrait d'une soif intense, que sa tête allait éclater. Nous lui donnâmes de l'eau dans laquelle on avait pressé un citron. Frémin Cotard, lui aussi, ne put se lever, se plaignant d'une grande soif ainsi que de douleurs dans la tête. Il était très abattu.

Un peu avant midi, Guillot Guedry se mit à s'agiter d'une façon excessive ; sa peau était devenue très rouge, sèche comme du parchemin. Il criait qu'il avait le feu dans la gorge. Par moments, il retombait sur sa couche et restait là, inerte, la face pincée, une plainte continue sortant de sa bouche. D'autres fois, il se jetait en avant avec force, suppliant qu'on le laissât se plonger dans cette eau claire qui coulait devant lui. Il frappa Michel Pantaragat qui le maintenait.

Frémin Cotard, après avoir beaucoup transpiré, était tombé dans un abattement semblable à la mort. N'eussent été les filets de sueur poisseuse ruisselant continuellement sur sa peau noire, nous l'eussions cru trépassé.

La nuit n'amena aucun changement. Nous nous remplaçâmes auprès de Guillot Guedry pour lui donner à boire. Son délire devenait de plus en plus violent ; on ne pouvait comprendre ses paroles. Il portait fréquemment la main à son flanc droit, tandis que sa bouche se tordait comme sous la tenaille d'élancements terribles. Au matin, il se tut et demeura longtemps immobile, puis, au milieu de notre silence désolé, sa voix, étrangement lointaine, s'éleva. Il nous dit qu'il allait mourir et nous demanda d'étaler devant lui sa part du trésor. Michel Pantaragat lui souleva la tête pour qu'il pût contempler ses richesses. Dans l'intervalle de ses douleurs, un sourire amer crispait ses traits. Tom Hawkins avait placé près de lui la plus grosse de nos gemmes ; elle scintillait d'un éclat radieux. Sur le visage du moribond, une immense désolation se lisait, qui fit place tout à coup à une expression de volonté surhumaine. Il se raidit pour tendre la main vers l'assouvissement des désirs de toute une vie.

– Je ne veux pas… murmura-t-il au milieu d'une écume gargouillante.

Mais il n'acheva ni sa phrase ni son geste et pesa lourdement entre nos mains…

Le soir, Frémin Cotard s'éveilla très faible, la tête brouillée, mais ne donnant plus signe de maladie.

Le lendemain, Pierre le Rouge, à son tour, ne put se lever. Michel Pantaragat mis à part, Pierre le Rouge était le plus âgé d'entre nous. Très vite, il fut au plus mal. Comme pour Guillot Guedry, sa peau devint rouge et sèche. Il ne se plaignait pas du côté droit, mais portait la main à son cœur et suffoquait. Il mourut dans les premières heures de la nuit sans avoir sa connaissance.

Cette maladie mystérieuse ne laissait pas de faire régner dans notre compagnie une sourde terreur. Allions-nous, les uns après les autres, subir le sort de nos malheureux associés ? Y avait-il dans cette caverne quelque germe morbide ? Ou si une peste contagieuse exerçait ses ravages ?

Brice Coquelle nous rassura. Considérant que la maladie s'était emparée de Guillot et de Frémin Cotard après qu'ils eurent séjourné longtemps à la pluie, qu'il en avait été de même pour Pierre le Rouge, alors que les autres confinés à l'abri n'avaient pas été atteints, il conclut qu'il ne fallait chercher nulle part sinon dans les principes nocifs de cette pluie la cause de leur mort ; Frémin Cotard s'était tiré d'affaire parce que plus solide. Notre capitaine nous engagea à rester dehors le moins possible pendant le mauvais temps. Pour les sorties indispensables, il nous fit confectionner des espèces de sacs en toile à voile pourvus d'une ouverture devant le visage et de deux trous pour passer les mains. Nous occupâmes nos loisirs forcés à trier les plus belles gemmes afin d'en remplir des sacs que nous fabriquâmes.

CINQUIÈME D'OCTOBRE :

En finissant de creuser le sol, hier nous avons découvert un assez vaste boyau qui s'élève vers la partie supérieure du rocher. Un air méphitique s'en est brusquement dégagé. Il a failli nous asphyxier tous.

SIXIÈME D'OCTOBRE :

Ce jour, nous avons pu explorer le boyau. Il mène à une grande chambre sans ouverture au-dehors, dont les parois sont en roche dure. Elle a dû être produite par la solidification de la matière autour d'une bulle du fluide méphitique qui s'en est échappé lorsque nous avons ouvert son orifice extérieur. Cette caverne affecte assez bien la forme d'une de ces cornues dont font usage les chercheurs de pierre philosophale. Nous n'y trouvâmes rien.

SEPTIÈME D'OCTOBRE :

Creusé, en nous servant de brinquebales, plusieurs venternes dans la paroi sud de la chambre supérieure où nous allons nous installer. Will Whale prétendait qu'en attaquant cette face du rocher, on devait percer au jour ; les faits lui ont donné raison. Nous aurons là maintenant une habitation saine, en même temps qu'un excellent observatoire et un abri sûr, car le retour des Indiens reste toujours à craindre.

La pluie persiste, moins dense, mais plus régulière. La température devient fraîche, les nuits très froides.

TROISIÈME DE NOVEMBRE :

La pluie ne tombe plus que par brèves averses. La température est remontée. La mauvaise saison touche vraisemblablement à sa fin. Sous la direction de Michel Pantaragat, nous avons semé notre réserve de pois rouges et de patates, réserve mise de côté sur notre nourriture. Repris également le travail au sloop.

Michel Pantaragat paraît s'occuper au chantier de mauvaise grâce. Visiblement, il préfère surveiller ses cultures, le parc à cochons ou celui des tortues. Il a construit avec des branches piquées en terre, reliées transversalement par des vergettes qu'il attache au moyen de lianes, une grande cage où il prétend entretenir des perroquets et des grives qu'il a patiemment capturés au filet.

VINGTIÈME DE NOVEMBRE :

Les Indiens bleus sont revenus. Leurs incursions sur l'île doivent être liées à l'arrivée et au départ de la saison des pluies. Quoi qu'il en soit, ils furent signalés, le jour d'avant-hier, par Jean Baulde. Cette fois, ils entraient dans la baie au moment que nous les vîmes. Ils étaient encore une centaine dans deux pirogues grandes comme notre bateau en construction, quoique plus étroites.

La crue de l'Alguna, consécutive aux longues pluies des mois derniers, créait le long du rivage un fort courant qui les eût infailliblement drossés au large. Pour pénétrer dans la baie, ils élongèrent la pointe de rochers derrière lesquels se dissimulait notre chantier, et ils découvrirent le sloop dressant sur le sable son épine dorsale et ses côtes. Nous nous en aperçûmes à la surprise qui suspendit soudain tout mouvement sur les pirogues. Les Indiens étaient visiblement interloqués, sans doute même effrayés par ce qu'ils prirent, je pense, pour quelque monstre apporté là par la mer. Ils balancèrent un instant pendant lequel nous les vîmes palabrer avec de grands gestes. Mais leur damné courage les poussa enfin à se précipiter sur notre malheureux navire. Cela, seul, constituait pour nous un désastre, car il ne fallait point songer à arrêter leur élan. D'ailleurs, avant que nous eussions pu faire quoi que ce fût, ils atterrissaient et se ruaient sur le bateau. Il était en outre à craindre qu'ils ne fouillassent l'île pour voir si rien d'autre n'était venu violer le domaine de leur maudite divinité, que le glier enrôle en son pasclin. Ce serait bien surprenant si, après être tombés sur nos parcs, nos plantations et notre cage à poules – à perroquets plutôt –, ils ne finissaient point par arriver à la grotte en suivant la trace de nos pas. Et alors !...

Dans cet embarras, Brice prit une de ces déterminations

soudaines en quoi tenait le meilleur de son génie. Il me donna rapidement ses instructions, puis enjoignit à Georges Nightingale et à deux autres de le suivre. Ils sortirent en rampant, se jetèrent sous le couvert dans la direction du nord. Bientôt nous entendîmes la voix claironnante du grand Georges qui braillait à plein gosier la complainte des galères de Toulon. Les indigènes des îles Caraïbes l'ouïrent aussi ; elle leur fit l'effet d'un coup de tonnerre. La voix passait par-dessus nos têtes.

Tout nu, las ! en chemise
Il faut ramer
Nuit et jour sans feintise
Sur cette mer...

Le ton avait quelque chose de lamentable et de plaintif. On ne pouvait, même en ne comprenant point les paroles, ne pas en éprouver le choc. Les braves Indiens percés de cette plainte déchirante hésitèrent. Mais pas longtemps. Déjà ils s'élançaient, escaladaient, trébuchaient dans les roches, rebondissaient en avant, oubliant de couvrir leurs derrières : tactique élémentaire qu'ils ignoraient, aussi bien qu'ils négligeaient la même recommandation de la plus élémentaire pudeur. Et la voix s'éloignait, reprenant :

Des nerfs de bœufs sans cesse
Battu je suis.
Je n'ai plus de caresses
De mes amis.

L'écho répéta : *de mes amis*, puis nous n'entendîmes plus rien.

Alors, nous emparant de la bouliche où se trouvait enfermé tout ce qui nous restait de poudre – inutilisable puisque nous n'avions plus d'armes depuis l'ouragan –, nous dégringolâmes jusqu'à la plage débarrassée momentanément de sauvages.

Juste au milieu de l'espace qui séparait les colonnes sacrées, à l'endroit même où les Caraïbes avaient allumé leur foyer la dernière fois, nous creusâmes un trou dont nous eûmes soin de tasser les parois. Deux petits caniveaux le joignirent à deux autres fourneaux de mine percés au pied de chaque colonne. Nous y déposâmes congrûment la poudre en formant dans les caniveaux des traînées rendant les trois foyers solidaires. Après quoi, nous recouvrîmes le tout avec des planches, des cailloux et du sable que nous eûmes tout le temps de bien niveler. Michel Pantaragat veillait en sentinelle. Parfois on entendait la voix de Georges Nightingale plus faiblement accompagnée dans une autre direction par celle de Brice ou de ses gens. Nous pûmes parfaire notre œuvre en toute tranquillité et percer soigneusement un trou du diamètre d'un pouce en guise de lumière au-dessus du fourneau central. Ensuite nous revînmes à la grotte en effaçant soigneusement nos empreintes. Il ne restait plus qu'à attendre.

Au bout de quelque temps, un beuglement effroyable poussé par Georges Nightingale éclata à l'endroit même d'où les Indiens avaient pris leur course. L'instant d'après nos compagnons se précipitaient dans la grotte, et bientôt nous vîmes les sauvages surgir du couvert, se ruant vers la pointe de rochers. Ce qu'ils purent cogiter dans leurs obtuses cervelles, je l'ignore et ne fatiguerai pas la mienne à le chercher. Ils palabrèrent longtemps avant de se résoudre à descendre sur la plage accabler leurs statues de courbettes, de génuflexions. Puis ils entamèrent le train auquel nous avions déjà assisté. Tout alla fort bien d'abord : la ronde se noua, les tambours tambourinèrent, les pieds piétinèrent, le feu s'alluma. Jamais brasier annonçant rôt à point ne crépita si agréablement à nos oreilles. Il flamba un bon moment sans que rien de ce que nous attendions ne se produisît.

– Eh bien ? dit Brice, cette poudre...

Il n'eut pas le temps d'achever. Ça fit d'abord : Badaboum ! le gros fourneau ; puis les traînées des caniveaux fusèrent et : Boum ; Boum ! les petits fourneaux. Nous avions senti le roc trembler. Sur la plage les Indiens bleus retombaient en détails, les uns après les autres et morceaux par morceaux. Il pleuvait des petits fragments de Caraïbes hachés menu, liés dans un assaisonnement de cailloux, de sable et de feuilles. L'une des idoles, abattue, en avait écrasé quelques-uns ; l'autre penchait dangereusement.

Une trentaine de rescapés plus ou moins clopinants fuyaient dans une des pirogues ; ils sauraient dissuader leurs frères indigènes de revenir avant longtemps. Ceux qui jonchaient le sable étaient tous morts ou mourants. Nous ramassâmes pourtant parmi les cadavres un homme qui respirait encore et une femme aux trois quarts enterrée sous une avalanche de sable, circonstance à laquelle elle devait la vie, car ce rempart fortuit l'avait protégée contre la projection des pierres.

Elle portait seulement aux jambes des blessures insignifiantes. L'homme mourut hier soir.

Contrairement à ce que nous attendions, lorsqu'elle revint à elle, la femme indienne ne manifesta aucune terreur, mais plutôt une grande surprise. Peut-être trouvait-elle bizarre la couleur de notre peau, quoique notre teint brûlé par le soleil ne différât guère du sien qui était brun-rouge sous sa peinture. Comme nous ne portions guère de vêtements, des détails naturels lui laissaient voir en nous des créatures bien humaines, semblables en tout point aux hommes de chez elle, encore qu'un peu plus clairs. Elle nous trouva en train de laver ses blessures : occupation éminemment charitable, qui décelait de notre part des intentions manifestement obligeantes et courtoises. La pauvre créature semblait d'ailleurs soumise par avance à son sort quel qu'il pût être. Elle se laissa sans protestations transporter à la grotte. Michel Pantaragat l'a tout de suite annexée à sa ménagerie.

Ce jour nous nous sommes occupés de voir si l'on pouvait espérer relever le sloop de ses débris. Il a fallu abandonner cet espoir, car il ne reste sur le chantier que des fragments inutilisables.

VINGT ET UNIÈME DE NOVEMBRE :

Will Whale a suggéré que nous pourrions, pour quitter l'île, employer la pirogue abandonnée sur le rivage par les Indiens. C'est évidemment le seul moyen qui nous reste ; encore faut-il mettre ce bateau en état de tenir assez longtemps la mer.

Nous avons amené l'embarcation à notre ancien chantier. C'est une coque longue d'à peu près cinquante pieds, sur un peu plus de trois pieds et demi de large. Très étroite pour sa longueur, ce ne sera jamais un bon voilier. Elle n'a point été construite pour porter de la toile, mais au contraire pour obéir aisément à la pagaie. Creusée dans un grand tronc de gommier tout juste dégrossi extérieurement, elle est ronde par-dessous avec à peine une amorce de quille. L'avant et l'arrière également taillés en forme d'étrave, lui permettent d'avancer dans n'importe quel sens. Cette disposition nous interdit l'emploi d'un gouvernail sans lequel il n'y a pas d'action possible pour les antennes. Enfin, comme elle ne porte aucun pontage, nous ne pourrions conserver à l'abri aucune provision. Pour faire bref, nous nous trouvons maîtres d'une coque extrêmement robuste qu'il faut modifier entièrement et compléter à notre usage. Autrement ce serait folie que de vouloir s'embarquer là-dedans.

Nous nous sommes mis à l'œuvre ce jour même.

TROISIÈME DE DÉCEMBRE :

Michel Pantaragat est venu, sans grandes difficultés, à bout d'apprivoiser la femme indienne. Débarbouillée de sa poudre bleue, elle n'est pas du tout désagréable à l'œil. Il paraît que cette couche de couleur joue pour ces gens le rôle de costume, car il a fallu employer la force pour l'en défaire et lorsqu'elle s'en est vue dépouillée elle a donné tous les signes de la pudeur effarouchée, exactement comme ne manquerait point d'en jouer la comédie une dame de chez nous privée de ses vêtements en pleine rue.

Après que notre capitaine eut rappelé que toute prise devait être mise en commun, nous avons tressé à notre Indienne une robe en joncs pour avoir le plaisir de la lui ôter chacun à notre tour. Ces jeux ne retardent d'ailleurs en rien nos préparatifs. Nous avons fait un arrière à la pirogue, munie maintenant d'une forte dérive et d'un gouvernail.

QUINZIÈME DE DÉCEMBRE :

Il doit actuellement y avoir un an que nous vivons sur cette caye. Avant la fin du mois nous l'aurons quittée. L'embarcation est matée. Un grand arbre au tiers de la longueur, un mâtereau de tape-cul à l'arrière, nous permettent d'établir tout ce qui nous reste de toile. Avec les virures du *Squirrel* sauvées de la mer et de l'ouragan, nous avons commencé de ponter l'avant et l'arrière. L'avant, fermé du pont au creux, servira de chambre.

DIX-HUITIÈME DE DÉCEMBRE :

Le moment est proche où nous quitterons l'Île des Perroquets. Notre nef bizarre est parée. Nous avons fait grande provision de pois rouges, de patates, de bananes, de citrons et autres fruits. Arrimées à l'arrière sous l'abri du pont, des futailles d'eau douce nous garantiront de la soif. Nous avons attrapé et boucané force cochons-marrons. Deux grosses tortues que nous garderons vivantes, nous donneront de la nourriture fraîche pour plusieurs jours. Enfin chacun prendra sur le trésor un sac contenant à peu près la huitième part d'une boisselée de gemmes.

Le soir de ce jour, Michel Pantaragat nous a fait une déclaration des plus étonnantes. Il commença en nous assurant qu'il ne prétendait point rompre la charte qui nous lie, et que s'il était apparu que sa présence pût nous être d'un utile concours, il n'aurait point balancé un instant à nous suivre. Mais au contraire, dans une telle traversée une bouche en moins était une facilité de plus ; c'est pourquoi il ne pensait pas que nous puissions prendre sa décision en mauvaise part s'il nous avouait que son désir était de rester sur l'île. Il nous pria, si nous avions quelque égard aux services qu'il avait rendus à notre communauté, de lui accorder la faveur de le laisser ici où il ne souhaitait rien d'autre que d'attendre son dernier jour en vaquant aux patients et paisibles travaux qui lui plaisent par-dessus tout. Enfin, il nous pressa si vivement et de tant de façons qu'après lui avoir remontré que ce qu'il demandait comme une faveur était d'ordinaire le châtiment le plus cruel réservé à ceux de notre compagnie qui contrevenaient à ses règles, après lui avoir énuméré les dangers qui le menacent, nous n'eûmes plus qu'à céder à son étrange volonté. Il en manifesta tous les signes de la joie la plus vive, nous priant bien de ne point nous éloigner de lui dans un esprit de rancune, car lui n'avait cessé de nous aimer tendrement et il souffrait en son cœur de notre départ.

Au fond, tout cela nous convient assez; le trésor s'est gardé tout seul pendant des années sans doute, mais nous aurons davantage l'esprit en repos sachant auprès de lui, jusqu'à ce que nous revenions avec un bâtiment, un compagnon honnête et résolu comme notre brave Michel.

DIX-NEUVIÈME DE DÉCEMBRE :

Laissant à Michel Pantaragat les outils avec tout ce qui n'était pas indispensable à notre vogue, ainsi que la femme indienne pour lui servir de compagne, nous avons pris le large avec une brise favorable, ce soir, où la lune était dans son plein : selon mon calcul, un an, jour pour jour, après que j'eus commencé cette relation.

Longtemps nous vîmes Michel debout sur les rochers de la baie, avec la femme couchée à ses pieds, jusqu'à ce que se confondissent dans l'éloignement les détails de cette caye où nous étions descendus au nombre de quatorze, d'où nous partions huit, où nous nous étions trouvés dans le dernier degré du dénuement et que nous quittions plus riches que des rois.

Avant de partir, Brice nous a fait jurer solennellement de ne révéler à aucune créature, quoi qu'il arrive, le secret du trésor.

LIVRE TROISIÈME

Celui qui a frappé par l'épée

I

La *Portuguesa*

En quittant la caye des Papagayos, nous fîmes voile vers l'est-sud-est. Avec notre bizarre et peu rapide embarcation, il fallait compter au moins une dizaine de jours de vogue pour atteindre Cumaña. Des calmes allongèrent ce délai ; parvenus au quinzième jour, nous ne pouvions encore, à l'estime de Brice, voir la terre avant le lendemain. Ce soir-là, au coucher du soleil, une bonne brise s'était établie, notre nef bien appuyée sur ses antennes avait pris une bonne allure. Will Whale tenait la barre, Brice veillait à l'avant, tandis que je somnolais à son côté. Les autres, fatigués d'avoir ramé presque tout le jour, dormaient au fond du bateau.

La voix de Brice me tira de ma torpeur.

– Ho, Antoine ! vois devant.

Je me frottai les yeux. Regardant entre les focs, j'aperçus à environ un mille devant nous une luminescence rougeâtre qui se reflétait dans la mer.

– Un navire qui brûle !

– Oui, dit Brice, il y a longtemps ; depuis plus d'une heure je vois cette lueur.

La pirogue courait droit au navire en feu. À vrai dire, il se consumait plutôt qu'il ne brûlait; on ne voyait pas jaillir de flammes, il était en incandescence.

– Si nous pouvions accoster, me dit mon ami, ce serait peut-être intéressant. Réveille un peu notre monde.

En approchant, nous reconnûmes d'abord que le bateau était une espèce de vieille machine, mi-lougre, mi-brigantin, plutôt ruineuse : une de ces coques toujours à la veille de s'effondrer et pourtant increvables, qui traînent de port en port leur carcasse dévorée de tarets et consolidée par plusieurs couches de coquillages. La muraille paraissait en partie intacte.

De plus près nous aperçûmes une chaloupe pendant contre la hanche de tribord, renversée, la pointe sous l'eau, fixée encore par l'arrière à ses supports. En voulant fuir, dans l'affolement de la peur les gens du navire avaient filé les haussières à contretemps; la chaloupe s'était retournée. L'un des occupants, le pied coincé entre un baril et le banc de nage, la tête et les épaules sous l'eau, oscillait au rythme de la houle avec cette souplesse particulière qui donne aux noyés un aspect de détente bienheureuse.

–Vous autres, commanda Brice, tenez-vous prêts à déborder en cas de danger, je monte.

– Je vais avec toi, dis-je.

Nous grimpâmes sans peine par les sous-barbes de beaupré, car le navire, légèrement couché sur tribord, piquait du nez. Le pont était à peu près entièrement consumé; l'eau entrant par des brèches que l'incendie avait ouvertes dans la préceinte, disputait au feu des restes de virures. Les morceaux des mâts abattus, effondrés avec les ruines du pont dans l'abîme torride de la cale, y brûlaient en flammes courtes réverbérées par la nuit. C'étaient ces lueurs que nous avions aperçues de loin. Devant, la mer montante commençait d'atteindre le niveau du gaillard; mais le château-arrière était encore en grande partie intact quoique recouvert par les débris fumeux de la gabie. Au-dessus, le mât d'artimon, dépouillé de ses voiles et découronné du perroquet de fougue, avec un reste de la vergue de brigantine pointant vers le ciel un bras désespéré, avait l'air d'un noir gibet planté de guingois sur une demeure mise à sac. Rampant sur ce qui restait de la lisse, nous atteignîmes cette partie du navire.

– Ah bah ! m'exclamai-je en voyant cet amas de bois, de cordages et de voiles à demi consumés, voilà un beau chablis. Qu'espères-tu trouver là-dedans ?

– Peut-être de quoi nous faciliter le séjour à Cumaña. Tout ce que nous pourrons trouver comme vêtements nous siéra mieux que nos costumes de sauvages si nous prétendons passer pour d'honnêtes naufragés. As-tu pensé à cela ?... Allons, monte là-dessus, ajouta Brice en me montrant le haut du château, moi je vais chercher à l'intérieur.

En écartant un lambeau du tape-cul pour trouver les marches de l'escalier, mon pied buta contre une chose molle. Tiens ! deux pieds chaussés de fins souliers en peau, un pan de mousseline peinte, sortaient de sous la voile.

– Une femme !

Je m'agenouillai, écartai la toile.

– Eh bien, fit Brice.

Un souffle faible mais régulier soulevait la poitrine de la jeune femme que je tenais entre mes bras.

– Elle est blessée au front, mais ça n'a pas l'air grave.

Une entaille sans profondeur au milieu d'une large ecchymose, ouvrait le cuir chevelu. Du sang coagulé agglomérait les beaux cheveux blonds et montrait que les humeurs extravasées s'étaient écoulées sans causer de dommages. Nulle trace perceptible de fracture.

Tandis que je prodiguais à la rescapée des soins attentifs, car sa jeunesse, son tendre visage, dramatiquement éclairé par la lueur de l'incendie émouvaient en moi je ne sais quelle fibre, Brice visitait le château-arrière. Il revint avec un flacon de rhum et me le tendit silencieusement, puis disparut. Au bout d'un assez long temps pendant lequel, sous l'effet du rhum, des couleurs étaient montées au visage de la blessée, il reparut chargé de vêtements, un livre relié de peau sous le bras. Je lui désignai du menton ma malade qui soupirait en commençant à reprendre ses sens.

– Qu'en faisons-nous ?

– Mieux aurait valu la laisser où elle était, mais maintenant... Allons, décide, elle t'appartient.

J'écoutais les gémissements de la coque qui s'ouvrait peu à peu sous la poussée des lames, les sifflements du feu dans sa lutte avec l'eau, les jets de vapeur, longs et finalement étouffés comme des soupirs. Ce concert lamentable me glaçait le cœur. Il me semblait qu'en sauvant cette femme restée seule à bord du navire agonisant, c'était l'âme même de la vieille baille, si bonne servante des hommes, que j'emportais. Du fond de mon passé un souvenir de charité et de tendresse me rappela Marion ; un bras secourable tendu au moment où, comme cette enfant, elle ne flottait encore qu'aux rives de la mort, aurait pu me la conserver. À quelqu'un peut-être, pour qui elle était elle aussi la bénignité de la vie, je pouvais conserver ce doux, ce beau trésor. Tans pis pour les complications !

– Je l'emmène.

– À ton aise.

Brice monta debout sur la lisse.

– Ho, Tom ! Tu m'entends ?... Dégage cette chaloupe de ses haussières, mets-la à flot, vide-la ; et puis – avance un peu là-dessous – tiens, voilà des chemises et des hauts-de-chausses, mettez-les. Je vais voir si j'en trouve d'autres. Antoine va vous passer une femme qu'il a découverte. Remuez-vous un peu pour me parer cette chaloupe, nous la prenons en remorque.

Quand nous repartîmes, la jeune femme, pansée, s'était

endormie. Brice avait repris sa place, il feuilletait le livre découvert dans la cabine du navire; c'était le journal de bord.

Mon ami leva la tête quand l'épave disparut soudain derrière nous dans un gargouillis.

– Elle s'appelait la *Portuguesa*, dit-il.

Puis, au bout d'un instant;

– Cette jeune fille, si tu veux le savoir, son nom est doña Soledad de Arumna y Merques, orpheline, voyageant avec son frère. Tu as fait une belle prise.

Une belle prise! Je contemplai cette belle doña Soledad, défaite, plus touchante encore avec son front blessé, ses lèvres pâles. Agitée de sursauts, inconsciente, elle s'abandonnait dans mes bras. Une compassion nouvelle me prit pour cette pauvre petite fille. Sous la Croix du Sud qui scintillait, dans la monotone mélancolie du vent sifflant entre les voiles, j'eus horreur de mes années révoltées, impuissantes et stériles. Depuis longtemps la haine des hommes s'était détachée de mon cœur; l'indifférence avait pris sa place. Maintenant, au contact de cette enfant dont la vie dépendait de moi, la vieille fraternité des créatures remuait mon cœur aride.

Nous arrivâmes en vue de Cumaña le surlendemain à l'aube. Doña Soledad était à peu près remise de la violente émotion qu'elle avait éprouvée sur la *Portuguesa* lorsque, se précipitant hors de sa cabine, elle s'était trouvée jetée dans un tourbillon de fumée et de flammes. Elle sortit hébétée, engourdie, du sommeil qui la prit après que je l'eus couchée dans notre embarcation. Elle avait dormi toute la matinée, le jour et la nuit suivante, avec de brefs réveils. Elle ne revint vraiment à elle que comme la terre sortait avec le jour des brumes de l'aube. J'eus de la peine à obtenir sur le sinistre quelques détails que Brice demandait. Les images de cette tragique nuit avaient impressionné si vivement et confusément à la fois l'esprit de la jeune femme, qu'elle ne pouvait les ordonner. Je parvins à conclure qu'éveillée dans son premier sommeil par un tumulte inexplicable, elle s'était vêtue rapidement, puis élancée au-dehors. Sitôt la porte franchie, l'incendie l'avait enveloppée.

– Oh ! ces langues brûlantes, cette fumée qui m'étouffaient ! Je criais de toutes mes forces.

Son frère l'entendit, l'enleva, l'emporta à l'abri sur le château-arrière.

– Le feu ne montait pas jusque-là, des flammèches tombaient seulement, la nuit était tout illuminée. Des hommes criaient que l'équipage était parti, qu'il fallait chercher une chaloupe et la mettre à l'eau. J'étais la seule femme sur le bateau.

– Votre frère y est allé ?

– Oui. « Attends-moi. N'aie pas peur », me dit-il en se lançant dans la fumée. Je l'aperçus un moment, tout éclairé en rouge, et puis je ne l'ai plus revu. Ô Juan, Juanito ! Je n'avais que lui.

– Nous le retrouverons sans doute là où nous allons, lui dis-je pour la calmer.

Au portrait qu'elle m'en avait fait, je savais qu'elle ne le retrouverait plus : c'était lui le noyé de la chaloupe. Heureuse encore d'ignorer sa fin.

– C'est alors que le mât est tombé ?

– Oui. J'attendais là-haut, je voulais descendre, mais j'avais peur que Juan ne me retrouve pas dans ce désordre. J'avais peur, Virgen, j'avais peur ! Tout à coup j'ai entendu un craquement comme un cri terrible dans le haut de la nuit et j'ai vu tomber sur le pont une pyramide énorme. J'ai voulu reculer ; je trébuchai, un grand choc sur ma tête…

Elle s'arrêta haletante.

– Allons, allons, c'est fini señora, ne craignez plus !

Je pris ses mains dans les miennes ; elle se laissa faire, s'apaisant peu à peu.

Par bribes j'appris ce qui restait à connaître de l'histoire de doña Soledad. Sa mère était morte peu de temps auparavant ; son père, officier dans l'armée espagnole, avait été tué pendant la guerre de succession. Restés seuls au monde, son frère et elle avaient pris passage sur la *Portuguesa* pour gagner une petite hacienda dans le sud, seul bien qu'ils possédassent ; le jeune homme espérait la faire prospérer. L'ordre ne régnait pas précisément à bord du navire, à ce que je compris. Le capitaine était un ivrogne ; l'équipage en prenait à son aise. L'incendie avait dû éclater à la suite de quelque négligence, et laissant aux passagers le soin de se sauver, les marins plus ou moins ivres s'étaient précipités dans la première chaloupe pour tirer au large.

– Que vais-je devenir ? Je n'ai plus personne, pas d'argent !...

– Eh bien, dis-je, ne vous inquiétez pas trop, doña Soledad. Vous voici de retour à Cumaña. Cette ligne que vous apercevez là-bas, c'est la terre. Dans quatre ou cinq heures au plus nous aborderons ; si vous voulez demeurer quelque temps avec moi, j'aurai soin de votre personne. Je suis très riche, ne craignez pas de m'être à charge.

» Et puis, ajoutai-je, je suis moi aussi une sorte de naufragé : il faut nous entraider. Puisque la fortune a voulu que je vous tire de cette épave, ce n'est pas à moi de vous abandonner maintenant. D'ailleurs, vous pouvez nous rendre service, à mes amis et à moi, en acceptant de laisser croire que nous nous trouvions comme passagers sur la *Portuguesa* lorsque vous vous y êtes embarquée. Plus tard je vous donnerai la raison de ce mensonge. Il n'est pas grave, croyez-le, mais peut-être à cause de lui vous devrons-nous plus tard plus de reconnaissance que nous n'en méritons de votre part.

II

Un don de la grâce

Notre installation à Cumaña fut facile grâce aux renseignements découverts par Brice dans le livre de bord de la *Portuguesa*. Nous étions, lui et moi, deux gentilshommes français voyageant pour leur plaisir, dont les noms figuraient sur la liste des passagers, suivis de leur domestique, également français. Le domestique, c'était Michault Cul d'Oue.

Ce titre nous valut des égards, dont pour ma part je me fusse passé, et l'attention des fonctionnaires de la vice-royauté.

La Couronne est représentée dans les possessions espagnoles par des vice-rois. Cumaña[1], la plus importante des îles de la mer des Antilles, sert de résidence au vice-roi des Antilles espagnoles dont le palais élève entre la plage et la ville dans de magnifiques jardins sa blanche façade à colonnes. Ces jardins, entourés de grilles dorées d'un superbe travail, sont eux-mêmes prolongés pour ainsi dire

1. Cumaña est à la fois le nom de la plus grande île espagnole des Antilles et de la capitale de cette île : la ville de Cumaña. Celle-ci, en pleine prospérité dès le milieu du XVIIe siècle, comptait déjà, au temps où se situe ce récit, près d'une centaine de milliers d'habitants.

par ce que les naturels appellent les Jardins *sobre el mar* (sur la mer) parce que, encadrant une perspective de metsilliers gigantesques fermée par le palais, ils s'avancent au-dessus des eaux vertes en deux terrasses de marbre et d'azulejos formant la pointe extrême de l'île.

Le vice-roi est une créature prestigieuse ; les simples mortels ne l'aperçoivent qu'à l'occasion des grandes fêtes, passant loin dans un carrosse au milieu d'une pompe orientale. Il est représenté dans les rapports de la Couronne avec ses sujets par un secrétaire presque aussi puissant que lui.

Ce personnage s'occupa de nous peu après notre installation. Un billet à queue de soie rouge, porté quasi processionnellement par un sergent de la Sainte-Hermandad[1], nous convoqua au palais. Un commis nous reçut, Brice et moi, dans les bureaux de la vice-royauté. Il nous remit aux mains d'un huissier. Suivant celui-ci, nous débouchâmes dans une salle écrasante où des colonnes à torsades jaillissaient comme des arbres de marbre, d'émail et d'or. Nous y cheminions à la manière de trois barques minuscules perdues sur l'immensité de la mer. L'huissier doré sur tranche nous fit gravir un escalier partant du fond de la salle entre deux rampes à volutes. Il fallait faire trois pas sur chaque marche avant d'atteindre le rebord du degré suivant. Quand nous fûmes arrivés dans une galerie qui me sembla taillée dans de l'onyx, toute percée de niches en coquille par des statues, il frappa à une porte d'une manière particulière, et tourna les talons. La porte s'ouvrit, un bonhomme noir avec un rabat noir sur son bref pourpoint noir, les cheveux noirs coupés court, apparut, nous salua et s'effaça pour nous laisser passer.

Nous nous trouvâmes dans un corridor sombre, encore devant un escalier, mais celui-là bien simple, si étroit qu'il devait être ménagé dans l'épaisseur d'un mur. Autre porte

1. La Sainte-Hermandad était la police espagnole.

au bout. L'homme noir la poussa, nous fit entrer, salua et nous laissa seuls.

La pièce où nous étions parvenus était longue, basse, tapissée de cartons étagés dans des rayonnages d'ébène sculpté. Le plafond semblait de même bois, sculpté aussi. Au fond de ce cabinet, une vaste table, allant presque d'un mur à l'autre, avait des pieds tors également en ébène ; quant à son dessus, on n'en pouvait distinguer la matière : il disparaissait sous une accumulation extraordinaire de cartes en rouleaux surmontées par la plus grande mappemonde que j'eusse vue. Une corbeille plate occupait tout un bout de cette table ; elle était pleine de petits carrés de papier attachés par paquets au moyen de lacets. Deux fenêtres enfoncées dans de profondes embrasures montant du plancher au plafond, éclairaient l'ensemble. Par la plus proche, j'apercevais de haut un coin des jardins du vice-roi. Deux jeunes dames assises sur une pelouse, près d'une fontaine d'azulejos, dans les plis et le gonflement de leurs robes rose et mordoré, riaient en jouant avec des araracas rouge et bleu.

J'ouvrais la bouche pour demander à Brice ce qu'il pensait de tout cela, mais un coup de coude dont il gratifia mes côtes me la fit refermer. Un signe du menton m'indiquait en même temps la seconde fenêtre. J'aperçus alors dans l'embrasure, assis derrière une table volante, un homoncule qui écrivait. Il paraissait extrêmement petit, avec une figure mince, des yeux invisibles sous les bésicles miroitants. Sa perruque était posée à côté de lui, son crâne nu luisait. Encore un scribe. Le petit homme se redressa en posant sa plume : la Toison d'or pendait à son cou. Il repoussa ses lunettes sur son front et nous aperçut.

– Oh ! messieurs, messieurs, je suis impardonnable !

Il sauta à bas de son siège – à bas n'est pas trop dire, car il était assis sur deux livres qui l'exhaussaient à la hauteur de sa table – et se précipita vers nous en nous montrant des chaises, affable, ridicule avec son crâne en œuf. Ses besicles toujours dressées sur son front accentuaient son aspect d'insecte.

– Messieurs de Giard et d'Autremont? fit-il d'un ton aimable.

Encore une fois le coude de Brice froissa mes côtes.

– Oui, Excellence, répondit-il. Voici le comte Henri de Giard, mon ami. Je suis Louis d'Autremont.

Le secrétaire repoussa ses antennes, je veux dire ses lunettes, qui glissaient. En flèche, je reçus le regard de ses yeux perçants, mobiles. Tout de suite, il sourit avec urbanité.

– Monsieur le comte, monsieur d'Autremont, don Gusman est honoré de vous souhaiter la bienvenue. Vous étiez déjà passés à Cumaña, n'est-ce pas, mais vous n'étiez pas descendus à terre.

– Non, dit Brice, la *Portuguesa* n'a fait que toucher au port.

– Alors je me flatte presque de cet accident qui nous ramène deux gentilshommes français. Je ne saurais vous dire combien nous sommes aises de vous voir sortis saufs du désastre de cette malheureuse *Portuguesa*.

Il parlait français avec un accent assez prononcé. La voix était aiguë mais flexible, il en jouait avec art.

Aurions-nous la complaisance de lui donner quelques détails sur le sinistre. Il possédait bien le rapport du capitaine du port qui nous avait recueillis, cependant il était curieux de savoir…

Brice répéta le récit que doña Soledad nous avait fait.

– Ah! incendiée… incendiée… la négligence du capitaine. Ainsi, monsieur d'Autremont, il ne saurait s'agir d'un acte de piraterie.

– Il ne saurait, en effet, Excellence.

– Oui. Très bien, très bien. Voyez-vous, messieurs, ces mers sont infestées de pirates.

– Oh ! fit Brice avec insouciance, elles n'en ont pas le monopole. Chez nous la potence fait bon marché de ces coquins.

– La potence ! oui, oui. Ici, on garrotte. Le garrot… vous savez, c'est excellent.

Faisant le geste de tourner autour de son cou un lacet imaginaire, il éclata de rire.

– Ah ! ah, ah, messieurs, quelle conversation ! Vous seriez en droit de me reprocher mon accueil. J'espère que le séjour à Cumaña vous sera agréable. Vous comptez y demeurer quelque temps, j'ai appris que vous aviez loué le palais de la Huelga. C'est une marque de votre bon goût.

Il jouait avec le mouton d'or en miniature pendant sur sa veste d'un vert plus clair que le taffetas changeant de son justaucorps. Quand il se leva de nouveau, il me parut encore plus insecte, encore plus inquiétant. Je n'aime pas les gens trop polis, surtout quand cette politesse dissimule mal leur curiosité. Cet être était excessif en tout : trop petit, trop poli, trop renseigné, trop curieux, trop retiré.

Nous nous étions mis debout en même temps que le secrétaire. Il nous combla encore de compliments à la manière espagnole, emphatique et prolixe. Enfin :

– Messieurs, conclut-il, vous me rendrez heureux en me tenant pour bien de vos amis.

Nous remerciâmes en nous inclinant pour prendre congé. Il fit quelques pas avec nous vers la porte. Tout à coup :

– À propos, dit-il, n'auriez-vous pas rencontré au cours de vos pérégrinations le navire d'un certain capitaine Flint ?

– Flint… m'écriai-je.

– Ce nom te dit quelque chose, Henri ? coupa Brice d'un ton nonchalant.

– Mais oui, voyons, nous étions à… comment s'appelle ce port ?… Galapas ? Nous étions à Galapas lorsque son équipage a pillé un couvent dans cette ville ? Tu ne te rappelles pas ?

– Mal. C'est déjà vieux.

– Un peu plus d'un an, dit don Gusman. Vous avez bonne mémoire, mon cher comte.

– Auriez-vous arrêté ce pirate ?

– Hélas ! non ; mais nous tenons un de ses hommes, un nommé Ballater.

– Bravo, fit Brice, c'est un commencement. J'espère apprendre bientôt qu'ils ont tous été pendus... ou garrottés, Excellence.

– La seule alternative qui attende ces gentilshommes de fortune, mon cher monsieur d'Autremont.

– Lorsqu'ils se laissent prendre, conclut Brice en saluant courtoisement.

Don Gusman nous fit promettre de le revoir bientôt.

– Cet inquiétant petit bonhomme me déplaît ; je me demande ce qu'il sait ? J'ai l'impression d'être entre ses mains comme une souris sous la griffe du chat.

– Bah ! dit Brice, c'est ta conscience qui te tracasse. Il ne peut rien savoir de nous.

– Mais ces questions ?

– Hasard, ou coup de sonde. Ce vieux démon de Flint les a fait sans doute enrager, ils tâtent tout venant.

– En tout cas, ils ont pris Ballater.

– Je n'en porterai pas le deuil.

– Moi non plus, mais nous devrions fréter un navire, retourner à la caye charger le reste du trésor, et filer au plus vite de ces parages.

Brice se mit en colère avec cette violence soudaine qui couvait toujours en lui. Depuis notre arrivée à Cumaña il était encore plus irritable que par le passé.

– Je me fous du trésor, tu entends ! Le rabouin m'emporte si je pars d'ici avant... Eh bien, avant d'y avoir fait ce que j'ai à faire. Ça ne regarde que moi. S'il vous tarde d'aller retrouver vos diamants, vous n'avez qu'à mettre à la voile sans moi.

– Tu es notre capitaine, dis-je doucement.

– Un beau capitaine, ma foi ! Tu as raison, fit-il avec amertume en se calmant. Il faut partir. Je ne peux pas moi, tu comprends. Écoute, Antoine, laisse le trésor, tu es assez riche. Emmène cette petite fille, retourne avec elle en Europe. Personne ne t'y connaît plus, vous vivrez heureux, libres, tranquilles. Tu auras réalisé ce que l'on peut désirer de meilleur.

– Et toi ? Et les autres ?

– Oh ! les autres… Ils prendront Tom pour capitaine et ils iront déterrer le reste des pierres, comme des chiens cupides.

– Brice, Brice, tu parles mal de nos amis, tu ne les aimes pas assez. Ils se sont confiés à toi, à nous. Non, je ne partirai pas seul avec Soledad. Le destin nous a liés, liés nous resterons jusqu'à ce que la volonté de chacun soit de se séparer pour recommencer une autre vie.

Brice regardait à terre.

– Tu es un vrai fanandel, mon gars, dit-il enfin. Mais tu as tort. Tu as tort parce que nous ne pouvons pas changer, nous. Toi, tu es un homme de bien dans la peau d'un bandit. Nous, nous sommes des bandits authentiques, si nous avons parfois des crises de sentiment, les circonstances aidant. Il ne faut pas en être dupes : notre fond demeure cette vieille habitude de rapine. Rappelle-toi ce que nous disions il y a quelque temps : on ne change pas son destin. Le vieux Michel devait être comme toi ; fais comme lui, laisse-nous à nos instincts.

Je haussai les épaules en suivant distraitement de l'œil par la fenêtre à deux cintres les reflets mouvants de la lumière sur les azulejos du patio. Le soleil passait à travers les palmes des doigts longs et dorés dont le contact enflammait les émaux. Les rameaux agités par la brise venant de la lagune prêtaient aux mains de lumière des tremblements, des hésitations, d'avares retours. Nous étions dans la grande salle, dans notre belle demeure dont la façade dressait ses murs à arcatures mauresques et à colonnettes, sur la lagune de la Huelga. Derrière, elle se prolongeait sur la terre ferme par des jardins ensevelis sous les mimosas et les roses. Toute la pointe de l'île est ainsi occupée par de riches maisons – on dit là-bas des *palacios* – disposées face à la mer sur la plage ou, du côté est, sur les sables de la lagune. Là, ce ne sont que brillantes architectures hispano-mauresques fouillées comme des dentelles, égayées par des ornements de faïence émaillée, avec des toits en terrasses ou couverts de tuiles peintes. Une large voie, l'Alameda del Mar, contourne en deux branches le palais du vice-roi. Venant des jardins sur la mer, elle sépare ces îlots de demeures fastueuses, de frondaisons, de fleurs, et monte doucement vers le centre de Cumaña. Le port étend au fond de la lagune ses jetées toujours animées par le va-et-vient des voiles.

En arrivant dans les eaux de l'île, notre compagnie s'était séparée en deux. Les uns : Brice, Soledad et moi, suivis de Michault Cul d'Oue devenu mon domestique, avaient passé dans la chaloupe de la *Portuguesa* traînée jusqu'alors en remorque. Les autres, dans notre embarcation bizarre, se déroutèrent pour aller aborder très au nord de la ville, en un endroit désert où ils devaient couler la pirogue.

Nous, nous fîmes voile franchement sur le port. La chaloupe fut bientôt reconnue ; les badauds s'amassèrent, un véritable cortège nous accompagna jusqu'à une hôtellerie où le capitaine de la marine, prévenu de notre qualité, ne dédaigna pas de venir de sa personne recueillir nos dépositions. Soledad confirma nos dires. Tout s'était fort bien passé. Il ne risquait guère d'ailleurs d'en être autrement ; le capitaine et les matelots fugitifs, en admettant qu'ils eussent gagné Cumaña, s'ils apprenaient le retour de leurs passagers, se garderaient bien de se signaler pour n'avoir pas à répondre de leur lâche conduite.

Nous ne pouvions demeurer à l'hôtellerie. Trouver un bateau pour retourner à la caye nécessiterait du temps et des démarches. Brice n'avait pas l'air pressé de se mettre en campagne. L'hôte, sentant sans doute que nous allions lui échapper – c'était un juif portugais –, se résolut à tirer de nous un ultime profit. Il proposa à Michault de nous fournir une résidence toute prête avec le domestique, tout ce qu'exigeait le train de nos seigneuries. Le marché fut conclu à un prix ruineux : il entrait dans le caractère des personnages que nous jouions de nous laisser gruger avec insouciance. Deux diamants changés chez un autre juif, par qui nous fûmes encore volés, nous permirent de faire des folies. Notre nationalité, notre qualité en devinrent indubitables. C'est ainsi que nous eûmes un palacio, des chevaux, des chiens – de grands lévriers caraïbes fins comme des mouettes –, des esclaves marrons, des serviteurs métis et maures, et une suite de femmes pour Soledad. Une longue figure olivâtre, avec une moustache roulée en accroche-cœur à force de pommade, faisait marcher tous ces gens. Michault promu à la dignité de secrétaire surveillait de haut, de très haut, les uns et les autres.

Tout ce luxe, lorsque je songeais à ce que nous avions été, me divertissait fort. Je pensais parfois, non sans une fugitive mélancolie, à notre brave Michel qui devait maintenant rentrer sa récolte de pois rouges ou préparer les boucans. Mais cette atmosphère de somptuosité composait à la distinction de Soledad un cadre naturel, comme obligé. Et parce que j'aimais Soledad, je me prenais à aimer cette superfluité, ces ornements de la vie qui m'élevaient au-dessus de ma nature.

J'aimais Soledad, oui ; je l'aimais à la fois comme on aime

une enfant qui a besoin de protection, et comme un être supérieur à moi-même, un être dont je me sentais combien indigne, et tout simplement enfin parce qu'elle était exquise, que sa présence, sa voix, son geste, chantaient dans mon cœur toute la joie du monde. Le souvenir de Marion, dont tant d'années avaient seulement effacé les douloureuses couleurs, mon âme le reportait sur cette enfant charmante qui ne lui ressemblait point, mais en qui se retrouvait, plus parfait encore et vivant – oui vivant, je l'avoue –, tout ce que j'avais perdu en perdant Marion. J'aimais Soledad autant, mieux peut-être, que je n'avais aimé Marion. Je ne souhaitais d'elle que son regard, son sourire, de la prendre un jour dans mes bras, de baiser sa tempe frêle et nacrée. Je n'osais souhaiter rien d'autre…

Elle était heureuse avec moi. Des reflets animaient ses beaux yeux d'un bleu sombre et profond. Sur son cou flexible elle inclinait la tête avec une grâce de colombe pour me remercier de mon amitié. Sa tendresse trouvait des manières charmantes pour me faire sentir sa gratitude. Je ne savais qu'inventer pour augmenter sa joie.

L'ombre commençait d'envahir le patio ; une première étoile parut entre les ramures du jardin dans le ciel encore pâle. Je me détournai de la fenêtre où je venais de rêver. Brice assis sur un coffre, une main sur les yeux, s'abandonnait lui aussi à ses pensées. J'allai à lui.

– Eh bien, que décide-t-on ?

Il se redressa, me regarda en face.

– Écoute, dit-il, parlons franc. Tu sais pourquoi je veux rester.

J'inclinai affirmativement la tête.

– Donne-moi encore un peu de temps. Je vais la chercher dans les seuls endroits où je ne sois pas encore allé.

– C'est-à-dire ?

Il s'étira lourdement et s'en fut regarder le ciel.

– Voici l'heure que j'attendais. Je vais descendre dans la basse ville. Il court bien des choses sur les quais, dans les bouges du port ; on y apprend davantage que...

– Oui, mais tu n'iras pas loin dans ce costume, fis-je en donnant une pichenette à sa chemise de soie bouffant sous un justaucorps sans basque, semé de petits rubis.

– Michault m'a eu tout ce qu'il faut. Sans oublier ceci, ajouta-t-il en sortant de sa ceinture une lame lourde, souple, merveilleusement équilibrée.

– Tu ne veux pas de moi, naturellement !

– Non, mon gars.

Il me bourra l'épaule de deux ou trois coups de poing : les dernières caresses de notre amitié.

– *Vaya usted con Dios*[1], lui dis-je n'osant pas prononcer de tels mots dans notre langue.

Mais il ne m'écoutait pas, il regardait au fond de la salle où la nuit s'amassait.

– Holà ! cria-t-il, qui vient ?

– Votre Seigneurie ? répondit la voix obséquieuse de Gomez.

Le majordome sortit de l'ombre.

– Que faisais-tu là ? questionna Brice âprement.

– Je venais prévenir sa Seigneurie don Giard, que doña Soledad attend sa Seigneurie dans le salon de marbre.

– Je n'aime pas les gens qui ne font pas de bruit en marchant, ni les oreilles ouvertes dans l'ombre, mettez-vous ça dans la tête, monsieur le majordome. Allons, dit-il en se retournant, va et ne pense plus à moi.

Le cabinet de marbre était le lieu favori de Soledad. La douceur du jardin, sur lequel il ouvrait ses vastes baies, s'y mêlait à la fraîcheur de la pierre polie, à la profondeur glauque et liquide des miroirs encastrés dans les murs.

1. Dieu soit avec toi.

Au centre, un bassin recevait les eaux murmurantes de la fontaine. Souvent des vols de ramiers ou de perroquets roses traversaient la pièce, ou bien un paon des îles, familiarisé avec les lévriers endormis sur les dalles, venait promener au milieu d'eux son aigrette et ses ocelles vertes, bleues, mordorées.

Soledad m'attendait près du bassin empourpré par le couchant, assise sur des coussins, dans les plis d'une robe d'apparat que je lui avais donnée le jour même. Le décolleté horizontal dégageait ses épaules caressées par une dentelle. Un fil de perles à son cou, de petites fleurs de nacre dans ses cheveux, paraient sa grâce indéfiniment reflétée de miroir en miroir. Elle m'accueillit d'un sourire, toute menue dans sa grande robe blonde et rose.

– Seigneur, voyez comme vous avez fait belle votre servante ! Comment vous remercier ? dit-elle.

– Soledad ! Vous êtes plus belle que tout ce que je peux vous donner, ne le savez-vous pas ? C'est vous qui embellissez ces parures. Si vous êtes heureuse, j'ai tout ce que je désire.

D'un geste impulsif elle prit ma main et voulut la porter à ses lèvres. Je ne pus m'empêcher de la retirer brusquement : ma main souillée, meurtrière…

– Non, pas cela ! m'écriai-je.

Elle demeurait interdite.

– Seigneur, qu'ai-je fait de mal ? Vous ne m'aimez plus.

Un flot balaya en moi toute résistance.

– Je vous aime ; il n'y a rien que j'aime autant que vous, Soledad. Je vous aime mille fois plus que ma vie. Si je devais mourir à l'instant je ne regretterais que vous.

Elle avait appuyé sa tête contre ma poitrine. Je voyais cette merveille : son visage épanoui, ses yeux pleins de mon image, ses lèvres décloses, toute la lumière de ses yeux, de sa bouche. Et je me penchai irrésistiblement sur ce mirage fou qui ne s'évanouissait pas, qui ne s'évanouit pas quand mes lèvres l'atteignirent. Elle poussa seulement une espèce de gémissement en se laissant aller contre moi ; elle mit un bras autour de mon cou. Mais je détachai ce cher collier. Il me fallait avoir le courage de m'arracher d'elle.

– Soledad, je suis fou ! Pardonnez-moi. Je n'ai pas le droit... Vous ne pouvez pas m'aimer.

Je me laissai tomber sur le banc de marbre qui courait au long des murs, la tête dans mes mains. Penché au-dessus de l'abîme de mon indignité, je sentis des doigts légers effleurer mon front, mes cheveux.

– Antonio, disait-elle, Antonio mio, qu'y a-t-il de si terrible qui puisse m'empêcher d'aimer mon Seigneur ?

Elle m'enivrait de sa douceur. Ces caresses comme un frémissement d'ailes sur ma tête brûlante !...

– Soledad, écoutez, sortons d'ici. Venez. Allons aux jardins. Je vous ai promis de vous mener aux Jardins sobre el mar. Partons. Vous ne me regarderez pas, vous détournerez vos yeux de moi ; j'aurai plus de courage. Défendu de moi-même, je vous dirai quel homme méprisable ose vous aimer.

Je reculais ainsi l'instant de repousser à jamais loin de mes lèvres cette coupe de fraîcheur et de pureté. Ceux qui veulent mourir, dit-on, lorsqu'ils se sont jetés à l'eau, leur instinct les fait s'accrocher aux herbes du rivage pour chercher dans ce recours une rémission impossible. Ainsi, chevauchant au côté de Soledad allongée dans une de ces molles voitures, une sorte de conque en osier que ce climat inventa pour promener les langueurs de ses femmes, je retenais chaque instant fuyant sous mes doigts. Elle attendait anxieuse, un peu crispée, mais si courageuse. Elle trouvait la force de rester coquette. Comme nous allions au pas sous une voûte de jasmins dont les branches frôlaient les coussins, elle me sourit en cueillant une de ces grappes odorantes qu'elle plaça dans ses cheveux. Je fermai les yeux pour graver en moi ce geste et ce sourire : ses derniers dons. Elle toucha mon genou.

– Maintenant, Antonio, dit-elle.

Alors, incapable du sacrifice que la pureté de mon amour avait voulu, lâche encore une fois, je mentis. Innocent, j'avais menti en inventant les détails d'un crime que je n'avais pas commis. Coupable cette fois – combien coupable ! – je mentis en taisant la plus profonde horreur de mes crimes véritables. J'avouai ma vie de réprouvé, ma naissance, mon malheur, mon évasion, mes compagnons, l'origine de notre richesse. J'avouai que j'avais tué, que par mes mains l'éternelle tombe mouvante roulait sur ses sables des squelettes blanchis. J'avouai le sang répandu. Mais je tus l'ivresse, la cruauté du carnage, l'ignoble ivresse de la vengeance, le surhumain délire de la cruauté…

Brusquement je me tournai vers Soledad.

– Comprenez-vous maintenant, doña Merques, pourquoi votre main ne peut toucher ma main à moi… à moi ?

Soledad tenait sur ses yeux les fleurs cueillies tout à l'heure. La voiture roulait lentement ; je la suivais, balancé par le mouvement de mon cheval.

Les mains de Soledad descendirent, découvrirent ses yeux remplis de larmes. Un instant, elle pressa sur sa bouche la grappe de jasmin ; puis, d'un geste vif et doux à la fois, elle la porta contre sa bouche.

– Soledad ? m'écriai-je, bouleversé d'espoir.

– Oui, murmura-t-elle en inclinant la tête… que m'importe tout cela ! Tu es bon.

Couché sur ma selle, je la ravis à sa voiture, et talonnant ma bête à travers l'ombre des allées, j'enlevai Soledad jusqu'à la grève dans une ruée de victoire. Les sabots de mon cheval volant dans le floconnement du flot soulevaient des gerbes d'écume. Dans une gloire d'écume d'or, dans un vertige d'allégresse j'emportais le prix merveilleux du mensonge.

Sur notre monture cabrée dans le vent qui tordait sa crinière, notre étreinte s'enleva par-dessus la mer et la nuit…

Longtemps nous courûmes ainsi. Puis j'arrêtai ma bête tremblante. Déposant Soledad sur le sable, je m'agenouillai contre elle. Nous mêlâmes nos lèvres et nos aveux.

La voiture était restée à l'endroit où nous l'avions laissée. En la revoyant nos yeux se sourirent : c'était déjà un souvenir. Le cocher, un esclave placide, s'était borné à la serrer sur le côté ; il dormait tandis que, d'une lèvre nonchalante, les chevaux broutaient quelques feuillages.

Nous reprîmes l'Alameda del Mar, illuminée de girandoles, pleine d'équipages et de promeneurs. À cette heure fraîche, la vie de la ville se concentrait dans cet éden de fleurs, de marbres, d'eaux, de mosaïques. Nous remontions lentement, pris dans une file. Je chevauchais contre la voiture, la main de Soledad dans la mienne. Nous ne voyions que nous. Tout à coup je sentis la botte d'un cavalier frôler mon pied ; un gentilhomme de haute taille nous dépassait. Il avait à la main un bouquet qu'il lança dans la voiture en saluant avec assez de grâce. Comme, la tête découverte, il se tournait en plein vers moi, malgré le changement qu'apportait à son allure sa vêture élégante je reconnus Frémin Cotard. Il piqua en me montrant discrètement le bouquet, puis disparut en avant.

Le bouquet de Frémin Cotard contenait un billet. Tom Hawkins nous y annonçait, de cette écriture maladroite que j'avais eu tant de peine à lui enseigner, qu'il avait retrouvé la mère Encarnacion.

Du diable si je m'attendais à ça !

– Viens avec Brice à l'Alcazar, écrivait-il, demain sur les sept heures de relevée. Je vous informerai de tout.

Il n'avait sans doute pas su en écrire plus long.

Pourquoi toutes ces complications et ces détours ? Pourquoi Frémin n'était-il pas simplement venu chez nous ? Pourquoi chercher l'un de nous aux Jardins sobre el mar où il avait évidemment beaucoup de chances de nous trouver, puisque notre rôle exigeait notre présence à cette heure parmi toute la gent élégante de Cumaña, mais en somme c'était tout de même s'en remettre un peu au hasard. Pourquoi enfin Frémin n'avait-il pas voulu lier conversation, comme si un œil averti ne nous quittait point ?...

J'ignorais ce que Tom et nos autres amis étaient devenus depuis notre séparation. Ce bouquet, ce billet : voilà les premières nouvelles que nous eussions reçues d'eux. Georges Nightingale avait souvent projeté d'employer sa part, ou du moins une partie de sa part du trésor, à acheter une hacienda. Avait-il réalisé ce désir ?

J'apprécie peu le mystère et depuis ce soir des raisons nouvelles me faisaient redouter encore plus toute cette ombre autour de nous. Je remuais des idées désagréables en allant communiquer le billet à Michault Cul d'Oue. Je ne le trouvai point dans sa chambre. Ce fut lui qui m'éveilla le lendemain.

– Eh bien, dis-je en riant, tu as couru la prétentaine, cette nuit.

Il avait l'air sombre.

– Ah ! cesse de rire, grogna-t-il. Il y a quelque chose qui ne me plaît pas.

– Quoi ? Le rhum n'est-il pas à ton gré ? Ou faut-il augmenter tes gages ?

Il haussa les épaules, méprisant mes plaisanteries.

– Gomez nous espionne, dit-il en baissant la voix. Quand Brice est parti, hier soir, je l'ai fait sortir par la petite porte de la lagune, ensuite j'ai traversé le jardin pour rentrer. À ce moment, la porte a été ouverte et refermée. Doucement, mais je l'ai entendue. Alors j'y suis retourné, j'ai vu ton

Gomez se faufiler le long du mur en suivant Brice de loin. J'ai d'abord pensé lui envoyer un peu de ça – il touchait son couteau dans sa ceinture –, pour lui apprendre à être curieux, puis j'ai préféré le suivre à mon tour. De toute la nuit, il n'a pas quitté Brice. Nous sommes revenus, à l'aube, à la queue leu leu. Hein, qu'est-ce que tu en dis, boss ?

Je pensai à don Gusman qui savait tant de choses sur notre compte. Tiens, tiens !...

– Très bien, Michault. Continue de surveiller ce piautre de métis, mais ne dis rien ; on saura bien lui jouer quelque tour.

Je le mis au courant des nouvelles de Tom Hawkins, puis j'allai trouver Brice. Il dormait. Une crispation contractait son visage que j'avais vu si souvent serein dans le péril ; jusque dans le sommeil il conservait un air tendu, las. Je l'appelai. Il se redressa aussitôt.

– Voilà ce que Tom a envoyé.

Je lui laissai lire le billet, puis lui racontai tout ce qui s'était passé. Il fut de mon avis : ne rien dire, mais tenir Gomez à l'œil. Lui-même cette nuit n'avait-il rien fait qui pût donner l'éveil au métis ?

– Rien. J'ai traîné sur le port, dans les tavernes, joué avec des callejeros.

– Tu as appris ?...

– Rien. Que la *Virgen-del-Pilar* touche ici tous les trois ou quatre mois, plus quelques autres bricoles sans importance puisque Tom a retrouvé la vieille.

– La *madre* Encarnacion n'est pas Mañuela.

Brice eut un rire sans gaieté.

– Je lui ferai bien dire où est sa fille.

– Si elle le sait.

– Pourquoi serait-elle venue de Galapas ici, si sa fille n'y était pas ! Allons donc ! Débarquée ici par la *Virgen-del-Pilar* qui l'avait recueillie, Mañuela a compris que Cumaña était un théâtre plus favorable à ses talents ; au lieu de retourner à Galapas, elle a fait venir sa mère. Si j'avais été derrière elle tout ce temps, je ne saurais pas mieux comment tout ça s'est passé. La seule chose que j'ignore, c'est où elles exercent leur industrie maintenant, où et pour qui Mañuela danse ses diaboliques séguedilles. Il faut la chercher dans sa damnation ; sans doute ne l'ai-je pas trouvée parce que je ne suis pas descendu assez bas.

Sa bouche était dure, ses yeux méchants. Je le regardai avec tristesse.

– Voilà ce que tu penses !... Tu l'aimes quand même ?

– Tout le monde n'a pas le droit à une jeune fille innocente et bien née, fit-il hargneusement.

Il reprit avec plus de douceur, un peu honteux peut-être :

– Je l'ai aimée d'une façon quand je la prenais pour ce qu'elle n'était pas ; je l'aime d'une autre maintenant que je la connais, d'une façon plus conforme à ce que je suis, après tout. Sous nos masques nous sommes égaux : bandit et prostituée. Eh bien, puisqu'elle se vend, j'ai assez de richesses pour me la payer pour moi tout seul.

Sa voix remontait, mordait. Il me chassa d'un geste.

– Laisse-moi. Je veux dormir jusqu'à l'heure de ce rendez-vous.

Je sortis plein de chagrin. J'allai porter à Soledad un visage soucieux dont elle eut vite fait d'effacer les rides. Près d'elle j'oubliai tout. Elle m'apportait non seulement une vie nouvelle, mais une nouvelle innocence. Sa grâce, sa tendresse faisaient refleurir en moi toutes les vertus que l'adolescence méprise et que la maturité regrette comme les plus exquises dispositions à atteindre le bonheur. Mes années d'aventures n'étaient plus qu'un temps d'épreuve, j'en sortais préparé à goûter pleinement la joie qui m'était donnée. Tout était joie en elle, jusqu'à son silence ; tout était joie en moi lorsque je la tenais ramassée comme un oiseau, douce et légère comme un oiseau merveilleux...

III

L'archange se réincarne

L'Alcazar de Cumaña est un lieu célèbre dans toute la mer des Antilles. On peut dire que tout l'or drainé sur ces eaux arides, à force de peines et de dangers, vient sonner là avant de se disperser pour recommencer à nouveau son cycle éternel.

Cet immense caravansérail s'ouvre sur l'Alameda del Mar par des arcades maures au-dessus desquelles brille une grappe de coupoles vernissées. De l'autre côté, il pousse des terrasses en mosaïque jusqu'au-dessus de la mer. Sous les arcades, grouille un peuple braillard de marchands. Sur les terrasses, dès après la sieste, les élégants oisifs viennent écouter, en buvant la *chicha* et le sorbet à la neige, des chanteurs, des joueurs de guitare, ou voir baller les belles métisses dansant le boléro à la mode des îles. Cela n'a rien de rare, ce qui fait la célébrité de ce monstre de pierre, de marbre, de stuc, de colonnes, de dalles, de peinture, de dorure, de faïence, d'émaux, c'est son intérieur, son labyrinthe de salles, la plupart formées d'étoffes aux couleurs vives tendues de colonnes à colonnes : bourses, marchés, souks, salles de spectacle, de jeu, de bal, de festin, où tout se vend, se cote, se noue, se trame, se joue, se danse, se mange, se boit : ville dans la ville avec des rues, des carrefours où le marchand ambulant appuie contre un pilier son éventaire suspendu à son cou par une courroie de cuir, où le fraïle aux yeux baissés coudoie une dossière en quête d'un joueur heureux à plumer. Les esclaves, élevant au-dessus de la foule leurs plateaux chargés de mets ou de bouteilles, évoluent parmi ce ressac de têtes en poussant des sifflements gutturaux, et les chiens faméliques et voraces des cités sud-orientales y louvoient en glapissant aux coups qu'on ne leur ménage point.

Avec des façons nonchalantes, comme si nous cherchions où risquer quelques doublons, Brice et moi nous faisions le tour des salles, attendant que Tom se manifestât, lorsque par-derrière une voix nous salua :

– Ces messieurs veulent tenter la chance?

C'était don Gusman, dans un étonnant justaucorps couleur cuisse de nymphe émue.

– Et vous-même, Excellence? répondit Brice en s'inclinant avec urbanité.

Une lueur d'amusement brillait à son visage soudain rajeuni.

– Mon Dieu, non! Je me promène. Cet endroit est pour moi un inépuisable champ d'observation. J'y étudie les hommes. On y fait de si curieuses rencontres!

Il souriait d'un air indéfinissable en frottant contre son menton le pommeau d'or de sa canne.

– Tenez, poursuivit-il, voyez cet Irlandais qui perd le prix de plusieurs cargaisons sans que son visage tressaille, tandis que ce petit homme noir, là-bas, pour une pistole gagnée se livre à plus de transports que n'en mérite un royaume. Il est ligurien je gagerais. Ah! messieurs! que sont à côté d'une table de jeu ces miroirs magiques des contes! L'âme s'y peint à nu. Les cartes ni les dés ne m'intéressent, mais j'aime les joueurs. Nous sommes tous des joueurs, n'est-ce pas ! Chacun a sa partie à gagner !... Avez-vous vu sur la terrasse les nègres danser au son de leurs bayous ? C'est fort curieux... Mais serait-ce à vous que ce gentilhomme adresse ces signes ?

Depuis un instant, en effet, j'avais aperçu Tom Hawkins dans un habit bleu d'allure militaire. Assis devant une bouteille de tafia, la pipe à pétun au poing, il cherchait à attirer notre attention. Se voyant observé par l'homoncule qui nous entretenait, il prit un air indifférent.

– Sur mon âme, s'exclama Brice, c'est !... Daignez m'excuser, Excellence.

Il courut à Tom et eut le temps de l'embrasser à plusieurs reprises – bouche contre oreille – avant que don Gusman les eût rejoints avec moi au mépris des règles de la bonne compagnie.

– Pardonnez-moi, dit-il, de me mêler ainsi à vos effusions. Je suis si curieux.

– Mais, répliqua Brice, vous n'êtes pas de trop, Excellence – il articula nettement le mot. Je suis aise de vous présenter le capitaine Hawkins. Il a bien voulu se rappeler son ami d'Autremont. Et voici le comte Giard ; vous vous souvenez, capitaine ?

– By Jove ! Je n'oublie pas la traversée que nous fîmes ensemble. Je vous ai reconnu tout de suite, poursuivit-il avec le plus grand sérieux en posant le bout de son pilon sur mon pied par manière de fine plaisanterie. Excellence, je suis votre humble serviteur. Me ferez-vous l'honneur de vous asseoir avec nous ?

Nous nous installâmes autour de la table. Don Gusman posait des questions avec une inlassable activité. Elles semblaient tout innocentes et n'avaient aucun rapport avec notre situation actuelle, ni même avec les latitudes entre lesquelles s'étaient accomplis nos exploits. À Tom il parlait de l'Angleterre ; à Brice, à moi, de la France, de Paris, surtout de Versailles, de la Cour. Il voulait tout savoir, il absorbait tout. Et je m'apercevais qu'il connaissait infiniment mieux que nous le sujet. Bon Dieu, où ce terrible petit bout d'homme voulait-il en venir ? Brice lui tenait tête avec une faconde, un jaillissement d'inventions qui me laissaient béant. À un moment, il ne put s'empêcher de s'exclamer :

– Sur ma foi, Excellence, un gentilhomme de l'Œil-de-Bœuf ne connaît pas mieux que vous le train et les dessous de Versailles !

– Ni le Gardien des Trois Ports les mystères du Conseil de la Couronne, by Jove ! s'écria Tom. Je dois retourner en Angleterre et refaire mon instruction.

À ces mots, j'eus l'impression que le masque impénétrable de don Gusman se détachait un instant. Son air rusé fit, pendant le temps d'un éclair, place à cette teinte de volupté bienheureuse, à cette ivresse bovine qui bouffit le visage d'un homme parvenu au sommet d'une orgueilleuse félicité. Puis il baissa les paupières, sourit de nouveau avec son urbanité affectée, mystérieuse. Il se tut pour un moment en portant à la bouche la pomme de sa canne, sans donner toutefois aucun signe de vouloir prochainement lever le siège.

Le temps passait. Le ronflement des bayous rythmant les danses face à la mer, s'était tu. Une guitare résonnait maintenant, on entendait les claquements des paumes scandant une vive musique castillane. Placide et finement sculpté, don Gusman souriait en suçotant le pommeau d'or.

Tom se mit à rire.

– Savez-vous, dit-il, j'ai retrouvé ici cette chère vieille dame… oui, de Galapas, qui nous a fait passer de si bons moments.

– Ah ! fit Brice, je serais heureux de la revoir. Pourrions-nous la rencontrer ?

– Elle serait contente, je crois, de venir vous visiter chez vous.

– Eh bien, capitaine, amenez-la demain ; nous lui offrirons une collation, elle nous racontera une de ces histoires des îles, que j'aime tant. Nous habitons sur l'Alameda del Mar, du côté de la lagune. Serez-vous des nôtres, Excellence ?

Habile, dangereuse manœuvre ! Mais non, don Gusman s'excusait. Encore une fois, dans une note sincèrement malheureuse perçant sous l'apprêt de sa voix, j'eus l'impression de sentir la vérité de l'homme. Quel homme au juste ? Je ne savais ; en tout cas, un être véritablement privé de ne pouvoir accepter cette invitation, une créature à laquelle la satisfaction d'une passion plus forte que tout préjugé était refusée.

Il ne nous lâcha pas avant que nous eussions quitté le « capitaine Hawkins », nous posant, aussitôt que Tom se fut éloigné, mille questions sur lui, sur la circonstance où il avait perdu sa jambe, sur la façon dont il remédiait à cette incommodité, sur la traversée que nous avions faite ensemble. Il revint sur la France, quêtant des détails infinis sur la manière dont on y vivait. Il nous accompagna jusqu'à notre porte, me demanda là comment allait doña Merques. Agacé à la fin, je lui répondis brusquement, d'ailleurs, je l'avoue, sans aucun à-propos, que je comptais l'épouser.

– Ah ! dit-il, tiens !... oui, oui, assurément. Cette jeune fille doit vous avoir beaucoup de reconnaissance. C'est naturel. Vous-même ne pouviez pas manquer d'être attaché par votre geste généreux. Sans compter qu'elle est charmante. Cela va très bien, très bien. C'est dans la logique, tout à fait dans la logique. Mon cher comte, je suis ravi, ravi vraiment.

Il en avait en effet tout à fait l'air.

– J'espère que je ne vous ai pas trop importuné, je suis si curieux ! Mille grâces, messieurs, votre serviteur.

Il nous salua fort bas, et nous montra son mince dos.

– Eh bien, le diable m'emporte !...

– Moi aussi, dit Brice. En tout cas nous lui avons bien

fait passer la mère Encarnacion sous le nez. Avec toutes ses questions, je doute que cette miniature d'hidalgo soit plus avancée maintenant.

– Voulait-il vérifier si nous étions vraiment français ?

– Laisse ta cervelle en repos. Attends le vent. Si l'on voulait faire une liste de questions on n'en finirait plus : savoir s'il se doute de quelque chose ? Savoir ce qu'il sait ? Savoir ce qu'il ne sait pas ? Savoir s'il nous cherchait à l'Alcazar ? ou s'il y était par hasard ? S'il voulait nous empêcher de parler à Tom ? Pourquoi..., etc., etc. Merci, je sors de répondre à des questions. Laisse venir, on verra bien.

Lorsque Tom arriva, accompagné de la « chère vieille dame », laquelle le suivait sans bonne grâce, il me sembla que le temps avait opéré un subit retour en arrière. Telle elle nous était apparue dans la chambre haute de son bodegon, à Galapas, telle elle restait aujourd'hui, énorme et répugnante.

– Je l'ai pêchée sous le porche de Sainte-Estelle ; nous l'avons tenue sous clef jusqu'à maintenant, nous annonça Tom. Voilà, je t'en fais cadeau, capitaine. À la vérité, j'aurais préféré l'envoyer boire un coup. Mais tu n'aurais pas été assez sage pour t'en réjouir comme il conviendrait. Somme toute, chacun est libre de faire les folies qui lui plaisent. Alors tant pis ! Seulement, je peux te dire d'avance qu'elle te roulera. Bon.

La señora prenait son aventure sur un ton à la fois larmoyant et plein de superbe. Tantôt elle dévidait un chapelet d'invocations hypocrites où, selon son habitude, elle faisait défiler tous les saints du paradis, et bien d'autres, tantôt elle invoquait de hautes relations, disait qu'elle se plaindrait à « Monsieur le Corregidor ». Brice la considérait froidement. Il alla jusqu'à la table où il avait posé un sac de cuir, l'ouvrit, le retourna. Un bruit de monnaie roulante coupa la parole à la vieille. Un tas d'or respectable brillait, se reflétant dans le bois luisant. Brice mit alors la main à sa ceinture d'où il tira cette belle lame que j'avais soupesée l'avant-veille. Montrant le tas et le couteau :

– Ceci ou cela, dit-il.

Le souffle court, la vieille gibasse contemplait les pièces. Ses cheveux croulaient sous la mantille hérissée d'un peigne brèche-dents. Des tressautements agitaient son double menton, des plaques de poudre s'écaillaient sur son cuir olivâtre qu'elle osait emplâtrer avec du rouge de la petite boîte.

– Écoutez bien, *mujer*, reprit Brice. Je ne veux pas savoir où est Mañuela, ni ce qu'elle fait. Je vous connais, je la connais : ça suffit. On va vous laisser partir. Quand vous reviendrez ici avec Mañuela, cet argent sera à vous. Si vous ne revenez pas... vous voyez là-bas cette orange ?

Sa main désignait par la fenêtre un fruit pendant en évidence contre le mur du patio, à cinquante pieds de nous. Brice fit un geste rapide. Suivirent un sifflement et un éclair. L'orange traversée se ficha avec le couteau dans la branche qui la supportait.

– Je n'ai rien d'autre à vous dire, sinon que ce tas d'or ne représente pas la cent millième partie de ce que Mañuela peut avoir si elle le veut. Michault, mets la señora dehors.

– Pas mal, oui, fit Tom. C'est comme ça qu'il faut parler aux femmes. Seulement la solution est un peu simple et cette macquarelle n'affectionne pas les situations nettes, je le crains.

– Tu es trop bavard, Tom. Merci quand même, tu m'as rendu un fier service. Par exemple, nous voudrions bien savoir pourquoi tu as fait tant de mystère avec ce billet.

– Oui, dis-je, Frémin ne m'a même pas parlé l'autre soir.

Tom se gratta la tête.

– By Jove ! je suis peut-être un imbécile, mais je ne me sens pas à mon aise dans ce pasclin, figurez-vous. C'est pour ça. Au début tout a très bien marché. Nous avons sabordé la pirogue en la renvoyant, sous voiles, le gouvernail bloqué, un peu au large où elle est parfaitement enfoncée. Après avoir marché près de la demi-journée, nous sommes arrivés ici. On s'est installés dans une auberge confortable et pendant quelques jours on a mené la vieille vie joyeuse, histoire de se rattraper des moments maigres de la caye.

– Autrement dit, vous n'avez pas dessoûlé de huit jours, espèces de…

– Eh bien, il y a un peu de ça, oui.

– Et comme vous étiez trop pleins pour avoir le courage d'aller changer vos pierres contre de la monnaie, vous avez montré vos diamants.

– Là, dit Tom avec dignité, ta perspicacité est en défaut, oui. Nous n'avons payé qu'avec deux émeraudes et un rubis.

– Bougre de piautre ! Tu crois que ça vaut mieux. Comme ça paraît vraisemblable que des rouletabosses de rien du tout aient des émeraudes et des rubis dans leurs sacs. Hein !

– Que celui qui n'a jamais bu, déclara Tom, encore plus digne, nous jette la première bouteille. Et puis, tu comprends, capitaine, nous on n'est pas des comtes ni des marquis ; quand on a de quoi, faut que ça roule. Le seul moyen de faire rouler les patards, pour nous, c'est la bouteille et les filles. Bon. Ça a marché comme ça pendant quelque temps, puis on s'est mis à voir des drôles de figures autour de nous. Le jour où le grand Georges est parti pour aller à sa damnée vieille hacienda qu'il avait fini par réussir à acheter quelque part dans l'ouest, on pleurait un peu tous des larmes de rhum, si tu comprends ce que je veux dire. Il y a un de ces macarons[1] qui essayait de nous tirer des vers du

1. Espions.

nez en ayant l'air de jouer au trente-et-quarante avec Frémin Cotard et moi. Il nous a même laissé entendre qu'il pourrait bien être un Frère de la côte. Oui. Naturellement j'ai mis en panne. J'ai fait l'idiot. Je lui ai demandé ce que c'était que ce métier, si ça rapportait gros. Mais enfin, tu comprends, il ne lâchait pas le mot sans raison. Bon, personne ne s'est coupé, je n'ai pas revu mon bonhomme, seulement depuis il y a toujours des barques dans notre sillage où qu'on aille, quoi qu'on fasse. Et je te dis que si les vigies n'ont pas l'air de s'occuper de nous, elles n'ont pas pourtant les yeux dans leurs poches. C'est pour ça qu'on s'est tenus à l'écart et on a combiné toutes ces manigances à seule fin de ne pas vous donner nos poux. Nous, ils ne nous gênent pas, pour ce qu'on fait. Seulement avec le coup de la mère Encarnacion, j'ai bien peur...

– Tant pis, mon gars, tant pis, dit Brice, ces gens-là j'aime autant les voir de près que de loin.

Tom reconnut que c'était une opinion. Pour sa part, il aurait préféré, avoua-t-il, les voir de beaucoup plus loin. Par exemple du pont d'un bon navire nous menant à la caye et de là vers Savannah ou en Europe.

– À votre aise, répondit notre capitaine, c'est votre affaire ? Allez-y, moi je ne suis pas pressé.

Brice parti, j'expliquai à Tom la situation. Nous épiloguâmes longtemps, sans trouver de solution, sinon d'attendre en veillant au grain. Brice avait besoin de nous ; nous lui devions assez pour lui donner du temps et des secours.

Il y eut d'ailleurs du nouveau très vite. Le lendemain même, la mère Encarnacion revint au palais, mais seule. Mañuela, dit-elle, avait peur de nous ; elle se souvenait de ce que nous lui avions fait subir. Si le seigneur Brice Coquelle voulait bien lui donner un témoignage de sa bonne volonté, alors elle verrait.

Moi, je voyais aussi. Je voyais au visage de Brice se

peindre l'hésitation, le désir obstiné, l'envie de céder lâchement pour arriver plus vite à l'instant attendu. Il balançait entre la crainte de perdre ses avantages et la terreur de ne pas convaincre Mañuela. La lâcheté de l'amour sans frein montait en lui. Il en avait conscience. Ma présence le gênait, je le sentais bien, mais je ne voulais pas m'en aller, espérant par cette contrainte l'aider à se vaincre et à vaincre ces astucieuses femelles. Ma résistance ne servit qu'à l'irriter. Il me regarda furieusement.

– Très bien, dit-il, venez avec moi, señora. On verra si je suis capable de faire ma volonté.

Il l'emmena dans sa chambre. Je ne sais ce qu'ils tramèrent, cependant il est probable qu'il donna à la vieille un diamant pour Mañuela. De là vinrent tous nos malheurs.

Sans connaître alors ce détail, j'étais assez alarmé pour prévenir Michault, et avec lui surveiller notre ami, discrètement. Ce jour, après le départ de la señora Encarnacion, il ne se passa rien. Brice avait l'air fébrile. Il accepta de venir avec Soledad courir les bois du nord à cheval. Pendant ce temps, j'étais tranquille. Le soir, il alla jouer à l'Alcazar, suivi à distance par Michault.

Moi aussi, j'étais amoureux ; Soledad occupait mon cœur non moins que Brice. Le lendemain, je me trouvais aux pieds de ma bien-aimée dans le cabinet de marbre, ses bras autour de mon cou, en train d'oublier les intrigues du monde, lorsque dans le jardin Michault siffla « tout le monde en haut ». Brice venait de sortir. Le brave Michault, qui ne montait pas à cheval, m'en tenait un tout prêt, et c'était à moi de donner chasse.

– Il est parti par l'Alameda, vers Sainte-Estelle.

Bientôt je l'aperçus, monté sur le plus beau de nos barbes, une puissante bête noire, empanachée de crins. Lui-même était magnifique, avec je ne sais quelle nuance négligemment somptueuse. Il portait un boléro de soie d'or, un haut-de-chausse bouffant à la manière espagnole, pris au genou dans la botte collante en daim blanc, à éperons dorés. Ses cheveux libérés du catogan tombaient librement sur ses épaules. Sa main gantée de cuir tenait sur la hanche un *sombrero*, comme disent les planteurs, à plume neigeuse. Impossible de douter qu'il allât à un rendez-vous.

L'un derrière l'autre, à bonne distance, nous descendîmes le premier tronçon de l'Alameda bourdonnant de clameurs. Les marchands criaient l'*Agua fresca*, et les verres : *Ojos de adulescentes*, les pastèques, la poterie. Par la place Sainte-Estelle – la place de la cathédrale – nous gagnâmes la partie de l'avenue conduisant aux Jardins sobre el mar. Il était cinq heures. La lumière dépouillait son éclat cruel d'après midi, comme une amazone abandonne ses traits. Tendre et nue, veloutée, d'une cendre impalpable, elle se prêtait aux caresses des yeux.

Des équipages de planteurs descendaient les vastes allées. Des *caballeros* laissaient danser leurs chevaux aux côtés de voitures basses traînant des femmes indolentes étendues dans le flot de leurs mousselines. Des capitaines marins coudoyaient avec mépris les indigènes à la taille gracieuse. Des mules parées comme des châsses portaient des fraïles mondains. Des filles en manteaux dévisageaient chacun, de leurs yeux noirs et lorsque, en riant, elles tournaient sur leurs talons, leurs larges jupes découvraient les chevilles dans des bas blancs à jour.

Un air à la fois nonchalant et vif, frais et languide agitait le sable soulevé par les roues que le soleil dorait.

Suivant toujours Brice de loin, je cueillais les détails de cette universelle richesse : le mouvement d'une main abandonnée à la fraîcheur de la course, un bras ployé hors des blancheurs, l'éclat d'une bouche, l'éclair d'un œil sombre… À ce carrefour du monde occidental, battait une pulsation chaude, troublante. Des fleurs tombaient en tournoyant, lourdes de leur parfum, et laissaient dans l'air des remous grisants. L'haleine de la mer, qui écumait derrière les balustres plus blancs sur ses verts diaprés, portait de bouche en bouche un frisson voluptueux.

Les corps épanouis, la palpitation des volants et des dentelles autour de ces fruits de chair, les roues éblouissantes, les craquements des cuirs, la noblesse sculpturale et gracile des pur-sang levant haut leurs pattes, ces cavaliers aux couleurs vives, les sons des gourmettes heurtant les rapières, les mules avec leurs caparaçons historiés, le glorieux élan des troncs soutenant les panaches de verdure et de fleurs, les céramiques multicolores, la translucidité des marbres, la hardiesse des colonnades, enfin cette perspective sur les plus belles eaux : tout n'était qu'enivrement, luxe de la vie, beauté du monde. Des galions qu'on voyait replier leurs antennes pour entrer au port, élevaient au-dessus du flot les promesses de leurs cargaisons : pactole de Cumaña.

Dans une allée parallèle, je ne quittais pas des yeux Brice qui retenait son cheval. Nerveux, il fatiguait la bouche écumante de sa monture.

Le coup de canon annonçant qu'on allait tendre les chaînes du port ricocha sur les vagues. À Sainte-Estelle, le bourdon entama l'angélus. Des sons plus grêles lui répondirent. S'éveillant l'une l'autre comme les chiens dans la campagne, toutes les cloches entrèrent dans le concert qui saluait la nuit.

Déjà un doigt invisible montait la gamme des lumières qui s'allumaient l'une après l'autre sous les arcades. Mais avant que l'obscurité se fût apesantie, j'avais vu Mañuela descendre l'Alameda del Mar dans une voiture couleur d'aventurine, tirée par quatre genets blancs. Une longue mousseline flottait derrière elle. Ses cheveux luisaient autour d'un bonnet violet. Et ses yeux… la fleur orangée de sa bouche… cette épaule nonchalante !… Oh ! Dieu, qu'elle était belle !

Brice la regardait venir, droit sur son cheval pointant. Tout s'était englouti pour lui. Il n'y avait plus que cette voiture portée par la nuit, cette femme indolente et superbe qui passa sans daigner le voir.

IV

Séductions et trahisons

Je me rappelle ces vers du *Blason des Fausses Amours* :

Se ung cocardeau
Qui soit nouviau
Tombe en leurs mains
C'est un oyseau
Pris au gluau
Ne plus ne moins.

C'est bien ici le lieu de le mettre, ce blason des femmes menteuses. Brice n'avait rien d'un cocardeau, c'est-à-dire d'un jeune coq. Il avait dépassé la trentaine et acquis une dure, une amère expérience. Elle ne lui servait de rien. Devant l'éternelle puissance de la femme armée de ses artifices, devant la dévorante avidité de son propre rêve, il était comme un enfant. Par l'entremise de la vieille Encarnacion, Mañuela lui imposait sa volonté. Ayant accepté un rendez-vous, elle avait passé devant lui sans vouloir seulement lui accorder un regard, pourtant je soupçonnais fort son équipage et la parure magnifique qu'elle portait, d'être sortis du conciliabule avec la mère dans la chambre de Brice.

Ce n'était qu'un commencement. La señora revint ; la séance dut être orageuse. Je n'y assistai pas ; j'avais renoncé, me bornant à veiller de loin sur mon ami. Que lui dit-elle ? Je l'ignore : certainement des mensonges, ou plutôt des vérités momentanées, car la vérité immuable, celle dont nous essayons de nous nourrir, n'existait pas pour cette créature excessivement imaginative ; elle l'inventait à chaque instant et la modifiait aussitôt qu'elle cessait de servir son égoïsme. Fait curieux, l'objet de cet égoïsme, ce n'était pas tant elle-même que Mañuela. Cette femme pleurnicharde, basse, confite en superstitions, consacrait à sa fille toutes les ressources de sa duplicité. Elle, qui craignait les coups, se risquait à en recevoir pour servir la fortune de Mañuela. Tout ce qui pouvait servir à l'ascension de sa fille, elle l'entreprenait, en tremblant, mais elle l'entreprenait. Je ne puis dire si la señora Encarnacion aimait Mañuela au point d'oublier, en mère affectionnée, le plus intime de ses instincts peureux, ou si, retrouvant dans sa fille, à un degré plus parfait encore, la capacité de séduire qu'elle avait eue jadis elle-même, elle s'acharnait à sa réussite par un instinctif besoin de réaliser en cette autre Encarnacion le destin échappé à sa propre ambition.

Sur l'ordre de Brice, Michault avait vendu des pierres. La vieille dut encore partir de chez nous bien lestée. Je la fis suivre. Michault revint en disant qu'elle et sa fille habitaient depuis un certain temps une maison honnête derrière Sainte-Estelle. Évidemment !

Quelques jours passèrent, j'en consacrai la plus grande partie à Soledad. Mon avenir était auprès d'elle ; chaque journée écoulée me séparait un peu plus de mon passé aventureux. Avec les avantages et les facilités de la fortune, je rentrais dans un monde dont l'hostilité ancienne se changeait maintenant en sourires.

Décidé à épouser Soledad, mais ne voulant pas le faire

sous un nom d'emprunt, j'étais obligé d'attendre que Brice se décidât à quitter Cumaña ou à dissoudre définitivement notre association. Des liens ténus nous rattachaient encore les uns aux autres ; il fallait laisser aux événements le soin de les rompre, ou de les resserrer : éventualité peu probable.

Chaque jour, Soledad et moi nous passions de longues heures dans le salon de marbre, ou bien, avec les lévriers et les esclaves, nous allions courir les lièvres sur les plateaux du nord. Soledad avait peu de goût pour la chasse, mais elle aimait l'ivresse de la galopade ailée ; et moi, avec nos barbes et nos genets, je retrouvais, devenu un plaisir, ce qui avait été le labeur quotidien de ma jeunesse dans les écuries de maître Laribois. Je ne pensais pas alors quand, amenant les chevaux à la Triousonne, je caracolais à cru sur nos demi-sang limousins en leur faisant sauter les barrières, qu'un jour, le faucon au poing, à mon côté une princesse étrangère, je mènerais ma meute, debout sur une selle en cuir de Damas cloutée d'argent, une monture de roi volant entre mes bottes. Ces splendeurs ne me grisaient point, mais j'avais assez longtemps mâché le fruit amer de la vie pour goûter totalement sa nouvelle saveur.

Souvent, après la sieste, nous allions aux Jardins sobre el mar jouir de cette ambiance incomparable. Un soir nous y aperçûmes don Gusman. Le secrétaire du vice-roi n'était plus là l'espèce de rat de cabinet qui nous avait reçus dans son nid si bien caché, ni le vieillard sans façons – et même sans gêne – de l'Alcazar. Sa voiture, une espèce de calèche aux armes de la couronne, voguait comme une somptueuse galère dans un flot de courtisans à cheval entourant le puissant personnage, le saluant, riant à ses saillies. Des voitures de femmes – ces basses balancelles d'osier – faisaient autour de la calèche une écumeuse bordure de mousselines et de linons. Tout cela bougeait, agité de mouvements intérieurs inclus dans le lent mouvement de la promenade.

Le cortège avançait à notre rencontre. On ne pouvait feindre de ne pas le voir. Je saluai donc le secrétaire. Il me fit un signe de la main ; la calèche s'arrêta, immobilisant toute la cavalcade. Don Gusman descendit, vint à nous. Je sautai à terre.

– Mon cher comte, me dit-il, c'est aux caballeros à aller saluer les dames, je viens donc offrir mes hommages à doña Merques ; excusez-moi je vous prie de troubler votre tendre tête-à-tête. Madame, le plus humble de vos esclaves.

Il se mit à nous débiter de ses compliments affectés au bout desquels venait toujours quelque question. Il souriait, scintillant des yeux, des dents, de sa Toison d'or, de ses bagues, plus poli encore si possible avec une femme qu'avec nous. Soledad répondait gracieusement. Je la sentais tellement à son aise et tout dans ce décor, cette compagnie, paraissait d'un si bon aloi que, perdant peu à peu ma défiance, je me laissai aller à trouver sympathique ce petit bonhomme propre, exotique et indiscret. Il avait l'air de vouloir, à force de bonne grâce, se faire pardonner une passion de tout savoir, plus forte que lui. Il appela quelques-uns des gentilshommes qui n'osaient s'avancer.

– Voici don Esteban Helecho, qui fut compagnon de votre père, dit-il à Soledad, et don Latigo, qui connaissait bien votre frère à ce que l'on m'a dit. Je vois là-bas doña Lenguaraz qui meurt d'envie de connaître votre charmante personne. Prenez garde, madame, elle passe pour être amoureuse de votre esclave et risque de vous défigurer, par jalousie ! nous lui présenterons le comte, ce qui la rassurera, j'espère.

Nous nous trouvâmes engloutis par les courtisans, incorporés dans le cortège. Don Gusman avait fait ranger sa voiture contre celle de Soledad. Il demandait des détails minutieux sur le naufrage de la *Portuguesa.* J'avais peur que Soledad, emportée par la vérité, ne prononçât quelque parole dangereuse, mais le vieillard ne semblait s'intéresser qu'aux impressions de ma compagne ; il se les faisait narrer par le menu. Cette dramatique histoire nous valait la sympathie des auditeurs.

– Mon cher comte, me dit don Gusman lorsque la calèche s'arrêta à la grille dorée, pour rentrer dans la cour de la vice-royauté, faites-moi la grâce de venir à l'Alcazar demain soir.

Il baissa la voix, m'adressa une sorte de clin d'œil et me susurra à l'oreille, comme s'il m'annonçait un événement formidable :

– Il y aura, paraît-il, quelque chose d'inédit à voir.

Il se frotta les mains d'un air d'intense jubilation intérieure en nous saluant avec courtoisie.

Peu m'importait, je l'avoue, la « chose inédite à voir » à l'Alcazar. Cependant, autant par politique que par politesse, il fallut se rendre à cette invitation. Elle s'était renouvelée sous la forme d'un billet adressé à Brice et moi de la main du secrétaire. Il nous indiquait la salle, le *palco*[1] où il nous attendrait. La salle en question ressemblait à un de nos théâtres d'Europe, mais sans plafond ; une seule rangée de loggias encadrées de colonnettes torses supportant un dais orné de pampilles, en faisait le tour ; des fauteuils groupés autour de tables volantes occupaient le sol dallé en pente douce ; le fond de la scène, qui ne comprenait pas de décor, était fermé par une immense coquille marine en stuc.

Nous trouvâmes don Gusman dans une de ces loggias, toute proche de la scène. Il nous remercia d'être venus et nous fit parler des théâtres de France. Étaient-ils ainsi faits ? Il fallut décrire, raconter. Ici on ne jouait pas de pièces ; non, rien que des danseurs, des chanteurs ou des musiciens. Chez nous les gentilshommes se tenaient sur la scène ! Comme

1. Ce que nous appelons une loge.

c'était curieux. Mais chut! la musique préludait. On allait voir du nouveau.

– Du nouveau, messieurs! répéta-t-il en carrant sa petite personne sur son siège.

Les caballeros qui l'entouraient avec nous se turent, un silence général se fit au milieu duquel monta, de plus en plus fort, un air bien scandé. Une femme bondit en scène, accompagnée sur la grande coquille blanche par son ombre très noire : Mañuela!

Elle n'était point nue cette fois, au contraire. Une grande robe, collante au corsage, s'évasait en cloche et traînait derrière elle. Une mantille volait autour de son visage. Mais ses talons martelaient le même pas dont ils avaient, à Galapas, tambouriné le rythme démoniaque sur notre cœur. Elle dansa avec sa vipérine souplesse, traçant de ses bras, des ondulations de sa robe, des ondoiements de son corps, de brûlantes arabesques qui allaient à la rencontre du désir, le provoquaient, le trompaient dans ses propres enlacements. Elle évoqua en rythmes nobles et mesurés des figures de pureté, de grâce : les vieux mensonges dont elle nous avait leurrés. Elle incarna des villageoises ballant au son d'une guitare monotone et naïve. Elle prit aux nègres marrons leurs danses voluptueusement lentes, aux Maures leurs girations. Parfois elle s'arrêtait et chantait. Sa voix ruisselait sur tous ces gens réunis, comme elle avait autrefois répandu sur nous ses mirages, son foisonnement de rêves. Brice n'avait pas bougé. Son visage mat était seulement un peu plus pâle. J'avais le cœur lourd.

– Grandement magnifique, messieurs! s'écriait don Gusman. Quand je vous le disais : du nouveau! Magnifique! Il nous faut voir de plus près cette divine. Elle doit avoir beaucoup de choses à raconter. Venez-vous, mon cher comte, et vous, monsieur d'Autremont?

C'est ainsi que Mañuela rentra dans notre existence et

devint pour Brice une réalité proche, saisissable, différente de ses précédentes incarnations. Ce n'était plus la femme-enfant qu'il avait délivrée à Galapas, ni la créature perverse et mortelle dont les maléfices avaient tué deux des nôtres. Une femme puissante dans sa grâce, capable de faire frémir, pleurer, rire, crier les foules, de traiter avec une coquetterie au fond dédaigneuse un grand d'Espagne – un petit grand d'Espagne – sortait de la chrysalide où Brice, dans son cœur, avait dû mûrir cette métamorphose.

Elle le dominait sans effort. Moi-même, je dois le dire, je subissais son pouvoir, et don Gusman, et tout le monde, même les dames, qui se la disputèrent dès que sa renommée se répandit dans la ville. Elle nous méprisait tous : telle était la source d'une partie de sa force; le reste venait de ce qu'elle nous était supérieure. Dans son corps, dans ce visage rayonnant, résidait une puissance élémentaire semblable à celle du vent, des volcans, aux violences souterraines de la vie. Au milieu de nous, occupés à notre modeste cheminement d'horizon à horizon, elle venait parmi des lueurs d'orage assurer la domination sauvage, la froide et solennelle férocité de la nature.

Vis-à-vis de Brice, son attitude ne différait guère de ce qu'elle avait été à Galapas : elle l'accueillait comme les autres – comme don Esteban Helecho qui la courtisait de près –, avec parfois peut-être un peu plus de laisser-aller, je ne sais quoi de sous-entendu, comme s'il existait entre eux une fatalité conférant à Brice tout espoir et lui ôtant à elle toute velléité d'y résister.

– Mon cher, disait don Gusman, si cette belle ne semblait irrémédiablement inhumaine, je croirais que vous êtes de nous tous le plus avancé dans ses bonnes grâces. Ah! ces Français... Dites-moi, je voudrais bien savoir...

Il se lançait dans de questionneuses confidences.

Jours lents et lourds, jours incomplets. Quelque chose

d'inachevé pesait sur leur écoulement. Rien ne se nouait. Projets, espoirs demeuraient en suspens accrochés à des coins de ténèbres. Nous nous énervions. Je commençais à étouffer dans ce palais où il fallait vivre comme dans une maison de verre, en dissimulant les secrets dont notre vie dépendait. Même la splendeur de cette ville me devenait pénible. J'aurais volontiers abandonné ce qui me restait à prendre du trésor, pour me trouver avec Soledad sur un bon navire faisant voile vers des lieux plus sûrs.

Un matin, Frémin m'annonça qu'il avait vu Gomez, notre majordome, se glisser la nuit chez la mère Encarnacion. Quelques jours plus tard, don Gusman me demanda, de son air aimable devenu maintenant tout intime, si nous aimerions assister à une exécution. Je déclinai cette offre en remerciant.

– Quel dommage ! Quel dommage !... Ce sera une chose si curieuse à voir. C'est un pirate dont je vous ai peut-être parlé : un Anglais nommé Ballater. Maintenant qu'il est remis des... heu... des suites de la Question, on le garrotte demain. J'irai, j'irai. Non, ne me croyez pas cruel... chaque fois que j'assiste à une exécution j'en suis malade. Mais c'est une chose si puissante à voir, vous comprenez, à connaître. Vous pouvez penser qu'une chose comme celle-là se passera près de vous, et n'éprouver pas l'obligation d'y être ? Comment faites-vous, dites-moi, mon cher comte, expliquez-moi...

Toujours cette inlassable curiosité, toujours vouloir tout savoir, accumuler tous les secrets, comme ces insectes roulant sous eux la boule d'immondices qu'ils arrondissent sans cesser de la dévorer. Je versai dans cette oreille sans fond une vague obole de mon intime mystère, et las, excédé, je me risquai à aller faire un tour du côté de nos vieux camarades.

Logés chez un hôte dans la calle de Villard, une rue de la basse-ville, ils y vivaient comme des princes avec des goûts de ruffians. Le vin, le jeu usaient leurs jours ; ils tenaient table ouverte, échangeaient leurs maîtresses et, parfois, le soir, descendaient contempler d'un œil nostalgique les vaisseaux qui appareillaient dans la rade. Ces hommes simples ne trouvaient point dans leur trop facile existence le bonheur qu'ils en avaient espéré. Ils s'efforçaient de noyer leur déception dans la débauche. Georges Nightingale était plus heureux ; de son hacienda, il nous avait fait parvenir un billet où se trouvaient énumérés ses bœufs, ses chevaux, ses acres de prairies, ses sillons de maïs. Il paraissait pleinement satisfait et nous indiquait le chemin pour l'aller voir, disant qu'il ne manquait que ça à la perfection de son bonheur. Voilà : il y avait toujours eu en lui l'étoffe d'un gentilhomme campagnard. La vie est comme ça : elle prend les gens et en fait ce qu'elle veut ; à vous de vous remuer, si vous pouvez, pour découvrir votre vrai personnage. Ni Tom ni Will Whale ni aucune de ces âmes n'avait compris le sien.

Je les trouvai occupés à jouer avec deux officiers anglais. Will portait un superbe justaucorps de velours amarante, froissé. Une fille belle et défaite dormait assise sur l'unique genou de Tom. Une odeur d'alcool flottait. Sur la table où volaient les cartes, la cire des flambeaux brûlés ras pendait en grappes jaunes aux bobèches. Parfois, un coup de poing marquant une levée, ou bien une chaise repoussée violemment, faisait rouler un flacon vide. Tous paraissaient assez notablement excités.

Je me montrai à Tom qui se leva, laissant choir la belle endormie, et m'entraîna dans une cour derrière la maison.

– Eh bien, qu'y a-t-il ?… Attends.

Il fut à un bassin où il mit sa tête sous un fil d'eau.

– Voilà, je t'écoute, Antoine, dit-il en s'ébrouant.

Je lui racontai ce que je savais à propos de Gomez, de Ballater.

– Où en est le capitaine avec sa donzelle ?

Que pouvais-je répondre !

– Enfin, va-t-on partir ?

Je haussai les épaules.

– Je voudrais que vous vous occupiez un peu de Mañuela et surtout de la mère Encarnacion. Je la soupçonne de ne pas se contenter de l'argent donné par Brice. Michault surveille Gomez, mais il ne peut pas tout voir.

– Entendu, dit Tom. Seulement, écoute : nous attendons encore quinze jours. Si Brice ne veut pas partir, alors nous te nommons capitaine.

– Allons donc, mon gars, moi capitaine ! Tu rêves !

– Bon. Si tu ne veux pas, nous partirons chacun de notre côté. Au diable ce trésor, cette caye, cette ville, ces macarons et ce pasclin !... Qu'est-ce qui advient ?...

On entendait du vacarme dans la maison. Nos amis firent irruption dans la cour avec les officiers, en se bousculant assez rudement. Des cris de « Voleur », de « Tricheur » s'échangeaient avec des coups. Un poing appliqué sans douceur au menton fit chanceler Frémin Cotard. Il tira sa flamberge. Je voulus m'interposer.

– Oh ! laisse, dit Tom. Ils n'y tiennent plus, il faut qu'ils s'amusent.

Frémin que j'attrapai quand même par le bras, m'envoya promener. Évidemment ivre, il arborait un air de dignité offensée.

– Il ne convient pas, non, il ne convient pas, clamait-il, qu'un godam[1] touche un gentilhomme. Je tuerai celui-là, fit-il en pointant son épée dans le vide, entre les deux officiers.

Ce qui prouvait qu'il en voyait au moins trois.

L'un des Anglais avait laissé son arme dans la maison ; l'autre dégaina, portant à Frémin un coup qui lui érafla le bras gauche. Notre ami tomba en garde, para maladroite-

1. Un Anglais, par allusion au juron anglais : God damn.

ment quelques pointes. Il rompit, le temps de se passer la main sur le visage. Lorsqu'il revint en ligne, la contraction de ses mâchoires montrait que l'ivresse du duel dissipait en lui celle du vin. Il attaqua. Quelques coups portèrent ; le sang coulait. À son tour, l'Anglais rompit. Frémin en profita pour arracher sa chemise et s'enferma dans une série de parades liées. Soudain, il s'offrit, le torse nu, cambré, découvert. Son adversaire se fendit à fond… et ne trouva plus rien devant lui.

– Laisse-le, criai-je à Frémin.

Ses narines palpitantes, l'éclair de son œil répondaient assez qu'il ne m'écouterait pas.

Il pointa, fit un appel plutôt mou qui trouva le fer adverse à la parade. Sa main tournoya, partit en un dégagement foudroyant. L'Anglais fit quelques pas et tomba, la lame blanche de l'épée à la place de son âme. Nous n'avions entendu qu'un soupir. La garde dorée, en forme de croix, étincelait au-dessus du mort.

Remontant son haut-de-chausse, Frémin absorbait une grande goulée d'air. Il s'étira d'un air voluptueux, en éparpillant des gouttes de son sang.

– Ah ! dit-il, ça fait du bien !

Il n'était pas certain que M. le Corregidor fût de cet avis. J'ordonnai donc une retraite immédiate. Tandis que l'Anglais indemne s'époumonait à hurler à la garde, j'emmenai en hâte Tom, Will, Frémin et les autres à notre demeure. Le mieux à faire, jugeâmes-nous, était de les envoyer en sécurité chez le grand Georges. Michault leur eut rapidement procuré des costumes de métis. Moins de deux heures après le duel, je les accompagnai ainsi déguisés jusqu'à la sortie de la ville.

Sur les plateaux déserts je m'arrêtai et suivis longtemps des yeux la petite troupe s'enfonçant dans la savane.

Un char grinça sous le talus où j'avais fait grimper mon cheval. Un garçon couché sur la charge de maïs y lutinait une fille noiraude dont le rire se perdit derrière les murs. Des *peones* encadrant un troupeau de bœufs passèrent, poussant le galop lourd des bêtes vers l'est. Je m'en retournais lentement, absorbé dans mes pensées, lorsqu'un martellement me fit lever la tête et me garer : un petit peloton de dragons jaunes débouchait de la ruelle. Il s'arrêta, indécis. L'officier qui commandait me héla.

– Señor, n'avez-vous pas vu passer par ici cinq ou six métis à cheval ?

Je ne pus me retenir de sursauter. Mais d'un air indifférent :

– Si fait, *señor lugarteniente*.

Montrant l'est où se dessinait encore très loin, parmi les hautes herbes, le sillage des peones :

– Ce doit être ceux qu'on aperçoit là-bas.

– *Muchas gracias*, cria le lieutenant. Au galop vous autres.

V

De bouche à oreille

J'avais l'impression de lutter dans la ténèbre d'un cauchemar contre des monstres de nuages. J'éprouvais ce sentiment horrible qui vous éveille, en sueur, lorsque dans le drame d'un songe vous ouvrez la bouche pour crier, sans pouvoir faire sortir même le bruit d'un soupir. Vos jambes qui voudraient voler sont rivées à la terre. Ligoté par l'inertie de votre chair, vous attendez dans une révolte de toute votre âme le coup fatal. C'est ainsi que nous étions accablés chacun par le poids de notre boulet : Brice par l'amour, moi par l'amitié. Ces sentiments nous enlevaient toute prise sur la réalité d'un monde qui se possède par les sentiments, mais ne se domine que par les actes. Je pensais au vieux forban, le réaliste et rusé vieux Flint au bonnet de soie noire, qui nous avait méprisés. Sans doute avait-il raison.

Nous étions en outre esclaves de notre richesse. La richesse est inexorable. Elle veut tout de l'homme qui cède à son ensorcellement. À sa vérité à lui elle substitue ses lois impérieuses. Autrefois, sur l'aride mer, champ hasardeux, une réalité dirigeait nos peines : vivre et manger. Libérés de cet esclavage, nous nous trouvions emprisonnés par le train que nos richesses nous avaient donné. Il fallait feindre, toujours feindre, comme en un cauchemar et attendre, inertes dans notre maison de verre percée de mille regards, le coup qui pouvait tomber à tout instant.

Eh bien, non ! J'avais perdu Marion, je ne perdrais pas Soledad ! Le magnifique amour que j'avais ramené de ma vie périlleuse devait vivre pour racheter tant de vains labeurs, la patience et les forces brûlées dans ce qui avait été l'enfer de mon cœur.

D'abord, afin de parer aux traîtrises de l'avenir, il fallait faire exactement le point de notre situation. Le danger semblait procéder directement de Gomez. Comment celui-ci pouvait-il être en rapports à la fois avec don Gusman et avec la vieille Encarnacion ? Voilà premièrement ce que je devais savoir.

Michault avait eu raison de dire que la señora Encarnacion habitait une maison honnête. Accolée à la cathédrale, dans un pâté de bâtisses qui avait l'air de donner assaut à l'église, à l'abri de sa grande ombre elle évoquait l'idée d'une maison de chanoine. Un porche muni d'une grille qui n'était pas fermée, une cour intérieure avec quelques fleurs entre des bordures de buis et, au milieu, la fontaine, en constituaient les principaux attraits.

Dans une chambre ouverte sur la cour, je trouvai la vieille, son éternel cigare à la bouche, un chat sur les genoux. Elle se tirait les cartes. Chose surprenante, les cartes s'étalaient sur une table et la señora sur une chaise, non point par terre selon son habitude. De plus, elle était assez correctement vêtue. Je cherchai vainement autour d'elle une bouteille de tafia ou de rhum ; on en respirait seulement un léger arôme mêlé à celui du tabac et combattu par le parfum des fleurs. À part le cigare, la mère de Mañuela eût pu passer pour une vieille dame pittoresque. En cinquante jours, elle avait changé plus que de notre départ de Galapas à notre arrivée à Cumaña, c'est-à-dire en quinze mois.

Elle m'accueillit avec son habituelle faconde, prenant aussitôt prétexte de ma visite pour tirer d'une armoire plateau, flacons et verres. Nous bûmes ensemble, en croquant des poulpes grillés, et en parlant des succès de Mañuela.

– Tout le monde se la dispute, ma Mañuelita. Ah ! señor, je suis fière d'elle !

– Vous avez raison, madame. Vous nous disiez, il y a un certain temps, qu'elle était la plus belle fille de Galapas. Galapas n'a rien de comparable à l'île de Cumaña, et l'on peut dire maintenant que Mañuela est la meilleure danseuse de la vice-royauté.

– C'est vrai, mon bon seigneur, par la Virgen !...

– Oui, oui, interrompis-je.

J'ajoutai d'un air distrait en croquant un poulpe :

– Je me demande ce qu'il adviendrait de cette belle réputation si don Esteban ou doña Lenguaraz, par exemple, apprenaient des choses qui se passaient, il y a une quinzaine de mois, dans un bodegon de Galapas.

– Oh Votre Seigneurie sait – encore *un poquito* de ce Madère, si, si –, Votre Seigneurie sait que chacun a des souvenirs. Moi j'en ai sur des gens dont le vrai nom ferait du bruit, Sainte Mère de Dieu ! si je le disais aussi à ce don ou à cette doña.

– Assurément, señora, je ne doute pas que vous ayez une excellente mémoire. Ce n'est pas comme la mienne – je veux dire celle de mes amis et la mienne. Depuis quelque temps, figurez-vous, il y a des choses que nous oublions, mais alors complètement. Elles nous reviennent seulement si un danger nous menace.

– C'est que vous buvez trop, Santa Madre ! dit-elle fort gravement en se versant encore du vin. Le rhum fait perdre la mémoire.

– Cependant nous ne l'avons pas perdue au point de ne pas garder des soirées de l'Alcazar le meilleur souvenir en quittant Cumaña. Je crois que Brice aurait préféré emporter Mañuela elle-même plutôt que son souvenir ; mais nos affaires nous pressent de partir. C'est dommage : en Angleterre, ou en France, à Paris, jusqu'à quelle hauteur votre fille ne se serait-elle pas élevée ! Elle aurait eu la richesse par Brice, la gloire par son propre talent, et pour l'admirer les plus grands rois de la terre. Savez-vous, señora, que Brice est considérablement riche ?

– Oh ! Seigneur, ma Mañuela n'a pas besoin d'argent. Nous pourrions en avoir beaucoup, habiter des palais. Pour quoi faire, l'argent, Virgen ! Cette petite maison nous suffit.

Vieille pecque ! Pas besoin d'argent. Et tout celui que Brice donnait alors, où passait-il ?...

Mais oui, en vérité, où passait-il ? J'étais sûr que Brice leur avait remis au moins dix mille doublons d'Espagne. Or, à part l'équipage et les toilettes de Mañuela, aucune trace n'en paraissait dans la vie des deux femmes. Pourtant elles n'étaient point créatures à faire des économies ! La preuve : le premier diamant, sitôt donné, avait été transformé en calèche, en robe, en cette maison.

– Je dirai à Votre Seigneurie, soupira la vieille ornie, que si ma Mañuela m'écoutait, elle serait plus tendre avec le seigneur Brice. Il l'aime bien, ma Mañuelita, le seigneur Brice. Il ferait tout ce qu'elle voudrait, lui...

Elle s'arrêta brusquement, mais trop tard.

– Si nous ne partions pas, fis-je sans ciller, nous pourrions nous entendre, vous et moi, señora. Mais je crains que les jeux ne soient faits maintenant.

Brice le croyait trop ; il éprouvait trop profondément la fatalité de son amour pour pouvoir penser que toute l'histoire n'en fût point écrite d'avance aux grands registres du destin. Mañuela serait à lui. Il ne fallait qu'attendre. Peu lui importaient les manœuvres qu'il sentait se dessiner autour de lui. Il les méprisait.

Pourtant, lorsque je lui rapportai mon entretien avec la mère Encarnacion, à ce « lui » révélateur, je vis son œil noircir.

– Pour toi, dit-il, c'est Gomez ?

– Parbleu ! Un béjaune comprendrait, ce me semble. Veux-tu que je te narre une histoire ?

Il me fit signe d'aller.

– Voilà : un caboteur de la mer des Antilles ramasse en chemin une femme qui se dit plus ou moins naufragée. Bon. Quinze jours de traversée : elle débarque à Cumaña sans un blanc en poche, sans poches même à moins qu'on ait pu, sur le navire, lui fournir quelque costume. Que cherche-t-elle, si elle n'en a déjà trouvé un sur le tableau ? Un protecteur. Supposons que ce protecteur soit employé à ceci ou cela à la vice-royauté, que celle-ci, mise en éveil par les aveux du pirate Ballater, trouve louche l'arrivée à Cumaña d'un certain comte de Giard et d'un nommé d'Autremont, que don Gusman mette auprès d'eux, par hasard, justement cet homme. Celui-ci les entend parler de sa... protégée, leur lâche la mère Encarnacion. Puis, voyant qu'il y a gros à gagner, il cède un peu de Mañuela, lui laisse de tes dons de quoi se présenter avec un train convenable, en gardant le reste pour lui...

– Ça va ! Tu as beaucoup d'imagination.

– Bien, mais tout cela est *logique*, conforme à la *logique*, tout à fait conforme à la *logique*, comme dit notre cher petit don Gusman. Hein ?

– Peu importe, répondit Brice en se levant. Écoute : nous allons donner une chasse au faucon demain, toi et moi.

– Ah ! Je suis fort aise de l'apprendre.

– Il y aura Mañuela, don Gusman, d'autres caballeros, ainsi que quelques señoras.

– Et tu as besoin de moi parmi les utilités.

– Pas tout à fait comme ça, mais j'ai besoin de toi, il est vrai.

Il réfléchit, jouant distraitement sur la table un air à virer au cabestan, puis reprit :

– Je pense que nous pourrions aussi chasser au mousquet. Le gibier à tirer ne manque pas.

Non certes, aucun gibier ne fait défaut sur les plateaux qui dominent Cumaña au nord, ni dans les forêts et les plaines en quoi ces hauteurs se transforment, à l'est et à l'ouest. L'agouti, le lièvre d'Europe, la perdrix croissante, l'ortolan, la mansfeni, la gazelle abondent sous les couverts ou dans ces terrains sablonneux semés d'herbes rases, odorantes, et de buissons crépus.

Quand nous sortîmes par la Puerta del Sol, ce matin-là, une brume mauve se traînait encore aux coulées des pentes. Elle nous enveloppa jusqu'au moment que nous débouchâmes sur les hauteurs dans un éblouissement réverbéré par le sable. Au-dessous de nous, la ville était encore couchée dans ses transparents linceuls de brouillard. Plus loin, la mer miroitait.

Nous faisions une belle cavalcade, un gai cliquetis de fers, de gourmettes. Mañuela, en longue robe de velours noir, chevauchait un genet couleur d'ébène. Je ne sais où elle avait appris à monter à cheval, ni même si elle avait jamais appris ; en tout cas, elle s'y tenait comme si elle y fût née. Elle accompagnait la légère voiture dans laquelle don Gusman était accoudé. La barbe chevelue de Brice dansait derrière l'amazone, flanc à flanc avec un magnifique alezan couleur de cuivre, monté par don Esteban. Je suivais, avec Soledad, plusieurs seigneurs et quelques dames, occupé à surveiller l'étalon que doña Lenguaraz maniait avec un peu trop de désinvolture à mon gré. L'existence, ou du moins l'intégrité d'un caballero olivâtre et sec qui, consacré soupirant en titre de cette belle veuve, prétendait ne la point quitter d'un pouce, me semblait dangereusement compromise ; j'y tenais l'œil. En arrière, à quelque distance, la meute remorquait un gros d'esclaves maures. Les *halconeros* dominaient le tumulte, droits sur leurs longs étriers, le faucon sur le poing, solennels et mystiques comme des dieux de bronze. Enfin, tout à fait à l'arrière-garde venait Gomez, avec les rabatteurs et le bagage nécessaire à une collation de chasse.

Bientôt, la ville, puis la mer disparurent ; il n'y eut plus autour de nous que l'immensité des plateaux où le flux du jour s'épandait. La cavalcade s'étira entre les houles vertes des maïs, gagna les blancs sablonneux. Les rabatteurs envoyés en avant commencèrent leur office. Les chiens furent découplés, tous les muscles se tendirent ; hommes et bêtes, proies et chasseurs prirent leur vol.

Haziz, notre halconero que les Maures appellent *sakkar*, décapuchonna son tiercelet, en plein galop, les rênes flottantes. Dressé sur sa selle il leva le poing ; l'oiseau se balança en faisant entendre un aigre crissement d'allégresse. Il ouvrit ses grandes ailes et le vent de la course le cueillit sur le gant du fauconnier, le souleva. Il se mit à ramer à coups puissants, d'abord lents puis de plus en plus rapides et s'éleva, s'éleva, dans le ciel jaune.

Je galopais côte à côte avec Soledad, un peu en retrait pour avoir dans mon regard le profil de sa douce silhouette. Le même mouvement portait nos corps qui communiaient dans le même paroxysme. Nos visages troùaient l'air, y buvant l'ivresse de la rapidité. En avant, Mañuela menait la chasse, sculptée sur son genet de nuit, moiré d'argent. Elle l'excitait par des sifflements continus. Son feutre arraché, ses cheveux flottaient derrière elle comme un drapeau noir. La barbe de Brice, l'alezan de don Esteban allongeaient à sa suite leur envolée noire et rouge crépitante d'éclairs, de sorte que la chasseresse passait à travers l'air comme un ange des ténèbres accompagné de sa fulguration.

Kiak-kiak-kiak.

Là-haut le pillard se berçait. Lentement il descendait en spirales, tendait le cou. Soudain il bascula, tombant comme un couteau sur les lièvres qui étaient six à fuir devant le tonnerre des sabots. D'autres oiseaux furent alors lâchés. À longs coups d'ailes, plongeant ou redressant leur corps en carène, ils rasaient les ondulations du sol dans un vol dangereux, avec de brusques conversions pour suivre les crochets du gibier.

Parfois un faucon s'élevait lourdement, tenant dans ses serres une pauvre boule rousse. Il pleuvait du sang. Les fauconniers maures criaient : « Ô épée du ciel ! Ô mon œil ! » Les grands lévriers caraïbes, plus rapides que les chevaux, volaient dans un tourbillon de poussière, trouaient les maigres buissons et roulaient avec leur proie dans le sable.

Un peu plus tard, comme nous nous approchions des bois, les rabatteurs débusquèrent une gazelle. Nous la vîmes sortir d'un boqueteau, l'allure craintive. Soudain sa gracile statue se changea en une flèche blonde et blanche : elle fuyait, le cou tendu, les oreilles couchées, avec des envols qui l'enlevaient par-dessus les creux du terrain, nous laissant, nous et les chiens, loin derrière elle. Les faucons qui planaient l'avaient vue ; ils prirent le vent, montèrent, montèrent encore à puissants coups de rames, puis leur diagonale vertigineuse troua l'air en sifflant au-dessus de nos têtes. Un des oiseaux la manqua, se fracassa au sol, mais deux autres s'étaient plantés dans son cou. Mañuela, à l'extrême pointe de la chasse, les excitait par des cris stridents.

Empanachée d'un hérissement de plumes – mortel, dévorant cimier –, aveuglée par les coups de bec et les battements d'ailes, la malheureuse bête désunit sa course. Elle bondissait, secouait sa tête déchirée, elle se roulait à terre, obligeant les faucons à lâcher prise, décousant des chiens. Un instant elle fut libre, immobile, on eût dit étonnée. Déjà elle fuyait de nouveau, ralentie par ses blessures. Mañuela, qui gagnait sur elle, l'atteignit. Accrochée d'une main à la crinière de sa monture dans la ruée du galop, elle se pencha. Son couteau de chasse brilla au-dessus de la nuque rousse, s'abaissa, et ce fatal scintillement au-dessus de la tête condamnée s'éteignit.

– Oh ! gémit Soledad, c'est affreux ! Comment pouvez-vous aimer des choses pareilles !...

– C'est ainsi, señora, répondit don Gusman qui nous rejoignait avec sa voiture. Nous avons besoin de tuer. Oui, oui, hélas ! de tuer. La chasse c'est le crime permis, la cruauté honorable. Tel qui ne porte pas une main meurtrière sur son ennemi se délecte de faire subir à une bête innocente les tortures d'une longue agonie. Eh, eh ! ça n'embellit pas l'homme, mais pour nous c'est un moindre mal.

Brice descendait Mañuela de sa selle. Elle avait les yeux brillants, des lèvres riantes. Tout animée encore de son plaisir, elle se jeta dans les bras de Brice qui la retint un instant avant de la poser à terre.

– Vous avez vu don Esteban ? me glissa dans l'oreille le petit secrétaire. Croyez-vous qu'il soit vraiment jaloux, ou si son orgueil seulement est mortifié ? Est-il amoureux, ou sa vanité s'est-elle engagée à séduire notre admirable amie ?... Ah ! je voudrais savoir, je voudrais savoir ça !

La compagnie s'était arrêtée à la lisière d'un bois où Gomez nous rejoignit avec la collation.

Quand on se fut restauré, Brice proposa de tirer des ortolans. Des gentilshommes et quelques dames, s'armant de mousquets, se dispersèrent sous les couverts. Loin devant eux, on entendait le bruit des rabatteurs faisant lever les bêtes. Des détonations crépitaient, s'espaçaient, reprenaient.

Avec Soledad, j'étais resté assis près de don Gusman et de plusieurs invités, sous un gigantesque fromager dominant une élévation de terrain. Des chiens las dormaient autour de nous, le museau entre leurs pattes. Les chevaux attachés à l'arbre s'ébrouaient en poussant de clairs hennissements. Derrière eux les esclaves, les fauconniers – ceux-ci à part, comme formant une caste noble – mangeaient les restes de notre festin. Devant nous se développaient des étendues dorées où sinuait parfois le cheminement d'une caravane avec ses chariots et ses bœufs. Tout baignait dans une paix lourde, dans le brasillement de la lumière. Sous les festons d'ombre où nous reposions, nos propos étaient paresseux.

Au bout d'une heure, les chasseurs commencèrent à revenir, suivis de rabatteurs portant les victimes enfilées sur des baguettes. Des coups de feu crépitaient encore, isolément. Bientôt tout le monde fut rassemblé sous l'arbre. Les coupes de sorbet à la neige circulèrent.

– Tiens, fit tout à coup l'olivâtre sigisbée de doña Lenguaraz, un rabatteur a reçu du plomb dans l'aile. Regardez là-bas.

On apercevait, sortant des profondeurs du bois, un groupe d'esclaves portant un corps sur quatre branches croisées. Une des mains traînait sur le sol, la tête renversée en arrière battait comme une chose morte. Un homme courait en avant, faisant de grands gestes.

– Jésus ! s'écria Soledad, allez vite, Antonio.

– Bah ! fit doña Lenguaraz, calmez-vous, ma mignonne. C'est un esclave.

Ce n'était pas tout à fait un esclave, c'était Gomez, avec un grand trou dans la tête, aussi mort qu'un clou de porte, comme n'eût pas manqué de dire Tom Hawkins.

– Eh bien, remarqua froidement don Gusman en s'avançant à nos trousses, je disais que la chasse est une cruauté permise. Je n'y comptais pas les accidents…

Nous retournâmes annoncer la nouvelle, en disant seulement, pour les dames, que notre majordome ayant été blessé, on l'emportait vers la ville. En réalité, les valets, avec leurs pelles à ensevelir les chiens décousus, creusèrent dans le bois un trou et y jetèrent Gomez après s'être partagé ses dépouilles, car somme toute, un espion c'est un petit peu moins qu'un chien.

Ce jour-là, il devint évident, au grand méchef de don Esteban et autres, que Mañuela avait définitivement fait son choix. Elle galopa longtemps seule avec Brice. Ils perdirent même la chasse un moment comme, après la forte chaleur, nous avions relancé des bêtes dans la forêt. Lorsqu'ils nous rejoignirent au petit galop, Brice avait un air d'exaltation concentrée. Don Gusman se passait avec vivacité le pommeau de son fouet sous la lèvre.

– Ce vieux Esteban ! me susurrait-il. Ah ! Ah ! vive la jeunesse, mon cher comte. De tels morceaux ne sont plus pour nous. Je voudrais bien savoir… Belle chasse, mon cher ami, belle chasse ! reprit-il tout haut. Il a fallu que vous veniez à Cumaña pour que j'en suive une si intéressante. La vie est un peu monotone ici ; nous avions besoin d'hommes comme vous pour y mettre de l'imprévu. Vous avez droit à ma reconnaissance. Belle chasse, en vérité !

VI

La Fête des Fous

Chaque année, Cumaña, après les cérémonies catholiques de la Pâque, célèbre la *Fiesta de los Locos.* C'est la vieille Fête des Fous de nos siècles passés, dont les souvenirs subsistent encore dans les chroniques transmises de génération en génération par les conteurs des veillées. Ici – ou plutôt là-bas –, à ce carrefour de civilisations, l'instinct païen, le goût universel de la mascarade, la terrible violence de l'Espagne religieuse et cruelle, se fondent, s'exaspèrent, se donnent libre cours pendant les vingt-quatre heures où la ville paie pour l'année son tribut à la passion et à la folie. Tout un jour, depuis la première heure nocturne jusqu'à la dernière heure de la nuit suivante, c'est, à l'abri des masques et des travestissements, le déchaînement des instincts autour des autodafés allumés par l'Inquisition.

Soledad m'en parlait comme d'un temps où les dames honnêtes se cloîtrent dans leur maison. Le peuple envahit toute la ville ; du port, des faubourgs, monte une écume qui se mêle aux métis descendus des plateaux. Soledad avait toujours eu peur de ce sombre débordement.

– Mais, dit-elle, vous Antonio, vous pouvez aller voir…

à condition que vous ne m'oubliiez pas pour une de ces femmes folles ! Serez-vous sage ?

– Assurément, mon amour, et sans peine…

Brice avait donné « notre » chasse la veille de la Fiesta de los Locos. Le soir même, il était allé à l'Alcazar où Mañuela dansait. Je ne l'avais pas revu ; cette absence ne m'inquiétait nullement : il ne pouvait être qu'avec Mañuela. Depuis la veille je m'y attendais.

Avec Michault, revêtu d'une lévite à capulet, le masque noir sur le nez, je sortis dès que le coup de canon annonçant la fermeture du port, et, ce soir-là, le commencement de la fête, eut retenti. Nous ne savions pas trop ce que nous allions faire ; nous voulions voir, comme de vulgaires badauds. Nous commençâmes simplement par descendre vers la place Sainte-Estelle, en regardant les travestis sortir sournoisement des porches, raser un instant les murs avant de livrer à la diffuse clarté l'énigme de leur déguisement. Ils jaillissaient de partout, comme punaises d'un bois de lit. Certains agitaient des torches ; ces lueurs mobiles faisaient dans la pénombre des îlots de clarté où s'avivaient les couleurs.

En haut de l'Alameda, on avait rangé contre les murs des pots de verre à demi remplis d'huile sur laquelle flottait un disque de cire traversé par une mèche. Ces pots colorés en bleu, en rouge, en vert, éclairaient d'en bas la foule de plus en plus dense, promenant d'étranges teintes sur les masques et les visages grotesques. Ils dessinaient parfois en sombre la forme d'un corps à travers une étoffe transparente et projetaient sur les murailles une incessante fresque d'ombres hautes, monstrueuses, mouvantes.

Nous avions dû, Michault et moi, nous donner le bras pour ne point nous perdre dans ce grouillement. À poignées, les gens se criblaient de pétales de jasmin, de roses effeuillées. Des rires trop hauts tourbillonnaient parmi les appels et les cris. Une odeur épaisse montait du sol déjà jonché d'une litière de fleurs.

La foule nous serrait contre un gigantesque cochon rose. Debout sur ses jambes postérieures, il nous agita sous le nez ses pattes de devant en poussant des cris, ce qui fit s'esclaffer une Vénus vénusiaquement décolletée, mais un peu blette. Une femme vint presser contre nous son buste, libre dans la tiédeur flottante des étoffes où Michault plongea les mains, mais elle s'échappa en nous aveuglant de fleurs. Michault m'ayant lâché, la houle nous sépara ; j'aperçus encore un instant sa houppelande blanche, puis le remous m'entraîna loin de lui.

Je cédai au courant qui descendait vers la place Sainte-Estelle. De loin on distinguait, s'enlevant sur le fond de la nuit, la tour octogonale de la cathédrale vivement illuminée. Des reflets rougeâtres animaient les sculptures de sa façade, de telle sorte que, par-dessus la foule, une autre foule de pierre semblait dérouler ses sarabandes à travers les voiles fumeux. Tout bougeait : les masques, les statues, la lumière, la nuit. Les monstres des bas-reliefs prolongeaient les travestis grotesques, les flammes de l'enfer figurées dans la pierre empruntaient leur mobilité et leur rougeoiement aux flammes d'un bûcher allumé sur le parvis.

Aux abords de la place, la cohue était telle qu'on ne pouvait avancer ; on piétinait en tournant sur soi-même. Cependant un cortège, s'enfonçant comme un soc dans cette matière humaine, la rejetait d'un côté et de l'autre. C'était la procession de Sainte-Estelle qu'on amenait assister à l'autodafé. L'énorme statue de la sainte, élevée sur un brancard, oscillait par-dessus les têtes. Sa face d'argent brillait ; des reflets luisaient sur l'émail des dents et des yeux au bord desquels perlaient des larmes opalines. Sur ses genoux, le martyr Esteban exposait des plaies roses et laissait, de sa tête renversée, traîner une chevelure d'adolescente. Des colliers, remuant au cou de la sainte, tombaient jusque sur la gorge doublement dessinée par le corsage ; le drap d'or collait aux formes d'un buste voluptueux. Des bagues luisaient aux mains qui avaient pour soutenir le corps du martyr un vrai geste d'amante. Des cheveux mordorés se séparaient hardiment sur son front. N'eût été le lustre froid de ce visage, on l'eût pris pour celui de quelque Thisbé étreignant en un tragique embrassement le corps de son bien-aimé.

Porté par des hommes en dalmatique pourpre, suivi de pénitents en cagoule, le couple saint promenait dans un poudroiement de lumières et d'encens et dans la senteur des fleurs agonisantes son enlacement passionné. À son passage, les visages burlesques, les groins, les mufles, les faces souillées de fard, s'inclinaient, les genoux découverts heurtaient le sol, les bouches murmuraient des invocations ; des chants, interminablement modulés, vrillaient le martèlement des pas, et, tournoyant, s'effilochaient dans la nuit.

En se refermant pour suivre le cortège, la foule m'entraîna encore une fois, m'agglutinant à un groupe qui faisait bloc et tournait au caprice des courants sans parvenir à se dégager. Je virai avec les autres, collé à une femme, ses jambes dans les miennes, les frissons de sa nuque sous ma bouche. Je la sentais trébucher et onduler contre moi. Ses cheveux descendaient très bas dans le cou, formant entre ses épaules un duvet sombre. Sa robe découvrait tout le haut de sa poitrine grasse, de chair laiteuse. Un friand morceau, certes ! encore que vulgaire. Son compagnon, un petit homme vêtu d'une houppelande jaune, la pressait si fort qu'en se débattant rieusement pour l'éloigner d'elle, elle lui rabattit le capulet de sa houppelande. Il ne portait pas de masque, mais un carré de taffetas noir sur l'œil gauche. Je reconnus ainsi Israël Hands.

– Hands ! m'écriai-je impulsivement.

– Qui parle… Que je sois pendu si je ne connais cette voix.

Il tournait de tous côtés sa grosse tête vivement recoiffée du capuchon.

– Quelqu'un qui vous connaît bien, répondis-je en forçant ma voix pour la rendre plus grave et en m'exprimant en espagnol. Comment êtes-vous ici, Israël Hands ? Tâchez de répondre aussi véridiquement qu'il est possible à votre âme tortueuse, Israël Hands, si vous ne voulez pas faire connaissance avec le garrot.

La femme poussa un cri ; d'un effort terrifié elle s'arracha à notre bloc.

– Que je sois pendu, si j'ai rien fait de mal ! murmura le borgne. Je suis un brave garçon moi. Je n'ai jamais trompé personne. Eh bien… heu… le vieux, le damné capitaine… puisque vous me connaissez tant, sir, vous savez qui je veux dire… a prétendu que je n'étais pas un bon garçon, moi, il m'a mis à terre, moi.

– Avec un nommé Ballater, hein ?

Oui, oui, je comprenais, je reconstituais les événements que nous avions prévus. Ballater ne pouvait supporter longtemps un maître, comme Hands ne pouvait rester longtemps sans trahir. Ils avaient dû montrer du mauvais esprit. Flint, ayant sans doute touché par ici quelque temps après nous avoir abandonnés, n'avait point perdu cette occasion de se débarrasser d'eux en les jetant à la côte.

– Et dis-je, qu'y avait-il encore avec vous, Israël Hands ?

Mais Israël Hands ne prit même pas la peine de me répondre par sa prophétie coutumière. Il me porta sur la main dont je le tenais un coup de couteau qui me manqua. La violence du choc m'engourdit cependant les doigts. Son poignet m'échappa. Se glissant dans la foule un peu éclaircie, Israël Hands disparut comme un serpent qu'il était. Qu'il allât se faire prendre ; peu importait. Il suffirait de prendre des précautions. D'ailleurs, je pensais que maintenant nous n'étions plus pour longtemps à Cumaña.

Un peu plus tard, voulant voir ce qui se passait sur cette place de la Cathédrale dont on ne pouvait approcher, je parvins à pénétrer dans une *vinoteria*[1] des fenêtres de laquelle on devait avoir vue sur Sainte-Estelle. Dans la salle du bas on s'écrasait au milieu d'un tumulte effroyable. Des gens favorisés par le sort étaient assis, pressés, coagulés autour de pots de vin où nageaient des pétales. D'autres, coincés entre les chaises, se passaient de main en main des bouteilles. Une femme en robe rose, à cheval sur la balustrade d'une galerie, fleurissait sur le fond sombre des poutres, dans les hauteurs bleuies par la fumée des cigares. Un masque à tête d'âne lui passait des oranges dont elle criblait les couples en riant avec des renversements hystériques.

Je me hissai péniblement jusqu'à l'étage. Dans les salles ouvertes on avait avancé les tables dans les embrasures; elles pliaient sous les spectateurs. Menaçant de tout faire craquer, des filles trépignaient dans l'excitation du spectacle ou parce que des mains impudentes montaient sous leurs jupes.

Accroché à un groupe oscillant sur son fragile support, entre les têtes j'aperçus la place. Devant le portail à triple ogive, dans un quadrilatère formé par une double ligne de moines et de pénitents, se dressaient les bûchers où les victimes de l'Inquisition, en robes blanches et mitres jaunes, bougeaient dans les langues rouges et la fumée. En face, réuni sur les marches de la cathédrale dont il continuait les hauts-reliefs, le clergé de Cumaña couronnait toutes ces agonies d'une frise de moire, d'hermine, de blanches dentelles, de pourpre et d'or. Sur une estrade plus haute, au-dessus du vice-roi, les ministres de l'holocauste, en simarre cramoisie, affrontaient leur œuvre, sans peut-être la voir.

Les tristes psalmodies des moines, les lamentations des pénitents, se mêlaient aux ronflements des bûchers. La foule

1. Sorte de café.

hurlait lorsqu'un poteau de torture s'effondrait dans les flammes. Près de moi, une fille défaite et fardée priait pour les âmes qui montaient au ciel. Je pensais à nos meurtres à nous, à nos petits crimes…

L'âme douloureuse, j'échappai à une femelle que ce spectacle affolait. Elle était ivre, folle, folle de son corps, ivre de nuit et de lumières, de flammes, de bruit, d'odeurs, de désir, emportée dans ce déchaînement de passion furieuse qui a, pour un jour, licence de s'abreuver librement.

Faisant un détour par des rues transversales, je descendis vers les Jardins. Ici, la foule pouvait s'étendre ; elle s'éclaircissait. La grande haleine de la mer balayait les relents de la fête. Les cris s'étouffaient dans les coins d'ombre. On dansait sur les terrasses. Les ronflements des vagues, éclatant contre les balustrades, se mêlaient aux pots-pourris des musiques. Je m'accoudai, me reposai les yeux en regardant les couples se faire face, se traverser, se renouer, lorsque je me sentis touché à l'épaule. C'était Michault.

– Te voilà, dit-il. Il y a une heure que je te cherche. Tom et les autres sont revenus.

– Quoi !

– Oui. Je les ai trouvés à la maison. J'y suis retourné peu après t'avoir quitté, tous ces polichinelles me fatiguaient. Il y a un cochon qui m'a marché sur mes cors.

– Je m'en fous de tes cors ! Pourquoi sont-ils venus ici ?

– Ah ! dit Michault, c'est toute une histoire ! J'y comprends mie. Toi peut-être…

– Allons, rentrons.

– Non. Ils sont ici. Je les ai amenés pour qu'ils m'aident à te chercher.

Il me montra, à la limite de l'ombre, à l'entrée d'une allée, un groupe de masques en houppelandes. L'un d'eux poussait en avant une jambe raide.

Nous nous enfonçâmes sous les arbres. Tom m'exposa les

faits. Ils étaient brutaux. La veille, un gros d'archers de la Sainte-Hermandad avait été signalé par Frémin qui chassait non loin de l'hacienda de Georges Nightingale. Aussitôt nos amis avaient pris l'alarme et procédé à quelques mesures de sûreté. Si bien que, lorsque les archers arrivèrent à portée de héler, qu'au nom du gouverneur représentant le roi d'Espagne, ils sommèrent les habitants de leur laisser « libre entrée et les aider dans leurs recherches pour le service du roi et de la religion », nul ne répondit à leur héraut. Les lourds vantaux de la porte bâillaient, grands ouverts. Un cochon traversa la cour en grognant, des poules picoraient paresseusement à l'ombre. Le silence n'avait rien d'inquiétant; c'était celui d'une maison qui dort dans la chaleur. Cependant, avant de s'engager dans la cour, le héraut sonna de sa trompe encore une fois. Un homme apparut, à demi endormi, la face idiote. Aux questions du chef des archers, il répondit par des sons inarticulés en leur montrant les bâtiments. Par un luxe de précautions, le capitaine fit un signe à deux de ses gens qui restèrent sur place, tandis que tout le reste franchissait la voûte. Ils parvinrent sans encombre jusqu'au milieu de l'espace circonscrit par les bâtiments et le mur d'enceinte. Là, le grondement des vantaux, brusquement rabattus par les hommes placés derrière, se confondit avec les deux coups de mousquet qui abattirent les archers restés au-dehors. Quant aux autres, avant qu'ils aient eu le temps de se reconnaître, un cercle de carabines poussées soudain hors des fenêtres, des portes, aux angles des murs, ôta à leur courage bien connu tout son feu. Naturellement, ils ne manquèrent pas de protester avec force, mais leur résistance s'en tint là. Proprement ficelés, ils furent enfermés dans un caveau. Après quoi, nos compagnons, sachant bien qu'ils étaient dépistés, prirent le large et gagnèrent Cumaña. Sous le masque, dans la foule, ils se trouvaient plus en sûreté que n'importe où. Ils étaient venus rôder autour de chez nous. Michault les avait trouvés là.

– Oui, dis-je, je vous avais trahis, mais je ne pensais pas qu'on aille vous chercher là-bas. Peu importe ! Nous serons plus tranquilles, maintenant. Quelqu'un est mort, hier.

Je leur racontai le providentiel accident de Gomez. Et comment Mañuela avait réagi à l'énergie inattendue de Brice.

– Cependant, j'aimerais mieux vous savoir autre part qu'ici. J'ai vu Hands tout à l'heure. À un moment ou un autre, vous tomberez dessus et il vous reconnaîtra... Il va falloir que vous partiez.

– Et mon hacienda ! s'écria Georges.

– Tu en achèteras une autre, autre part.

– On ne peut jamais être tranquille. Elle m'allait bien celle-là. Il y avait un beau puits avec un toit de tuiles, tout entouré d'arbres...

– Au diable ton puits ! Je voudrais bien savoir où est Brice, nom de nom, et ce qu'il veut faire ! Il faudrait que vous quittiez ce pasclin avant ce soir.

– Sans doute qu'il est avec cette fille, avança Michault, méditatif.

– Tu m'étonnes ! Je l'aurais cru avec le Pape.

– Si on allait voir chez la mère Encarnacion ?

Je n'avais pas grand espoir, mais on pouvait toujours essayer.

Il nous fallut du temps pour remonter l'Alameda del Mar. L'aube était venue lorsque nous atteignîmes la place Sainte-Estelle. Les bûchers y brûlaient toujours dans une rumeur de cantiques, mais le jour avait éteint les reflets des flammes. On voyait maintenant planer au-dessus de ces lieux une fumée grasse et rousse. Avec la lumière, une stupeur semblait pénétrer la foule. On eût pu croire que l'éclat du jour dévoilait à ce peuple l'odieux du spectacle dont l'horreur insultait à la magnificence de cette heure suspendue dans un scintillement de soleil et d'ombres encore pâles.

Des femmes à genoux priaient. La mascarade dépouillait sa pompe nocturne. La lumière pochait les yeux, soulignant la friperie de ces nippes carnavalesques, les ravages de l'orgie. Le long des murs, on glissait sur la cire répandue hors des pots-à-feu.

Derrière la cathédrale, je dis aux autres de m'attendre, tandis que j'avançais vers la maison de Mañuela. La grille était grande ouverte, un ivrogne ronflait sous le porche, une bouteille cassée à la main. Dans la cour, la fenêtre de la pièce où m'avait reçu la mère Encarnacion bâillait. J'enjambai l'entablement et me mis à appeler Brice. Aucun bruit ne répondit. Je pris la liberté d'ouvrir des portes pour jeter un coup d'œil. L'une d'elles donnait accès à un corridor sombre où il me sembla distinguer, à quelques pas de moi, une nouvelle porte sur laquelle brillait vaguement un petit judas de cuivre. En approchant, je vis que le judas était fermé, mais pas l'huis. Je le poussai. Il n'y avait là qu'une modeste chambre dallée de rouge avec un lit, une commode, une table de citronnier. Rien d'intéressant. Mais soudain, sur une tablette près du lit, un objet blanc brunâtre attira mon attention : une pipe à pétun portant au bout une ligature en fil goudronné comme en mettent souvent les marins. Tiens donc ! Gomez qui fumait le cigare, comme ses compatriotes, et Brice qui ne fumait pas, n'avaient pas été les seuls à fréquenter la maison !...

Je me remis à cheminer dans l'ombre en tâtant le mur pour me guider. Cet étrange corridor paraissait dépasser singulièrement la longueur de la maison. Il fit enfin un coude et j'aperçus un rai de lumière. Il me sembla entendre en même temps la voix de Brice. Je l'appelai. Peut-être était-ce imprudent ou indiscret – très indiscret je l'avoue –, mais le temps pressait. Violemment, une porte s'ouvrit. Brice, en bras de chemise, sortit avec brusquerie d'une chambre qui me parut vaste, somptueuse, toute pourpre, d'une pourpre un peu violette, rayonnant autour d'un grand lit de coquillages où s'épandait comme un flot d'encre la foisonnante et floconneuse chevelure de Mañuela.

– Encore toi! cria Brice. Il faut que tu viennes m'espionner jusqu'ici!...

– C'est que... les autres, Tom...

– Je m'en fous des autres et de Tom!

– Ils sont revenus, dis-je à voix basse.

– Qu'ils aillent au diable, et toi aussi!

– Mais...

– Va-t'en, déguerpis! Nous ne sommes pas mariés, que je sache! Si je te revois, nom de nom...

Il me claqua la porte au nez.

Blessé malgré moi, je redescendis. Comme j'arrivais dans la cour, la mère Encarnacion franchissait le porche, d'un pas tibutant, soutenue par un masque dont une lévite orange enveloppait la puissante carrure. En me voyant, il s'arrêta, lâcha la vieille, me fit de la tête un salut qui me parut ironique, puis tourna les talons. Je fus sur le point de m'élancer vers lui. Et puis non! Après tout, j'en avais assez. Que Brice fasse ses affaires comme il l'entendait... Ce mouvement d'égoïsme, de rancune, fut ma faute, ma criminelle faute. Sans doute fallait-il qu'elle fût commise, car tout ce qui est écrit arrive et il était écrit que l'humilité d'avoir péché me serait infligée. Nous sommes des enfants dans les mains de Dieu.

Je laissai donc partir le masque orange. J'allais abandonner la vieille sur les dalles où elle s'était affalée, quand un sentiment de respect humain, une espèce de remords vis-à-vis de cette indigne loque qui était tout de même une femme, une mère, m'arrêta. Prenant la señora sous les bras, je la relevai. Elle empestait le vin et le cigare. Ses desseins de respectabilité n'avaient pu résister à l'appel de la fête. Dieu sait où elle avait passé la nuit! Je la fis avancer, moitié marchant, moitié portée, jusqu'à la chambre donnant sur la cour. Avec un coussin, je la calai dans un fauteuil. Elle me regardait de ses petits yeux assez brillants pour une ivrognesse. Tout à coup, elle me murmura d'une voix pas trop pâteuse :

– Allez-vous-en. Quittez ce pays, seigneur.

– N'ayez crainte, madame, mon intention n'est pas d'y faire de vieux os.

Je ne pus me retenir d'ajouter :

– Vous pourrez en toute tranquillité loger des gens qui fument la pipe en observant par des judas ce qui se passe dans les corridors. Adieu, señora.

En rejoignant les autres, je leur dis que Brice n'était pas là. Parce que je les aimais assez, eux et lui, pour ne point vouloir l'avilir à leurs yeux.

– Alors, qu'est-ce qu'on va faire ? demanda Tom.

– Descendre au port. C'est bien le diantre si on n'y trouve pas quelque barque, de pêche au moins, pour vous mener jusqu'à Trujillo. Vous y affréterez, ou mieux, vous y achèterez un brick et le tiendrez prêt à prendre la mer pour un long voyage. Brice ou moi nous viendrons bientôt vous rejoindre. Vous avez vos diamants ?

– Nous en avons pris suffisamment sur nous, le reste de nos parts est chez toi.

– Eh bien, allons, fanandels. Qu'on en finisse avec ces histoires !

Mais il n'était pas écrit que l'on en finirait de sitôt.

Au port, en me montrant généreux, je conclus facilement marché avec un patron de barque. Trujillo, à la pointe de l'île d'Hispaniola[1], offrait toute sécurité à nos amis, étant

1. Hispaniola, découverte par Christophe Colomb, est l'île appelée aujourd'hui Haïti. Elle appartint à la France depuis 1697 jusqu'à 1804.

sous la loi française. Dès qu'ils atteindraient ses eaux, ils se trouveraient hors des griffes de la Sainte-Hermandad et ils seraient dans ses eaux avant la nuit. Michault et moi, nous vîmes avec soulagement le lougre qui les emportait disparaître à l'horizon.

Le soir même, dans la chapelle du couvent des Franciscains, un padre unit secrètement un homme et une femme, non point devant les hommes, mais devant Celui qui n'a pas besoin de noms pour reconnaître ses enfants.

Il ne restait plus qu'à prendre le chemin déjà suivi par Tom Hawkins, Will Whale, et nos amis. Le palais, je le laisserais à Brice. Un regret, je dois le dire, me serrait le cœur au moment de quitter cette demeure qui avait été le premier carrefour heureux de ma vie, ce cabinet de marbre où de si merveilleuses heures s'étaient écoulées. J'ai toujours été attaché aux choses par des liens subtils et profonds. Tant de fois dans mon existence j'avais dû prononcer en moi-même cet inexorable «plus jamais» qu'il me fallait murmurer encore en considérant ces miroirs où la grâce de Soledad m'avait environné de ses croissantes séductions ! Plus jamais, ces coussins sur le banc de marbre, où, la tête sur ses genoux, j'avais bercé mes rêves. Plus jamais, ce murmure de la fontaine. Plus jamais, ces baies ouvertes sur la douceur du jardin, et plus jamais les voltigeantes écharpes des oiseaux.

Nous pourrions avoir des maisons aussi belles, mais ce ne serait plus celle-ci : ces choses qui avaient servi à l'essor de mes pensées et de mes sentiments comme un tronc soutient le lent foisonnement d'un lierre. Je caressais mélancoliquement l'échine des lévriers couchés sur les dalles, des chevaux dans les écuries. Il fallait laisser tout cela à d'autres. La vie ne dure qu'en abandonnant sans cesse ce qu'elle atteint.

Je ne voulais point partir sans avoir revu Brice. Mais pour rien au monde je ne serais allé le chercher dans la maison de derrière la cathédrale. J'attendrais qu'il revienne : il n'y manquerait pas puisque sa garde-robe et tout ce qui lui appartenait se trouvaient chez nous.

Je n'avais pas encore entendu parler de lui, lorsque arriva un billet de don Gusman, m'invitant à l'aller voir à la vice-royauté. Une fois encore je traversai, sous la conduite d'un huissier, les vastes salles, puis la galerie. Au pied de l'escalier dérobé, l'homme noir me reçut ; il me fit entrer dans le cabinet aux mille cartons. Le petit grand d'Espagne m'y accueillit avec sa coutumière urbanité. Il était confus de m'avoir dérangé. Il ne m'avait pas vu depuis si longtemps ! Avais-je assisté à la Fiesta de los Locos ? Il m'interrogea minutieusement sur mes impressions. Où avais-je été ? Qu'avais-je vu ?...

– Excusez mon indiscrétion, mon cher comte. Vous savez que je suis...

– ... si curieux. Oui, Excellence. C'est une passion innocente, j'en connais de plus néfastes.

– Ah oui ! Peut-être voulez-vous parler de votre ami.

Non, je ne voulais pas en parler, mais j'y pensais. Don Gusman, me sembla-t-il, sauta avec empressement sur ce sujet. Il parut lui offrir une transition qu'il devait chercher depuis un moment, car il s'y lança, si j'ose dire, ventre à terre.

– Monsieur d'Autremont, oui : monsieur d'Autremont... Louis, n'est-ce pas ? Oui, Louis – Luis, disons-nous, nous autres. Alors cette... notre, je veux dire... notre brillante amie ne lui est... Vous croyez qu'elle ne lui est pas... comment dire ? faste. Vous pensez que votre ami n'a pas gagné à faire sa conquête ? Car il a fait sa conquête. Au grand dam de mon brave Esteban. Je sais, je sais qu'il y a une petite maison derrière la cathédrale. Avez-vous pensé qu'en perçant le mur on peut aisément, sans que cela se voie le moins du monde à l'extérieur, faire communiquer deux maisons contiguës ! Oui, je sais beaucoup de choses. Pourtant, votre majordome ne travaillait pas pour moi, non, non, mon cher comte.

Le petit vieillard propret me regardait, ses besicles levées sur le front. Il sourit, toujours avec son air aigu, réservé. Il ressemblait encore à un insecte ; mais, malgré le relèvement sardonique d'un côté de sa bouche, il ne paraissait plus méchant ou dangereux : mystérieux seulement, imbibé d'une habitude de réticence et de secret si longue qu'il ne pouvait plus se livrer, s'exprimer franchement. Cet homme qui vivait dans les arcanes de la vérité, de la recherche infatigable de la vérité, ne pouvait que la connaître et agir en conséquence, mais jamais la dire. Il n'existait plus pour lui d'autre langage que le sous-entendu.

Il fit pourtant un effort. Enlevant ses besicles des deux mains, il les posa avec décision sur la table, et, se penchant vers moi, appuyé sur ses coudes, me confia :

– Mon cher *ami* (il appuya sur le mot), pensez-vous qu'il soit difficile de se procurer le signalement à peu près exact d'un ou de deux étrangers auxquels on s'intéresse ? Les chancelleries sont longues à répondre, mais le temps passe si vite lorsqu'un rêve l'occupe… un rêve… heu… puis-je dire d'amour ?

Il me considérait en souriant. La tête me tournait.

– Très bien, Excellence, répondis-je en me levant avec peine. Alors qu'allez-vous faire ? À mon tour d'être curieux.

– Non, non, fit-il en agitant la main, asseyez-vous, rasseyez-vous, mon cher *ami* (il appuya encore). Il n'est pas question de faire, pour l'instant, seulement de parler. Je suis, vous le savez, très curieux jusqu'à me rendre importun, indiscret, déshonnête, exaspérant, odieux. Oui, oui, mais, cela vous ne le savez pas : cette curiosité n'est pas la froide et cruelle passion d'un savant qui ouvre les entrailles des bêtes pour savoir comment elles remuent. J'aime les hommes avec la même fureur que don Largos – vous ne le connaissez pas – aime les boîtes peintes. Seulement, moi, la matière que je collectionne est vivante. À chacun de mes sujets, je demande le maximum de la vérité qu'il porte en lui. La vôtre est de vous heurter sans cesse à l'esprit du mal, d'en triompher je pense, j'y compte ; d'en triompher d'ailleurs sans héroïsme, par une économie un peu lourde, obstinée, inconsciente, qui me passionne. C'est le premier spécimen que j'en trouve ; nos climats ne sont pas favorables à ce genre. Et j'irais sottement interrompre votre carrière pour satisfaire à des préjugés ! Non, ils ne sont pas les miens…

» Je vous étonne, poursuivit-il en riant. Vous vous étiez accoutumé à voir en moi un ennemi. Ne vous ai-je pas dit, pourtant, que je vous ai de la reconnaissance ? Je ne suis pas votre ennemi, votre arbitre exactement. Je puis, je pense, vous dire une chose : ce n'est pas moi votre ennemi. Vous comprenez ?… Lorsque vous êtes venus ici la première fois, j'avais deviné votre véritable… disons votre véritable métier. Il n'est pas dans les usages de votre métier de sauver, de recueillir des jeunes filles. Indication intéressante. J'ai voulu vous laisser du fil, pour voir. Et voilà. Vos amis, en revanche, je dois vous l'avouer, si j'avais pu les prendre… couic (il serra la main autour de son cou d'un geste significatif). Ils ont été plus fins que moi. Bah, c'est du menu fretin ! Maintenant, dites-moi franchement, qu'allez-vous faire ?

Je me passai la main sur le visage afin de retrouver mes esprits. Extraordinaire ! de quels hommes le monde n'est-il pas fait ? oui, extraordinaire, mais logique pour reprendre une expression favorite de mon interlocuteur.

Et, regardant cet être aussi bizarre d'esprit que de corps, je me demandais si, ainsi dévoilé, il n'était pas plus inhumain que sous sa première apparence d'insecte.

– Quitter Cumaña, répondis-je, partir vers l'Europe.

Il sourit mystérieusement.

– Quitter Cumaña, oui, oui, assurément ; quitter Cumaña, c'est une excellente idée… Mais qui peut dire où vous irez ?

Nous nous levâmes. Derrière le petit homme je vis,

comme la première fois, un coin des jardins du vice-roi. Il n'y avait plus de jeunes femmes en robe rose et jaune autour de la fontaine. Un paon des îles promenait sa traîne chatoyante sur les carreaux d'émail.

– À propos, me dit don Gusman comme je le saluais, ne tardez pas à quitter Cumaña. Quelqu'un vous a dénoncés comme auteurs de l'affaire de Galapas. Vous savez : le couvent. La Sainte Inquisition est plus puissante que moi, vous comprenez.

Il posa un instant sa main sur mon bras.

– Malgré tout, je pense que vous réussirez. Puis-je me permettre d'espérer qu'alors vous daignerez m'envoyer une lettre pour me dire ce qui est advenu ?

D'un geste un peu mélancolique, montrant les cartons entassés :

– Cela fera un dossier de plus, dit-il. Ici l'aventure, le risque, l'ivresse, l'amour, la mort, le rire, les larmes, se changent en papier.

Il me salua très bas.

VII

Caïn

Non, je ne pouvais me résoudre à laisser Brice en butte à je ne savais quelle tortueuse intrigue. L'Inquisition est une puissance terrible. Qui nous avait livrés ? Hands ou la mère Encarnacion ? La question importait peu ; seul le fait comptait. Demain Brice irait finir dans quelqu'un de ces *in pace* où, disait-on, la terre se rétrécit sous les pas, où parfois on est brûlé comme dans un four, à moins que l'on y meure tout simplement de faim ou dévoré par les rats. Non, non ! Je me décidai à agir énergiquement, par la force s'il le fallait. J'irais, le pistolet dans la ceinture, chez la vieille...

– Brice te demande, dit Michault en entrant dans ma chambre.

– Te voilà quand même ! criai-je à notre capitaine. Bon sang, tu peux dire...

– Ça va, ça va. Ne beugle pas comme ça.

– Je beuglerai si je veux. Tu sais ce que je viens d'apprendre : l'Inquisition nous cherche pour le pillage de Galapas. On nous a dénoncés.

– Qu'est-ce que tu veux que ça me fasse, fanandel ? Demain je ne serai plus ici ; là où je vais, ta sacrée Inquisition ne viendra pas me chercher.

– Par exemple, ça!... Où vas-tu?

– À la caye, chercher le reste des cailloux, plus les barres d'or.

– Écoute, Brice, veux-tu que nous parlions un peu sérieusement, histoire de savoir où nous en sommes et de voir si nous pouvons encore nous entendre?

Il s'assit.

– Je t'écoute.

Je lui narrai ce qui m'était arrivé avec Hands, puis avec Tom et les autres, puis avec don Gusman.

– Don Gusman t'a joué. Il n'a pas assez de preuves pour nous arrêter et il serait bien content de nous faire peur pour que nous déguerpissions tout seuls. Hands ne peut pas grand-chose puisqu'il risque ici autant que nous. Quant à Tom et ses gars, tu as bien fait. En ce qui me concerne, c'est très simple, j'ai besoin de monnaie : je vais au coffre.

– Besoin de monnaie? m'exclamai-je. Mais ton sac?...

Il eut un rire de pitié.

– Mon sac! Qu'est-ce que c'est que ça, mon sac! je l'ai donné à quelqu'un pour s'acheter des babioles. C'est dix fois, c'est cinquante fois, c'est cent fois le contenu de mon sac qu'il me faut afin d'être pour quelqu'un le seul homme capable de réaliser ses caprices les plus fantastiques. On ne trompe pas, on ne quitte pas un homme comme ça, comprends-tu, mon gars?

Son rire devint un peu amer et il ajouta :

– C'est le seul moyen.

– Bon, dis-je. Après tout, pourvu que tu sortes d'ici c'est tout ce que je demande. Mais quand tu auras pris ta part du reste du trésor?

– Ça, c'est mon affaire. Vous ne m'avez pas envoyé la *Marque noire* (il sourit avec ironie), donc je suis toujours votre capitaine. Je vous conduis à la caye, nous partageons selon la loi, je vous ramène à l'endroit d'où sera partie notre croisière et, libéré de mes engagements, je vous rends mon bâton d'amiral. Est-ce loyal ?

– Oh oui ! assurément.

– Ça ne te plaît pas ?

– Si, si. Ce n'est pas la chose qui ne me plaît pas, c'est toi.

Il se leva. Je sentis qu'il allait s'emporter. À quoi bon discuter ? Nous ne pourrions nous faire que du mal. Depuis près de trois mois, nous n'avions cessé l'un et l'autre de cheminer dans des sens diamétralement opposés. Comment nous entendre de si loin ? Je cédai.

– Mettons que je n'aie rien dit. Entendu pour la caye. Tom et Will attendent à Trujillo. Sans doute auront-ils trouvé un navire. Nous n'avons qu'à les rejoindre : ce sera notre point de départ, comme le terme de notre association.

– Tope, fit Brice. Ça va.

Je topai. Sans plaisir.

– Il ne reste qu'à liquider tout ça, dis-je en montrant la maison. Pendant ce temps, cherche une barque pour nous mener à Trujillo. Nous serons au moins quatre, j'emmène ma femme. Elle nous attendra à Trujillo.

– Ta femme ! Faut-il te féliciter ou te plaindre ?

– À Galapas, tu m'aurais félicité.

– Bon, bon. Non, moi je n'emmène personne. Quant à cette bicoque, pourquoi perdre son temps à la vendre, nous sommes bien assez riches. Il n'y a qu'à partir, elle deviendra ce qu'elle voudra.

Mon sens pratique se révoltait à l'idée de ce gaspillage ; j'aurais plus volontiers jeté par la fenêtre une poignée de diamants. Aussi, je tins ferme. Tandis que Brice affrétait une sacolève, je revendis notre palais au juif de qui nous l'avions eu. Il me vola encore. Une dernière fois je fis avec Soledad le tour de cette demeure. Dans le jardin nous trouvâmes Michault, errant lui aussi.

– Alors, lui demandai-je, qu'est-ce que tu dis de tout ça, toi ?

Il cueillit une orange, la regarda distraitement tandis qu'elle tournait entre ses doigts.

– Bah ! fit-il en mordant le fruit, les femmes !...

Nous mîmes à la voile, quittant Trujillo, le quinzième jour de novembre. La saison était bien choisie. Nous avions retrouvé dans ce port Tom Hawkins avec nos amis. Ils tenaient prêt à prendre la mer un beau brick payé presque son pesant d'or ; mais nous n'en étions point à lésiner. À l'avant, prolongeant la préceinte jaune, une figure cariatide soutenait l'élan du beaupré. Derrière, sous le balcon à la mode castillane, sculpté dans le bois s'enlevait en lettres d'or un nom fortuné : *Estrella-del-Mar*[1]. Au-dessus, à la corne de l'arbre brigantin, flottait l'oriflamme espagnole, car plus jamais nous ne devions porter sur la mer l'étamine noire écartelée d'un cœur sanglant avec la fière devise : *La Liberté*.

Frémin Cotard ne se retint point d'en exprimer un nostalgique regret, tandis que l'*Estrella-del-Mar* taillait tranquillement sa route vers le sud.

– Quelle vie de bourgeois ! fit-il, accoudé au bordage d'où il crachait dans l'eau, tel un mousquetaire par un morne après-midi de dimanche dans une ville de garnison.

– Que veux-tu ! répondis-je, nous sommes des gentilshommes ayant fait fortune.

– Où est le temps où nous la cherchions. Ah ! l'argent !...

Se tournant soudain vers moi, il frappa la muraille de son poing.

– L'argent, lança-t-il énergiquement, l'argent c'est de la mouscaille.

Frémin Cotard n'avait jamais rêvé qu'aux plaisirs démesurés des carnages ; dans nos pires affaires, sa soif de

1. Étoile de mer.

violence ne s'était jamais épuisée. Non qu'il fût cruel, mais il aimait se battre. Encore fallait-il qu'on se défendît, qu'il risquât vraiment sa peau. Sur d'autres théâtres, aux armées du roi, par exemple, c'eût été un héros.

À vrai dire, je n'étais pas aussi désabusé que lui, parce que j'avais moins d'imagination peut-être. Moi, j'avais subi l'aventure sans la souhaiter. L'amitié seule, une sorte de fidélité à notre passé commun m'avaient engagé dans ce dernier voyage. Je n'en désirais plus que la fin. Lorsque nous serions de retour à Trujillo, le cycle révolu, notre concorde usée, je dépouillerais une défroque usée comme elle, pour réintégrer ma vraie condition. Soledad m'attendait à Trujillo, dans le couvent des carmélites où logeaient des dames pensionnaires.

J'avais pensé la confier à don Gusman, mais il y avait eu tout de même dans notre dernier entretien trop de réticences pour que j'eusse tout à fait foi en cet homme. L'opinion de Brice à son sujet – qu'il avait voulu nous effrayer pour se débarrasser de nous –, je ne la partageais pas. J'étais sûr de sa sincérité lorsqu'il comparait son intérêt pour nous à celui d'un collectionneur pour une pièce rare. Aucune bonté ne se trouvait à l'origine de ses sentiments. Il ne voulait nullement m'éviter des ennuis, mais simplement, comme il disait, me permettre de poursuivre une carrière qui piquait sa curiosité maniaque. Il ne pouvait pas, d'ailleurs, aimer quelqu'un : la vérité seulement, rien que la froide vérité.

J'admirais avec quelle adresse il avait su me donner l'éveil sans dire précisément quel danger nous menaçait. Les maisons communicantes. Parbleu, je m'en doutais bien. La chambre d'où Brice sortit, lorsque j'étais allé le relancer chez Mañuela, se trouvait hors de la maison de la vieille. Pour y pénétrer, Brice passait et repassait dans un corridor sur lequel donnait un judas. Mais quelle était la maison contiguë ? Qui, y logeant, pouvait se tenir au courant de ce qui se faisait chez Mañuela et s'entendre avec les deux femmes sans qu'on le vît jamais dehors ?...

Don Gusman le savait (il savait tout). Il avait prononcé de longs, de beaux discours ; mais ce nom, il ne l'avait pas dit.

« Quelqu'un vous a dénoncés. » Quelqu'un ? Personne ne pouvait avoir intérêt à nous dénoncer. Ni Hands et nos anciens ennemis avec lesquels nos comptes étaient réglés, ni Mañuela. Elle avait l'air d'aimer Brice, momentanément, en même temps que d'autres, peut-être, mais certainement elle l'aimait, car elle n'était pas fille à se donner pour quelque somme d'argent que ce fût, et j'avais vu sa ténébreuse chevelure épandue sur le lit, dans la chambre pourpre.

Brusquement, un trait de lumière se fit dans mon esprit. Don Esteban ! Don Gusman ne m'avait-il pas donné le mot à sa manière détournée ? Je me rappelais quelques phrases : « ... Croyez-vous qu'il soit vraiment jaloux ?... » « ... Vous avez vu don Esteban !... » Et encore, dans notre dernier entretien n'avait-il pas souligné : « Au grand dam de mon brave Esteban... » Je revoyais ce grand gentilhomme sec, avec ses yeux profondément enfoncés. Un homme à couver une intrigue cruelle. Dans le salut du masque orange, au matin de la Fête des Fous, je retrouvais quelque chose de son allure hautaine.

Naturellement, les deux maisons étaient à lui ! J'imaginais que la vieille Encarnacion devait avoir plus de confiance en ses plantations, ses troupeaux, que dans le mystérieux pactole de Brice. Il se pouvait qu'elle ait essayé d'imposer à sa fille ce barbon et que, pour le narguer, Mañuela ait reçu Brice dans la chambre que don Esteban lui destinait. Il était possible que Mañuela se soit produite sur la scène de l'Alcazar pour irriter la jalousie de don Esteban, que Gomez ait été payé par lui pour nous espionner, que la vieille Encarnacion, décidée à se débarrasser de nous, nous ait dénoncés – car de cette vile action, je ne croyais pas don Esteban capable. Oui, vraiment, tout cela était possible, mais maintenant sans importance, vieux de quelques jours et déjà lointain. Ni la jalousie de don Esteban ni les trahisons de la mère Encarnacion n'offraient plus de danger.

Je pensais avec tendresse à quelque gentilhommière sur les bords de la Triousonne où personne ne me connaissait plus ; ou bien, si Soledad préférait ne point quitter ces climats, à quelque demeure tranquille de la Vera-Cruz. Ici ou là, notre vie s'écoulerait à l'écart des intrigues, dans la quiétude et la tendresse.

Considérant donc cette navigation comme ma dernière ou l'une de mes toutes dernières, tandis que la proue de l'*Estrella-del-Mar* labourait la plaine liquide, j'employais toutes mes facultés à jouir des sensations de ce voyage et je retrouvais un charme neuf à des choses que j'ignorais à force de les connaître.

Jusqu'ici, j'avais parcouru la mer avec indifférence : je ne l'aimais ni ne la détestais ; elle était le cadre obligé de notre routine. Libéré de cet esclavage, je découvrais sa séduction. Le matin, les flots étaient mauves ; le ciel semblait en naître et s'y plonger tour à tour, dans une poudre orangée. Le pont, blanc, sortait avec sa belle forme ovale des ombres que le gaillard d'avant y projetait. Les pyramides des deux mâts chargés de toile s'imbibaient de rose. Des rehauts mauves, bleus, qui tournaient avec la lumière, soulignaient la convexité de chaque voile. La dentelle des haubans et des galhaubans se dessinait avec une extraordinaire précision sur ces blancheurs opalines, et au bout des vergues les grappes des poulies se balançaient comme des fruits mûrs. La balustrade du château-arrière avec ses deux escaliers latéraux où rampaient encore des ombres, avait la noblesse d'une rampe dans un beau parc. Derrière, un rayon faisait étinceler les verres des fanaux de poupe. Je montais sur la borne, ce mât horizontal qui s'étend au-dessus du château-arrière ; appuyé au gonflement de la brigantine, je sentais contre moi toute la forme du vent.

À présent, j'étais capable de comprendre la valeur de la monotonie qui empreint l'existence à bord. Elle donne son prix à cette vie suspendue entre ciel et mer. C'est la tranquillité pénétrante de tout ce qui est immense et qui fait communier l'âme avec l'immensité.

Et la nuit ! les clartés argentines jouant entre les voiles, le miroitement de la houle, ou bien les ténèbres à peine éclairées par la pâleur des crêtes d'écume. Dans le silence, l'éternel colloque de la mer et du vent, le navire qui « bavarde » avec le flot !...

Au moment où j'allais leur dire adieu, plus près d'eux à cause de cette prochaine séparation, j'ai vraiment aimé la mer et le navire si souple lorsqu'il s'incline sur l'une ou l'autre de ses hanches avec des mouvements d'oiseau qui souffre, se plaint ou traduit son allégresse par celle de ses élans. J'ai aimé la mer non seulement dans l'infini de ses horizons, mais dans la matière dense et transparente où se creuse la concavité de ses vagues, dans la matière légère, poreuse, solide et instable dont se fait le clair lacis de ses mailles, dans le détail des mouvements qui composent son immobilité sous sa couronne d'écume qui se détruit et se recrée sans cesse.

Cette réalité magnifique m'avait longtemps entouré sans que j'en comprisse le sens, et maintenant il m'avait suffi d'aimer pour le pénétrer. C'est le cœur qui comprend, non l'esprit. L'amour m'avait donné non seulement la beauté de Soledad – cette sensuelle et spirituelle douceur de la Femme – mais toute la beauté du monde. L'amour n'a pas de frontières, il ne se limite pas ; au contraire, il multiplie les sources de notre enchantement. La suavité d'une chair qui nous grise, il la répand dans toutes les matières ; la perfection d'un corps, il la donne à toutes les formes ; la subtilité des couleurs qui nous ravissent lorsque nous les contemplons aux yeux, aux joues, aux lèvres, aux épaules d'une femme aimée, il l'étend à toutes les couleurs qui existent sous le soleil ; cette ardeur et cette faiblesse dont le charme d'une femme nous emplit, il nous les fait retrouver dans toutes nos sensations. L'amour n'est pas seulement un geste ou un sentiment ; c'est une manière d'être, une autre naissance, c'est la Grâce.

Ainsi rêvais-je, accoudé à la poupe comme jadis à bord de l'infernal *Walrus.* Mais tout ce que je trouvais alors si aride, si amer, m'apparaissait maintenant avec sa puissante saveur. J'étais enfin un homme.

Après être sortis de Trujillo, comme je l'ai dit, nous avions porté en louvoyant vers l'ouest afin d'éviter des courants défavorables. Au bout de trois jours, nous laissâmes venir d'un bon quart pour tomber en plein dans le lit de ces brises régulières qu'on appelle alizées. L'*Estrella-del-Mar* prit alors son cap au sud.

L'équipage se composait d'esclaves maures ou marrons que nous complétions. Tout le monde était sous les ordres de Brice. Georges Nightingale avait été promu au rang de maître canonnier, c'est-à-dire qu'il régnait en souverain sur les deux espingoles et le petit pierrier qui composaient tout notre armement. Georges était seul à avoir monté en grade. Les autres et moi-même, nous nous étions bornés à reprendre nos fonctions du temps où nous faisions la course à bord du *Walrus*, après que Flint avait été déposé de son commandement. Brice était capitaine, moi bossman, Tom Hawkins maître d'équipage, Frémin Cotard second maître, Will Whale charpentier, Michault Cul d'Oue cuisinier.

Mais quelle différence ! Brice vivait en capitaine, c'est-à-dire à l'écart sur son château ou dans sa chambre dont les trois venternes, tard dans la nuit, illuminaient encore notre sillage. Frémin, depuis que nous avions honteusement pris chasse devant une hourque barbaresque, essayait vainement d'étouffer sa rancœur dans la fumée du pétun. Il s'emportait contre chacun au moindre mot. Quant à Will, il faisait des petits bateaux dans des bouteilles.

Notre voyage fut d'abord très calme, du moins en ce qui concerne le temps et les incidents de route ; mais, le sixième jour un grain violent, subit, nous surprit avant que nous eussions pu rentrer les bonnettes hautes, Brice avait voulu les conserver malgré un ciel assez peu sûr. Du désordre s'ensuivit : notre équipage n'était pas des meilleurs. Pendant un instant, on put craindre que le navire ne s'engageât. La violence de l'orage sur sa mâture chargée dans les hauts l'avait couché. Le pont était presque vertical, la mer passait en tourbillon par-dessus la lisse. Cela ne dura guère plus que le temps d'un éclair. L'excellent aplomb du brick le sauva. Il bondit en se cabrant sous le poids de l'eau, et se redressa d'un véritable coup de reins. Michault, expulsé de sa cuisine au milieu d'un déluge de casseroles, étreignait à pleins bras le mât de misaine en protestant :

– Eh ben, eh ben, en voilà des histoires maintenant !

Déjà le vent tombait, le grain fuyait devant nous. Brice était furieux. Il s'emporta contre Frémin qui commandait la bordée de quart. Frémin, tout aussi irrité, ne se gêna pas pour lui dire son fait. Brice avait tort. En tant que maître, Frémin portait la responsabilité de la manœuvre trop lentement accomplie, mais un capitaine attentif eût depuis longtemps fait rentrer ses voiles hautes, cause de tout ce désordre. Seulement, Brice avait cessé d'être un capitaine attentif. Le navire, ce voyage, ses vieux camarades n'étaient pour lui que les moyens de parvenir au trésor et d'en rapporter de quoi éblouir une femme insatiable. D'autant plus mal venus qu'ils étaient justes, les reproches de Frémin l'atteignirent au vif. Je me tenais près de Brice sur la dunette (ainsi appellet-on aussi le château-arrière). Je vis ses pommettes pâlir, un tremblement faire frémir sa lèvre. Sa main monta vers sa ceinture.

– Trou dé diou ! jura à voix basse Michault, arrête-le ou il va y avoir du vilain.

– Ho, capitaine, criai-je, gare dessous !

Instinctivement, il leva la tête. Je lui pris le bras.

– Quels sont les ordres ?

– Qu'on prenne deux de ces gabiers de poulaine et qu'on me les mette aux fers, hurla-t-il. Je saurai bien leur apprendre la manœuvre puisque le maître en est incapable. Et qu'on me ressorte ces bonnettes avec toutes les voiles d'en haut.

– Tout de même ! avec ce temps...

– C'est toi le capitaine ? ou moi ? dis, dis un peu, hein ! Est-ce que tu vas m'embêter toi aussi comme les autres ? J'en ai assez de vous, tu entends, j'en ai assez de te voir toujours avec ton nez dans mes affaires. Est-ce que je me fais comprendre ?...

Je transmis l'ordre. Pour ses hommes, Frémin Cotard le répéta en espagnol, en haussant ostensiblement les épaules.

– Les punis, dit Brice, subiront demain matin six coups de cale.

Il tourna rageusement le dos pour rentrer chez lui.

La « cale » est un châtiment moins cruel sans doute que les coups de garcette puisqu'il ne fait pas couler le sang, pourtant les matelots le redoutent davantage. Il consiste à attacher – à frapper, disent les marins – un boulet ou une gueuse de fonte, au bout d'un câble, puis au-dessus de ce poids un espar, c'est-à-dire un levier de bois que l'on fixe au câble par le milieu. Les pieds du supplicié reposent sur ce levier. L'homme est attaché par les chevilles et la ceinture, les poignets relevés au-dessus de la tête. L'autre extrémité du câble passée dans un cartahut ou système de poulies au bout d'une vergue haute débordant du navire, retombe sur le pont. En halant cette extrémité, on soulève l'homme à une hauteur d'une douzaine de pieds[1] au-dessus des vagues. On lâche alors le câble et, entraîné rapidement par le poids du boulet, le supplicié tombe droit, s'enfonçant dans la mer aussi longtemps qu'on lui donne de la corde. Puis on le hisse de nouveau et on le laisse retomber. Chaque chute est un « coup de cale ».

Pour avoir l'air d'une bonne plaisanterie, cette punition n'est pas moins cruelle. La vitesse de la chute, la longue immersion qui s'ensuit, enfin la répétition rapide de ces pénibles sensations en font une chose inhumaine, pourtant fort en honneur dans la marine[2]. Un capitaine est dans son droit en l'ordonnant.

Je n'eus pas, ce soir-là, le courage d'aller prendre mon repas en tête à tête avec Brice. Le petit Ismaël, le mousse, le servit seul dans sa chambre haute. Will, Frémin, Tom, Georges et moi, nous mangeâmes en silence, tristement. Tom était sombre, Frémin sifflotait sans rien dire. Nous sentions avec regret mourir en nous une chose qui nous avait été précieuse. Will Whale jura, murmura entre ses dents que « tout ça était dégoûtant ».

Brice sortit de bonne heure sur le pont, le lendemain. J'étais de quart.

– Fais monter tout le monde, dit-il.

– Brice, est-ce que je peux te parler ?

– Pour quoi faire ?... Ce n'est pas la peine.

– Tu tiens à être détesté ?

Il ricana.

– Je tiens à faire ce que je veux. Le reste...

1. Un peu moins de cinq mètres.

2. Le supplice de la cale était encore pratiqué il y a quelque cent ans dans la marine de guerre anglaise. Il a disparu actuellement de toutes les marines, avec les autres châtiments corporels.

– Tu es un fou et un ingrat. Tout ça pour une fille !

Il s'avança sur moi jusqu'à me toucher, si près que je vis sa lèvre trembler.

– J'aime mieux ne t'avoir point entendu, siffla-t-il.

Quelques instants plus tard, un solide filin passé à l'extrémité de la grand-vergue balançait un de ses bouts au-dessus de l'eau. On l'amena au pont pour frapper le boulet puis l'espar. L'équipage, sorti par les écoutilles, se rangea sous le gaillard d'arrière, le long de la muraille bâbord. Tom Hawkins, Frémin Cotard, Will Whale, Georges Nightingale se tenaient derrière moi. C'était Brice qui commandait, nous laissions faire. On amena les deux patients au pied du mât.

– Aux basses voiles, cria Brice. Brasse à culer.

Le navire freiné brusquement s'arrêta en panne sous ses huniers, se balançant au mouvement de la houle.

– Allons, Frémin, attache-moi un de ces lascars et pare à haler au cartahut.

Frémin sortit de notre groupe. Il fit un pas en avant et répondit d'une voix ferme où vibrait autant de défi que d'entêtement :

– Non, non et non.

– Cochon ! hurla Brice, fou de rage. Tu ne me nargueras pas trois fois. Tiens ! Tu l'as voulu.

Percé d'un coup de pistolet dans la poitrine, Frémin fit un pas et tomba dans mes bras. Le geste de le recevoir avait été le seul que j'eusse eu le temps de faire. Nous étions pétrifiés, incrédules. Quand les autres purent venir à moi, notre camarade avait expiré en balbutiant :

– C'est bien… comme ça…

Nous le couchâmes de son long sur le pont. Le mouvement de la houle roulait sa tête puissante. Fallait-il qu'il traversât tant de hasards pour finir ainsi !

– Caïn ! cria Will Whale en tendant le poing vers la dunette. Caïn !

Notre douleur et notre mépris exprimés par la voix de Will firent reculer Brice. Il se passa la main sur le visage, jeta son pistolet comme s'il lui brûlait les doigts, puis tourna lourdement le dos.

– Allons, descendez, vous autres, fit Tom à l'équipage, déliez ces garçons. Celui-là a payé pour eux.

Ils levèrent tous leurs bicoquets en défilant devant Frémin.

Nous l'immergeâmes au soleil couchant. Tandis que, sur la planche suiffée, il glissait dans son linceul vers l'eau où les étoiles venaient à sa rencontre, nous hissâmes, pour la dernière fois, pour notre dernier salut à ce fier gentilhomme, un pavillon tout noir où les mains pieuses de Will avaient cousu au-dessus d'un cœur opprimé cette folle devise : *La Liberté*.

VIII

Ce qui était écrit

Il ne nous vint pas à l'idée de venger Frémin ; il s'en chargeait lui-même. Seul dans son château avec le souvenir de sa folie, Brice était comme un forçat le boulet au pied. Nous ne prîmes pas la peine de lui envoyer une puérile *Marque noire.* Ces enfantillages n'étaient plus de mise. Nous n'y croyions plus. Brice resta capitaine ; mais il sentait bien qu'il n'avait plus le droit de donner des ordres, et les douze pieds carrés du gaillard où le sens de son indignité le confinait, n'étaient guère plus vastes qu'une prison.

Nous continuions de voguer vers la caye. Pourquoi ? Qui pourrait le dire ?... Sans doute parce que nous étions partis pour aller là. Personne, je crois, ne songeait à ce maudit trésor dont nous n'avions que faire. Le dégoût s'appesantissait sur mes camarades. Moi, j'y résistais grâce à l'idée de Soledad. J'étais le seul à avoir un dessein à peu près précis. Ce projet consistait à continuer vers la caye puisque nous en étions maintenant si proches, autant pour donner quand même à Brice sa chance, que pour porter à notre vieux Michel les outils et quelques objets de commodité achetés à son intention à Trujillo. Pratiquement c'était moi qui avais la responsabilité du navire avec sa direction.

Une nuit, la douzième de cette vogue, je faisais le premier quart. Tout était silencieux à bord hormis l'étrave où l'eau se déchirait avec un bruit de soie et la barre qui grinçait dans ses garants. Les antennes projetaient sur le pont leurs ombres gonflées. La lumière de la gingeole brillait sur la boussole, sculptant au timonier un étrange masque aux reflets vacillants.

Ayant pris des hauteurs d'étoiles, j'allai vérifier le cap à la marinette[1]. Je restai un instant à regarder frémir cette lame d'aimant. Elle aussi tendait vers un point mystérieux et insaisissable tout autant que ceux vers quoi s'aiguillent les âmes insaisissables et mystérieuses. Derrière moi j'entendis un soupir. En me retournant, j'aperçus, toute noire sur le ciel laiteux, la silhouette de Brice. Il me sembla que, dans cette nuit de Gethsémani, ce château de poupe balancé sur les mers portait toute la peine du monde. Isolé dans l'aridité de sa passion, le cœur défaillait au malheureux. Il était, hélas, au-delà de tout secours. Car tout homme souffre et meurt seul, et l'abîme autour de nous est tel que toute la tendresse de nos amis ne le saurait combler pour qu'ils puissent parvenir jusqu'à notre agonie.

Cependant, je m'approchai de Brice et lui mis la main sur l'épaule sans rien dire, sans que lui-même prononçât un mot.

Deux jours plus tard, au coucher du soleil nous eûmes connaissance de la terre à l'horizon occidental. Nous étions descendus un peu trop dans le sud. Je fis rectifier le cap. Bientôt on put reconnaître au ras de l'eau les formes d'ensemble de la caye des Papagayos, avec ses terres basses et boisées, et ses hauteurs rocheuses. Nous l'abordions cette fois par le sud-ouest. Si nous ne l'avions connue, l'aspect

1. Boussole.

désertique de ce littoral ne nous eût guère engagés à pousser plus avant.

L'île se trouvait entre le soleil et nous, à contre-brise. Le disque de l'astre se couchait derrière elle. Quand il eut disparu, des rayons nettement détachés sur le ciel vert jaillirent derrière sa silhouette violette, comme du moyeu d'une roue. Le vent qui nous obligeait à louvoyer nous apportait ce parfum de la terre, si sensible aux narines habituées depuis longtemps à l'odeur des vagues et aux fortes senteurs d'un navire. La marée descendante entraînait des algues de rivages mêlées à des plantes terrestres.

Nous regardions avec nostalgie venir vers nous cette terre où nous avions eu des jours si rudes, mais où nous avions connu la puissante union des hommes n'ayant pour souci que l'existence commune. Tout alors était simple. Démunis de toute chose, nous avions tenu entre nos mains la plupart des vraies richesses. Michel Pantaragat ne s'était pas trompé en préférant au mirage du trésor la paix sans désirs et les fruits de son labeur.

Tandis que nous remontions lentement le long de la côte et vers la baie aux idoles, nous nous trouvâmes réunis dans une communion d'esprit presque identique à celle d'autrefois. Une rémission tacite fit oublier à mes camarades le coup de folie de Brice. Il semblait que tout pouvait s'arranger, que chacun allait reprendre ici sa vieille peau dont il avait sottement cru pouvoir se défaire.

Pour la première fois depuis la mort de Frémin, l'un de nous parla au capitaine. Ce fut Tom, pour proposer qu'on tirât trois coups de canon afin d'annoncer notre arrivée à Michel. Ce qui fut fait; puis, en attendant la marée du matin pour entrer dans la baie, nous jetâmes l'ancre assez au large. La nuit étant alors complète, trois fanaux, disposés selon notre code de jadis, furent allumés dans la gabie. Peut-être Michel, alerté par les coups de canon, y répondrait-il. En effet, peu de temps après, un feu brilla sur le rivage. Notre vieux camarade était toujours là. Il nous avait reconnus.

– J'arde d'être à demain, me dit Michault. Ce vieux fanandel ! Peut-être qu'il est devenu tout à fait indien. Si on allait le trouver peint en bleu. Eh !

Au bout d'un instant il ajouta, sérieusement :

– Et si je restais avec lui !

Il devait, en effet, et d'autres aussi, demeurer pour toujours avec le vieux Michel sur cette île somme toute heureuse.

Le lendemain, dès l'aube, après être entrés dans la baie, laissant le brick et l'équipage sous la garde de Tom, Brice, Will Whale, Michault Cul d'Oue, Georges Nightingale et moi allâmes à terre dans le canot du capitaine. Au moment où nous débordions, un coup de canon fut encore tiré pour Michel. Les échos le répercutèrent longuement, tandis que nous nagions[1] vers le rivage.

En approchant de la grève, nous distinguâmes les colonnes demeurées dans l'état où les avait mises quelques mois plus tôt notre coup de mine. Nous apercevions même les ouvertures percées dans la falaise, pour servir de fenêtres à l'étage supérieur de notre grotte. Les arbres nous cachaient l'étage inférieur. Un filet de fumée montait encore du feu allumé par Michel, mais Michel lui-même ne se montrait pas.

– Il dort, le vieux, dit Michault. Il s'est couché tard. À son âge…

Brice s'assombrissait.

– Il n'y a pas d'âge qui tienne. Michel devrait être ici.

– Eh, il est en train de traire ses truies pour nous faire du fromage, répondit plaisamment Michault en sautant à terre.

– Non, dit Brice, cette absence ne me plaît pas. Écoute Antoine : tu vas retourner au brick avec Georges pour

1. Nager signifie, pour les marins, ramer avec des avirons.

chercher des mousquets. Tu diras à Tom de tenir la chaloupe prête à déborder avec du renfort, s'il entend du bruit. Michault, reste ici. Personne ne bougera avant d'avoir des armes.

– J'ai ma pipe, s'écria Michault. Qui diantre veux-tu que nous rencontrions : le maulubec te tourne la cervelle, mon pauvre capitaine !

– Quand ça ne serait que des Indiens, dit Brice.

Je n'en entendis pas davantage, car nous tirions déjà vers le brick, et quand le grand Georges nageait fort, en deux coups d'aviron on faisait du chemin.

Au bout d'un quart d'heure nous étions de retour. Chacun prit un mousquet ou une carabine. Nous avançâmes vers la grotte. Tout était tranquille. Dans les hautes futaies dont le soleil illuminait la cime, les perroquets s'éveillaient en jacassant. Traversant la prairie qui côtoyait l'Alguna, nous vîmes un champ de pois rouges en ordre parfait. Un peu plus loin, les piquets du parc à cochons avaient feuillé, formant une haie vive bien entretenue. Notre île était un vrai berceau de paix, de sérénité. Michault se mit à rire. Il jeta son mousquet sur l'épaule en criant :

– Michel ! Ho, ho, Michel ! Où te caches-tu, vieux cul-terreux ?

Rien ne lui répondit, sauf le murmure de la brise dans le bosquet d'orangers qui nous dissimulait maintenant la baie. Nous étions arrivés sous le talus en haut duquel la grotte s'ouvrait sur un petit plateau. Michault l'atteignit en quelques bonds. Soudain, il poussa un juron et se jeta en avant. Nous nous précipitâmes.

Michel était là, étendu dans le gazon avec son Indienne ; tous deux, morts. La femme avait reçu par derrière une balle dans la tête. Elle gisait à plat ventre. Une blessure semblable perçait à l'endroit du cœur la poitrine de Michel étendu face au ciel, le visage tranquille. Ses doigts tenaient encore une corbeille d'où avaient roulé des patates. Une de ses bêches grossières avait échappé à son autre main.

Nous étions si perclus de chagrin que nous ne songions ni au trésor ni à nous mettre en défense. Nous venions avec tant d'espoir, et voilà ce qui nous attendait !...

– Ce n'est pas eux qui ont allumé le feu, murmura Brice, ils sont là depuis hier au moins... Sur mon âme, ajouta-t-il en se relevant, si cette...

Un crépitement couvrit sa voix. L'air siffla autour de nous. Une volute de fumée se développait lentement à l'entrée de la grotte.

– À terre, sous le talus, cria Brice.

Nous y fûmes d'un saut. Déjà, tout était redevenu silencieux. Un toucan croassait au-dessus de nos têtes. Des filets de fumée contournaient les anfractuosités de la falaise, montaient, s'étiraient paresseusement.

Abrités par la pente du talus, nous tirâmes ensemble sur l'ouverture de la caverne. Notre salve souleva le sable dans la sombre gueule, fit sauter des éclats de roche, et ce fut tout. Mais comme pour y répondre, un grondement venant de la mer, derrière nous, roula longuement, répercuté par l'écho. C'était la voix puissante de toute une bordée. L'*Estrella*, je crois l'avoir déjà dit, ne possédait que deux espingoles et un petit pierrier.

D'un bond, Brice s'était levé. Il dégringolait à travers la prairie en criant :

– Au canot, à bord, nom de nom !

Nous n'eûmes pas le temps de faire dix pas. La lisière du bosquet d'orangers vers lequel nous courions se mit à pétarader. Cueillis au vol, nos gens tourbillonnèrent. Georges Nightingale tomba sur les genoux, puis en avant, la figure dans l'herbe. Les autres se jetèrent à plat ventre.

Nous étions pris entre deux feux. Couchés dans le gazon, nous tiraillions sur des formes qu'on voyait se dissimuler derrière les troncs à cent pas en avant. Nous, nous n'avions, pour nous cacher, qu'une herbe peu haute.

Dans la baie, les canons tonnaient toujours, auxquels les aboiements des petites pièces de l'*Estrella* répondaient bravement. Brice me toucha le coude.

– Tâche de te sortir d'ici en rampant. Regagne le brick comme tu pourras, file le câble et prends le large. Tu viendras nous chercher à la nuit, à l'embouchure de l'Alguna. Je vais essayer de gagner les couverts avec Will.

– Et Michault ?

Brice ne répondit pas. Je compris que, pour celui-là aussi, la terre n'avait plus ni fruits ni amertume.

Profitant d'une ondulation du terrain, je me glissai vers la rivière. À l'abri des hautes herbes qui la bordaient, je pus contourner le champ de bataille. Les pièces de huit tiraient maintenant coup par coup, et notre maigre artillerie ne répondait plus.

Tandis que je rampais parmi les rochers pour descendre à la plage, il y eut encore un coup de canon ; puis on n'entendit plus que la mousqueterie derrière les orangers. Bientôt, elle aussi s'éteignit, au moment où je dépassais les derniers escarpements qui me masquaient la mer. La baie entière m'apparut alors, et avec elle notre désastre.

Rasée comme un ponton, l'*Estrella-del-Mar* coulait rapidement en pointant sa guibre vers le ciel. La chaloupe chargée d'hommes s'en éloignait. À quelques encablures, un grand brick, dont les sabords fumaient encore, abattait sans hâte. La brise faisait onduler à sa corne un drapeau noir timbré d'une tête de mort. Le *Walrus* ! Le pavillon de Flint !...

Cependant, la chaloupe, enfoncée jusqu'aux garants, nageait vers la terre, et l'on distinguait la silhouette de Tom, debout à l'arrière. Nonchalamment, le *Walrus* termina son abattée. Il présentait sa poupe qu'un flocon de fumée couronna soudain. Je me mordis le poing de rage, de désespoir : la boîte à mitraille, lancée par le coursier, avait pris l'embarcation en enfilade, hachant les hommes, faisant voler les planches.

D'un élan désespéré, je traversai le rivage, salué par des coups de feu partant des ouvertures supérieures de la grotte. Je me jetai à l'eau et nageai vers les épaves. En vain, hélas ! Nul corps ne remontait à la surface, tout était fini.

Autour de moi, les projectiles écrêtaient les vagues. Il y avait des tireurs debout sur les rochers. Impossible de retourner à la grève. Je plongeai, allant d'une haleine me cacher sous l'avancée d'un récif.

Dissimulé par le surplomb, j'embrassais de l'œil toute la baie avec ses atterrages. Ce paysage couleur de perle et d'émeraude avait la précision d'une peinture et l'irréalité d'un rêve. À la place où j'aurais dû voir notre navire, le brick se reflétait dans l'eau plate. Sous sa basse voile de misaine, avec ses antennes hautes demi ferlées qui lui faisaient de grandes bourses blanches, il s'était approché de la plage. C'était bien le *Walrus*, non pas le fantôme d'un songe, et sur la dunette, dans son rouge justaucorps de démon, coiffé de son serre-tête en soie noire, c'était bien ce misérable Flint.

Il hâtait par de grands gestes la mise à l'eau de plusieurs canots qui se dirigèrent vers la grève, le sien en tête. À ce moment, un groupe en avant duquel je reconnus George Merry, débouchait entre les idoles. Ses hommes n'avaient pas subi notre feu sans dommage : d'aucuns boitaient, l'un portait un bras en écharpe, des bandages sanglants en coiffaient d'autres soutenant de plus grands blessés. Ils amenaient au bout d'une corde Brice qui trébuchait en marchant. On le poussait à coups de crosse. Il avait dû se battre corps à corps, car il ne lui restait plus de veste, sa chemise était en lambeaux, du sang poissait sa chevelure, coulant en filets sur son front, sur sa joue. Son bras gauche pendait, inerte.

Pourtant, même en cet état, il n'avait pas abdiqué. Je le vis se retourner brusquement et abattre d'un coup de pied dans le ventre un de ses tortionnaires qui se releva en faisant tournoyer son mousquet. Mais le fusil et le bonhomme voltigèrent ensemble sous l'effet d'un maître coup de botte administré au verso de l'individu par Flint survenant. Le bandit ainsi maltraité était Israël Hands.

Flint donna des ordres, Brice fut attaché à l'une des idoles. Puis les hommes se mirent à aller et venir du rivage à la caverne, de la caverne au rivage, chargés de sacs dans lesquels il n'était pas difficile de comprendre qu'ils avaient recueilli le trésor de Morgan. Des canots emmenèrent au *Walrus* les sacs avec les blessés.

À ce moment, le soleil avait dépassé son plein.

Dans cette eau, pourtant plutôt tiède, j'étais transi. Mes dents claquaient et j'avais faim. Il me fallait regagner l'île en nageant doucement à l'abri des rochers. Mais j'étais si épuisé que je me sentis couler. Cette fois, tout était fini. Cependant, la pensée de Soledad m'arracha un ultime effort. Je réussis à prendre pied assez au sud, loin de la baie. Quelques fruits, la chaleur du soleil me réconfortèrent un peu, me donnant le courage de me rapprocher des lieux du drame pour voir si je pourrais, à un moment ou un autre, porter secours à Brice.

En décrivant un long détour sous bois par l'ouest, puis le nord, je parvins, aux dernières lueurs du jour, à moins de trente pieds derrière Brice. Les buissons qui me dissimulaient s'arrêtaient ici. La colonne de pierre s'élevait au milieu d'un espace découvert où je ne pouvais me risquer, d'autant que les bandits avaient allumé un grand feu autour duquel ils festoyaient en chantant. L'infâme Darby Mac-Graw agitait une bouteille de rhum dont il versait des rasades à la ronde en narguant Brice.

– Ah ! ah ! boss ! tu te croyais malin ! Tu vois que nous avons ton magot, néanmoins. Avec la Mãnuelita au bout du fil, tu as bien mordu. Oui, bien mordu, en vérité ! Et maintenant qu'est-ce qu'il en dit, ton nez, *poor dear old chap* ?

Brice n'en disait rien. Évanoui, il penchait en avant, la tête sur la poitrine, retenu seulement par ses liens, les jambes molles. Je ne le voyais pas lui-même, étant donné l'endroit où je me trouvais ; seule, son ombre projetée par le feu se dessinait distinctement sur le sable. Elle paraissait démesurée, grotesque, comme si tout vraiment devait tourner à sa confusion.

Je méditais un projet un peu fou, mais peut-être pas absolument irréalisable : arriver sans bruit jusqu'à la colonne, couper les cordes, charger Brice sur mon dos, et l'emporter dans les bois.

Longtemps, je balançai à risquer dans cette tentative le peu de chances qui me restaient. Tout le monde devait me croire mort, j'étais tranquille. Pourquoi aller provoquer le danger ?... Seulement, voilà : je suis un impulsif, dominé par les sentiments. À un moment, vers le matin, les bandits semblaient tous ivres ou endormis, le feu rougeoyait à peine, Mac-Graw renversé en arrière, un manteau étalé sur lui, ronflait. Je me lançai.

Arriver jusqu'à Brice, le soutenir de l'épaule tout en coupant ses liens, fut compliqué. J'en vins pourtant à bout, mais quand il s'agit de le soulever, je m'aperçus que ces choses-là se font moins aisément qu'elles ne s'imaginent. Je piétinai, des galets crissèrent sous mes semelles, Mac-Graw s'éveilla. Bref, quelques instants plus tard, j'étais couché à côté de Brice.

Quand le soleil fut levé, Mac-Graw envoya Hands avertir Flint de ma capture. Hands revint avec ordre de m'amener à bord. Tandis qu'il me faisait monter dans un canot, il me glissa à l'oreille :

– J'en ai assez de ces types, ils ne me traitent pas comme un honnête homme. Si tu veux de moi, je te ferai…

– Tu le feras quoi ?… rugit Darby Mac-Graw surgissant derrière nous.

Il empoigna le sale petit borgne par le collet, le souleva, l'agita comme une clochette.

– Hein, je t'y prends, damné N'a-qu'un-Œil !

– Lâche-moi. Que je sois pendu si je ne vous sers pas bien ! Je voulais lui faire croire que j'étais avec lui…

– Israël Hands, prononça solennellement Mac-Graw, je te débaptise et je te rebaptise Judas Hands, et je t'asperge comme l'exige le rituel.

Il le lança dans les vagues où ce pauvre insensé disparut pour reparaître en crachant.

– Allons monte, c'est moi qui t'emmène, me déclara Mac-Graw. Inutile d'essayer de te sauver. D'ailleurs, tu n'irais pas loin : tu es foutu, mon garçon. Ça t'a bien servi de vouloir jouer au plus malin avec nous, hein ! Si vous aviez été un peu plus fins, ton Brice Coquelle et toi, vous ne seriez pas allés faire les seigneurs à Cumaña, acheter des palais et tout. Quand on a trouvé un trésor, on ne va pas le crier sur la place publique. Il y a toujours des gens que ça intéresse. Nous, entre autres. Tu penses si on a ouvert l'œil quand on vous a vus faire vos Buckingham ! Remarque qu'on te voulait pas de mal à toi, parce qu'après tout tu es un bon garçon. Seulement, on avait envie de savoir d'où venaient les doublons.

Je ne pus m'empêcher de demander à Mac-Graw comment il se faisait qu'ils se fussent trouvés à Cumaña en même temps que nous.

– À cause de la Mañuelita, mon gros, répondit-il en clignant de l'œil. Le vieux s'était mis en tête de la rejoindre. Elle lui allait, tu comprends. C'est même comme ça que Ballater a été pris. Ah, il ne vous a pas ratés, le vieux, avec sa mère Encarnacion et sa Mañuelita ! Et le Gomez ! Ç'a été le plus beau, tiens. Gomez, c'était un type qui avait… heu… recueilli la donzelle. Elle le menait par le bout du nez. Il croyait travailler pour elle, tellement qu'il devenait gênant après nous avoir été bien utile. Juste à ce moment, vous avez eu l'amabilité de le supprimer. Merci, Messeigneurs, trop aimables ! Non alors, tu peux dire que vous n'étiez pas de force. Des coquebins. Et ça veut jouer aux Frères de la côte. N'y a plus d'enfants.

Nous arrivions à la coupée comme Mac-Graw lançait à la mer un jet de salive ironique et dégoûté.

– Allez, grimpe, fit-il. Excuse-moi de ne pas t'accompagner, je pense que tu connais la route. Ohé là-haut ! portez cet oison au capitaine.

Flint m'attendait dans sa grand-chambre, derrière la table massive à laquelle les chemins de mon existence revenaient toujours. Le seigneur de la flibuste trempait paisiblement des biscuits dans une écuelle d'argent pleine de chocolat. Un autre couvert vide, un pot fumant, une assiette de biscuits étaient à côté de lui. Il ne portait pas son justaucorps couleur de feu et de sang, mais seulement, avec son haut-de-chausse, une chemise blanche dont les manchettes de dentelle enjuponnaient ses fortes mains. Par les venternes, derrière lui, j'apercevais l'île toute bleue, sa plage, le verdoiement de ses gazons. La porte donnant sur le pont restait ouverte ; la chambre était pleine de rayons qui s'entrecroisaient, d'air lumineux, de calme. Un reflet de soleil dans l'eau jouait sur les boiseries du plafond. Je me sentis brusquement très las de toutes ces luttes, de ces agitations vaines.

– Eh bien, te voilà, mon pauvre Antoine, me dit Flint en hochant la tête, avec son air paterne. Tu es bien avancé de t'être fourré là-dedans ! Tu ne pouvais pas rester avec ta femme à faire tranquillement des enfants, au lieu de te mêler d'affaires qui te vont comme une queue d'âne à un tambour-major, pauvre imbécile. Je t'ai pourtant fait donner un avis par la respectable dame Encarnacion, à Cumaña.

Il trempa un biscuit et l'avala avant de poursuivre :

– Si tu avais seulement eu l'idée de te renseigner sur la maison de la señora et celle qui y touche, tu aurais appris que l'une d'elles était occupée par un seigneur en qui tu n'aurais pas manqué de me reconnaître. Mais bah ! tu n'es pas né pour ce métier, je le sais bien. Bon. Et maintenant qu'est-ce que nous allons faire tous les deux ?

– À quoi bon jouer au chat et à la souris ? répondis-je en haussant les épaules. Faites ce que vous voudrez. Qu'est-ce que j'y peux ?

Renversé contre le dossier de son fauteuil, Flint me parcourait de ses yeux gris où se peignait, ce matin, la teinte de la mer. Il secoua la tête.

– Un âne et toi, c'est exactement la même bête. Est-ce que ta minuscule cervelle pourrait comprendre que le vieux Flint, tout pirate, tout damné, tout ce que tu voudras qu'il soit, n'en reste pas moins un homme comme les autres ? Si j'avais été obligé de te tuer avec tes amis pour mener à bien mon affaire, je l'aurais fait sans hésiter. Si tu me gênais, je le ferais encore. Mais il advient que tu n'es pas mort, et comment veux-tu que ta damnée pauvre petite imbécillité me gêne, moi, hein ? Alors, heu... voilà : je n'ai pas envie de te faire du mal. Est-ce que tu peux comprendre ce que je veux dire ?

Il s'interrompit. Une ombre se projetait sur la table, en même temps qu'un léger parfum arrivait à mes narines. Je me retournai. Mañuela venait d'entrer. Elle me regarda d'un air ironique, mit ses bras autour du cou de Flint et l'embrassa tranquillement. Puis, s'asseyant à côté de lui, elle commença de déjeuner.

Elle était habillée en homme, avec une veste sans manches par-dessus sa chemise, ses cheveux serrés dans une bourse de satin, un pistolet à la ceinture.

– Je songeais, lui dit Flint, à ce que nous allons faire de ce gars. Qu'est-ce que tu en penses ?

Elle ne répondit que par un geste d'indifférence.

– Bon. Moi je te propose ceci, garçon : je te prends à bord et te donne la volée sur un coin de la côte d'Hispaniola. Libre à toi de retrouver ta chère petite femme et d'aller faire ce que diable tu voudras des diamants qui te restent. N'est-ce pas honnête ?

J'hésitais. Enfin, j'osai formuler la question qui m'était venue aux lèvres.

– Et Brice ?

Le capitaine ne rugit pas comme je m'y attendais.

– Laisse ça, Antoine, dit-il froidement. Tu as vu ce qu'on gagne à s'occuper de mes affaires ! Brice est condamné. J'ai dû lui abandonner une fois cette petite demoiselle (il tapota l'épaule de Mañuela), pour savoir où était votre cachette ; alors, il ne peut plus vivre… D'ailleurs, ajouta-t-il en regardant Mañuela avec une indéfinissable expression de ruse, de raillerie et de cruauté, c'est elle qui va décider.

– Moi ! pourquoi ? Je m'en moque.

– Peut-être ! répliqua Flint. Néanmoins, j'entends que tu décides.

Mañuela rêva en trempant un biscuit dans sa tasse.

– Bien, dit-elle enfin, légèrement. Il m'a abandonnée sur la mer : qu'il soit abandonné à son tour.

– C'était pour vous sauver ! m'écriai-je.

Elle me jeta un regard mécontent.

– J'aurais préféré quelque chose de plus définitif, dit Flint. Enfin, la sentence est prononcée. À moi de l'arranger à ma guise.

– Très bien, décidai-je. Dans ce cas, je reste avec lui.

Le vieux pirate leva la main, d'un air fataliste.

– Ça ne m'étonne pas de toi. Tu es un imbécile comme on n'en voit guère… Somme toute, conclut-il, c'est peut-être pour ça qu'on ne peut pas te traiter comme les autres. Mais je t'avertis : tu y crèveras sur cette caye avec ton damné Brice.

– Vous aurez chacun deux morts de plus sur la conscience.

Flint éclata de rire. Mañuela mangeait distraitement.

IX

Brice s'évade

Le capitaine me fit garder à bord, toute la matinée. Du pont j'apercevais les hommes qui se trouvaient sur l'île où ils se livraient, sous la direction de Darby Mac-Graw, à un travail de destruction méthodique.

Les pieux de nos parcs furent arrachés, les cochons-marrons chassés à coups de pied, les pois rouges, les patates, enlevés, jetés à la mer. Les clôtures des parcs, les rustiques outils fabriqués par Will Whale, qui avaient servi l'industrie du vieux Michel Pantaragat, les corbeilles, les nattes, les filets, les provisions, les semences, tout ce qui pouvait rester de notre travail de l'année précédente, alimenta un feu où rôtit le bosquet d'orangers. Ces forbans cherchèrent les armes échappées aux mains des morts. Ils fouillèrent les cadavres. Puis je les vis s'affairer à l'entrée de la grotte où ils transportèrent deux barils. Enfin, ils allèrent se grouper sur la grève. Mac-Graw, resté seul un instant, rejoignit ses hommes en courant.

Il arrivait au rivage lorsqu'une puissante explosion résonna sourdement. Un pan de rocher se souleva avec une sorte de lenteur, se cassa en deux, s'effondra et fit un entassement de blocs à la place où se trouvait auparavant l'ouverture de notre caverne.

– Voilà, me dit Flint, comment je comprends la sentence. Rien, rien qui puisse permettre de subsister sur cette île. Je ne te laisserai même pas ton couteau. Je ne tiens pas à ce que tu meures, mais je ne veux pas qu'il vive. Alors, viens, puisque ce cercueil te plaît.

Il n'y avait plus dans ses paroles cette espèce de sympathie méprisante que j'y avais sentie le matin. Il me traitait avec sa méchanceté coutumière. Il était Flint au naturel.

Nous embarquâmes dans son canot. Au moment où nous allions déborder, un pas rapide retentit sur l'échelle de coupée. Mañuela sauta à l'arrière. Flint ne dit rien ; il cria à George Merry de parer à virer au cabestan et de mettre sous voiles. À ce moment, toutes les embarcations rentraient.

Quelques coups de rames nous portèrent à la plage. Brice avait été rattaché à sa colonne. Il m'apparut très pâle, les lèvres blêmes, les yeux enfoncés, secoué de frissons, mais conscient et maître de soi.

Comme nous marchions vers lui, le capitaine entoura de son bras la taille de Mañuela. Elle eut une brusque torsion pour se soustraire à cette étreinte. Flint agita narquoisement le pistolet qu'il venait de lui ravir.

– Si par hasard tu te repentais de la sentence, ma belle, hein ! Il vaut mieux que tu n'aies pas cette médecine sous la main. Elle l'expédierait trop vite... Maintenant je vais voir si Mac a bien fait son office.

La jeune femme le suivit des yeux. Ensuite ils revinrent à ceux de Brice qui l'avaient cueillie dans le canot et ne la quittaient pas. Elle le regarda longtemps, immobile, la figure apparemment impassible. Elle ne dit rien. Brice ne parla pas non plus. Leur éloquence à l'un et à l'autre était dans leurs prunelles.

Flint ne tarda point à revenir et, prenant Mañuela par le bras :

– Eh bien, ma chère petite, faisons nos adieux à ces

garçons. Antoine, faut-il dire quelque chose pour toi à ta femme ?... Non, tu ne veux pas me devoir même ça. Tant pis ! Allons ma belle...

À la lisière du flot, il se retourna, nous montra une dernière fois son sourire mi-fauve, mi-clergyman, tandis qu'il repoussait du pied la terre, nous laissant à notre agonie.

Nous vîmes les voiles larguées tomber des vergues, battre, se tendre. La brigantine, les focs montèrent. Le navire se couvrit de ses blancheurs. Le canot fut hissé, l'échelle de coupée rentrée. Au rythme d'un chant qui parvenait vaguement jusqu'à nous, scandé par le cliquetis du cabestan, l'ancre s'arracha ruisselante, s'éleva jusqu'au bossoir où on la traversa. Peu à peu, une traînée blanchâtre commença d'apparaître derrière le *Walrus*.

Le brick s'en allait sans paraître bouger. On eût dit que la lumière l'estompait, le mangeait. Au bout d'une heure, sa coque disparut. La gabie scintillait encore, comme transparente dans le poudroiement de l'horizon. Enfin, elle s'évapora et ce fut fini, il n'y eut plus rien devant nous.

Depuis longtemps, j'avais délivré Brice. Il gisait maintenant sur le sable, épuisé par la perte de sang, ce qui n'était pas très grave. Mais la pression des cordes sur son bras blessé, empêchant le mouvement des humeurs, avait déterminé une âcre purulence. L'os était brisé au-dessus du coude ; la plaie présentait un très vilain aspect.

Je ne pus que la débrider au mieux, puis l'arroser d'eau de mer. Avec deux morceaux de branches et des bandes enlevées à ma chemise, j'essayai de lui immobiliser le bras. J'y parvins non sans l'avoir fait cruellement souffrir. Néanmoins, il se trouva un peu mieux. Je le laissai pour aller chercher des fruits, seule nourriture qui nous restât.

La nuit recouvrit notre infortune sans l'amoindrir ni nous

apporter le repos. De quelque côté que je me tournasse, nulle alternative n'apparaissait pour nous, que la mort. Dans l'ombre animée de mille bruits, le déferlement monotone de la mer inclinait nos âmes vers cet abîme d'éternité où se perdent les corps. J'envoyai tout mon amour à Soledad avec ma reconnaissance pour les merveilleuses heures qu'elle m'avait données.

Toute la nuit, Brice respira avec effort, gémissant parfois et s'agitant. Au petit matin, il m'appela pour me montrer dans le sable une tache blanche. C'était un foulard de Manille, à moitié enfoui.

– Donne, dit mon camarade.

Je reconnus un morceau d'étoffe que Mañuela portait autour du cou, la veille, lorsqu'elle descendit à terre. Flint avait dû le faire tomber en la serrant pour lui enlever le pistolet.

Visitant le bras de Brice, je le trouvai extrêmement gonflé. La plaie, environnée d'une auréole noire, prenait un aspect répugnant. Une tumeur deux fois grosse comme le pouce, sortie pendant la nuit sous l'aisselle, endolorissait tout le dessous du membre brûlant et sec. Je fis encore des ablutions d'eau de mer, mais sans espoir. Il me semblait nécessaire de couper le bras absolument infecté. Sans le moindre instrument, c'était impossible.

Brice souffrait d'une soif perpétuelle. N'ayant rien pour lui apporter de l'eau, je l'aidai à se traîner jusqu'à l'Alguna pour le faire boire dans mes mains. Puis, la mort dans l'âme, je m'en fus chercher des fruits dont je remplis ma chemise.

Ah ! comme je maudissais ma sottise ! Une fois de plus, j'avais stupidement obéi à mes impulsions et je m'étais condamné sans rien faire pour mon ami. Plus intelligent, j'aurais su conserver au moins mon couteau en le cachant ici, avant de me laisser conduire à bord.

Peu après le plein du jour, Brice se mit à s'agiter en laissant échapper des mots coupés de plaintes.

– C'est moi, disait-il… c'est moi qui vous ai trahis… Je lui ai tout avoué… l'île, le trésor, la caverne… Je vous avais fait jurer. C'est moi qui ai été parjure… Elle est si belle ! Pourquoi es-tu resté, Antoine ?… Je t'avais bien dit… Je vous aimais bien tous. Je vous ai trahis, j'ai tué Frémin. Ce n'est pas moi, ce n'est pas moi… je ne m'appartenais plus.

– Mais oui, lui répondis-je en lui prenant la main. Tu n'y pouvais rien ; il fallait que ce soit ainsi. Tout ça n'a pas d'importance, tu vois bien, puisque je suis resté avec toi.

Il se calma, ferma les yeux et demeura longtemps immobile, comme engourdi. Les ombres s'allongeaient en tournant, des perdrix pépiaient dans la prairie. Brice était couché sur le dos parmi les herbes de la rivière. À genoux près de lui, abîmé de chagrin, je le sentais s'éloigner peu à peu sans bouger, de même que la veille était parti le navire. Il était encore dans ce monde et ne lui appartenait déjà plus ; il glissait, s'évadait, commençait lui aussi à disparaître dans l'immensité.

Ses yeux noirs se rouvrirent, toujours beaux, mais pathétiques maintenant dans l'ombre des orbites. Ils se fixèrent sur moi avec cette amitié voilée de raillerie, qui m'avait subjugué jadis à bord du *Walrus*. J'y lisais tout ce que notre pudeur d'hommes ne nous permettait pas de dire.

– Allons, il faut que tu m'aides encore un peu, fit-il.

– À quoi ?

– À monter là-haut, dit-il en me montrant du menton la falaise.

– Là-haut !…

Ses paupières battirent affirmativement. Il recueillit ses forces.

– Ne refuse pas de comprendre… Je n'ai pas le temps… Tu sais bien qu'il faut en finir. (Un frisson le secoua.) Je ne vais pas attendre ici comme un lâche.

Il me fit signe de m'approcher et s'accrocha à mon cou.

– Mais Brice, l'implorai-je désespérément, tu ne veux pas !...

– Attendre que la conne[1] me pourrisse à son gré avant de me prendre... Allons, fanandel !

Il pesait sur moi de toute sa volonté. Et il avait raison : il me demandait la seule chose qui fût en mon pouvoir pour l'aider. Quelle affreuse extrémité !

La falaise – une portée de mousquet – fut gravie comme un calvaire ; dix fois je dus étendre le malheureux. J'étais faible, il tremblait, un vertige d'horreur faisait fléchir mes genoux.

Enfin, nous atteignîmes le petit plateau qu'il m'avait indiqué. Il voulut que je l'adossasse à un arbre, au bord du vide, et là il s'agrippa de son bras valide à une branche surplombant l'abîme. En bas chatoyait la mer.

Le crépuscule était venu. L'arbre se silhouettait sur de grandes nues pourpres, avec cet agonisant suspendu à lui, crucifié et malgré tout vainqueur.

Ah ! c'était atroce ! Je ne voulais pas accepter la réalité ; je me mentais désespérément à moi-même. Je le sauverais, j'inventerais des remèdes...

– Brice ! criai-je.

– Va-t'en.

Son bras frissonnant par rapides saccades faisait frémir la branche. Je le vis abaisser la tête pour enfouir sa bouche dans les plis du foulard de Manille qu'il s'était enroulé autour du cou. Je m'étais jeté à terre derrière lui, à ses pieds, la face cachée dans mes mains, la tête perdue.

Beaucoup plus tard, j'ouvris les yeux dans un paysage d'opale. Sur la branche qui se tordait, noire et nue au-dessus de l'abîme et de la mer, un oiseau chantait.

1. La mort.

X

Ensuite…

Ensuite ce furent de mornes jours de désespoir. J'avais tout perdu, j'étais environné de morts.

Soledad et Brice me sauvèrent de ce désarroi. Brice disparu fit pour moi plus qu'il n'avait fait de son vivant. Sa ténacité, son indomptable audace jusque devant l'éternité m'entraînèrent à rassembler tout ce qui restait de force en moi. L'amour de Soledad brilla en haut de mes ténèbres comme une étoile vers laquelle il fallait marcher. Ma bien-aimée valait la peine de se battre contre soi-même, contre la faim et la mort patiente. Je jugulai mon imagination, me concentrant à aspirer de ce sol une vie végétative comme celle qu'y puisaient les grands mancenilliers. J'organisai minutieusement mon existence, afin de n'y laisser aucune fissure par où ce qui me guettait pût passer sa griffe.

D'abord, en me servant de morceaux de branches, je grattai le sol à la profondeur d'un pied environ devant ce qui avait été notre grotte. Dans ce creux, j'alignai mes morts, Michel Pantaragat avec sa compagne indienne à ses côtés, autour d'eux Michault Cul d'Oue, Will Whale, Georges Nightingale. Je leur enlevai de leurs vêtements ce qui pouvait m'aider à vivre et ne pouvait plus leur servir à eux. Puis, pour que, tant qu'ils conserveraient leur forme humaine, ils ne fussent pas nus dans la terre, je répandis sur eux tout ce qu'il m'appartenait de leur offrir comme linceul : une épaisse couche de fleurs et de feuillages. Je priai le ciel d'être clément aux péchés de mes amis, et sur leurs corps je jetai la terre à poignées. Jour après jour, j'y entassai des pierres, des morceaux de rocs, des galets qui firent un petit monticule au-dessus duquel je plantai une croix grossière fournie par un rameau convenablement brisé.

Entre-temps, avec des galets que j'usais par frottement ou que je taillais en leur arrachant des éclats, je m'étais fabriqué de grossiers outils plus ou moins capables de percer, de hacher, de scier. Avec les lacets de mes aiguillettes, je tressai une corde d'arc. En faisant tomber des étincelles de silex sur la mousse sèche, j'obtins du feu. Enfin, avec des branches qu'il me fallait parfois un jour entier pour couper, je me construisis une hutte sur laquelle je tassai des plaques de gazon pour la défendre de la pluie et des ardeurs solaires.

Il m'arriva quelques choses heureuses : un assez violent orage fit monter à la surface quelques débris de l'*Estrella* portant des ferrures dont je tirai parti. Le vieux Michel avait si bien domestiqué ses cochons-marrons que j'en vis quelques-uns revenir près de moi : je leur établis un petit enclos. Puis je trouvai, au-delà de la rivière, des plants de pois rouges et des patates ; le vent en avait transporté la semence. Dès lors, non seulement je fus sûr de ne pas mourir de faim, mais je repris mes forces que les fruits seuls ne soutenaient pas assez.

Une ferrure limée avec une pierre-à-feu m'ayant fourni une scie, je choisis à chaque embouchure de l'Alguna, au nord-ouest, au sud-est et au point le plus haut de la falaise au nord, trois arbres dont je sciai les branches, ne laissant debout que leur tronc dénudé. Au sommet de chacun j'attachai une des chemises enlevées à mes amis, afin de signaler à tout navire passant dans ces parages, l'existence d'un naufragé.

De petits bâtons enfoncés chaque soir dans le sable me permettaient de tenir le compte des jours. J'en avais planté cent cinquante-trois lorsque, un soir, comme j'étais occupé à bêcher derrière ma hutte, j'entendis un coup de canon au large. Il venait du nord.

Tandis que j'escaladais la falaise, une seconde détonation roula jusqu'à moi. Puis, au bout d'un moment, une troisième. Je courais à en perdre le souffle.

En débouchant au pied de mon arbre-signal, j'aperçus un brigantin qui capeyait à un mille environ de la côte en se laissant porter par le courant. Il approchait lentement de la pointe où nous avions abordé la caye pour la première fois.

Je me précipitai au rivage en arrachant ma chemise dont je me mis à faire des signaux. Le navire tira encore un coup de canon et orienta sa voile basse en laissant porter un peu pour entrer dans la baie.

Avec une émotion folle, je vis le canot de poupe descendre de ses bossoirs. Il déborda aussitôt que le brigantin eut jeté l'ancre. Mais mon cœur battit bien plus fort encore quand je distinguai à l'avant une femme. Et bientôt en cette femme je reconnus Soledad.

C'était elle qui avait affrété ce brigantin à Trujillo en ne me voyant pas revenir au bout de deux mois. Comme elle ne savait pas exactement où se trouvait la caye, le capitaine, un gros brave moco, avait consenti à explorer toutes les terres désertes de ces parages. Depuis un mois, ils allaient d'île en île, stationnant, brûlant leur poudre sans se décourager.

Nous restâmes deux jours à la caye. Je fis visiter à ma femme tous ces lieux où j'avais si ardemment vécu pour elle. Nous donnâmes une dernière prière à mes amis, un ultime souvenir à ce passé mort avec eux. Puis, au soir du second jour, la brise étant favorable, nous mîmes à la voile.

L'Île des Perroquets s'effaça pour toujours à mes yeux dans une couronne de rayons et de brumes mauves.

La *Ville-de-Toulon* – le brigantin loué par Soledad – nous ramena à son port d'attache. Après avoir visité la belle Provence, ma femme me dit qu'elle y resterait volontiers. Un voyage que je fis en Limousin m'apprit la mort de ma mère et celle de maître Laribois. Rien ne me rappelait donc dans cette province.

Avec le reste de mes pierres, auxquelles s'étaient adjointes celles que mes amis avaient confiées à Soledad avant notre départ pour la caye, j'achetai près d'Aix un domaine où j'entrepris un élevage de chevaux devenu maintenant extrêmement prospère.

C'est de là que j'écrivis à don Gusman. Il avait vu juste, je l'en informai en l'assurant de ma reconnaissance. Cela lui fut sans doute bien égal.

C'est là aussi que je termine ce récit. Dans le sachet de peau où je vais enfermer ces feuillets tout à l'heure, mes enfants trouveront plus tard un des diamants de Morgan avec le poinçon qui fut mon premier outil, le premier produit de mon obstination à me sauver.

J'espère qu'ils comprendront ce que disent à l'oreille d'un homme ces deux cailloux.

TABLE

DU MÊME AUTEUR

Aux Éditions Phébus

En littérature française

La Révolution, vol. 1 & 2, 2010.
La Révolution, vol. 3 & 4, 2011.
La Terre aux Loups, 1997 ; Libretto n° 55, 2000.
Le Château des Bois-Noirs, 1989 ; Pocket, 1991.
Les Amants, 1990.
La Révolution (4 vol.), 1989.
- *L'Amour et le Temps*, vol. 1 ; Libretto n° 185, 2005.
- *Les Autels de la Peur*, vol. 2 ; Libretto n° 186, 2005.
- *Un vent d'acier*, vol. 3 ; Libretto n° 189, 2005.
- *Les Hommes perdus*, vol. 4 ; Libretto n° 196, 2005.

Le Dieu nu, 1988.
L'Île des Perroquets, 1984 ; Libretto n° 28, 1999.

Aux Éditions La Table Ronde

La petite vermillon

Mont-Dragon, 2006.

Cet ouvrage
a été mis en page par Dominique Guillaumin, Paris
reproduit et achevé d'imprimer
en août 2016
dans les ateliers de Normandie Roto Impression s.a.s.
61250 Lonrai
N° d'imprimeur : 1603696

Imprimé en France

Dépôt légal : avril 2012